투명 인간

투명 인간

The Invisible Man

허버트 조지 웰스 장편소설 김석희 옮김

열린책들

THE INVISIBLE MAN
by HERBERT GEORGE WELLS (1897)

이 책은 실로 꿰매어 제본하는 정통적인 사철 방식으로 만들어졌습니다.
사철 방식으로 제본된 책은 오랫동안 보관해도 손상되지 않습니다.

제1장
낯선 남자의 도착

그 낯선 사내는 2월 어느 겨울날 아침 일찍, 살을 에는 바람과 휘몰아치는 눈보라를 뚫고 도착했다. 그것은 그해의 마지막 눈이었다. 사내는 두꺼운 장갑을 낀 손에 작은 검정색 여행 가방을 들고 브램블허스트[1] 역에서 걸어서 언덕을 넘어왔다. 그는 머리부터 발끝까지 온몸을 꽁꽁 싸맸고, 부드러운 펠트 모자의 챙은 반짝이는 코끝만 빼고는 얼굴을 완전히 가리고 있었다. 어깨와 가슴팍에는 눈이 쌓였고, 들고 있는 가방에도 하얀 눈이 얼룩져 있었다. 그는 살아 있는 사람이라기보다 죽은 사람처럼 비틀거리며 〈마차와 말〉 여인숙으로 들어가서 여행 가방을 내던졌다. 그러고는 「불!」 하고 외쳤다. 「제발 난롯불을 쬐게 해주시오! 방과 난롯불!」 그는 술청에서 발을 굴러 옷에 묻은 눈을 털어 내고, 숙박 계약을 맺기 위해 홀 부인을 따라 객실로 들어갔다. 이렇게 등장한 사내는 1파운드 금화 두 닢을 탁자 위에 던지고 여인숙에 숙

1 웰스가 약제사의 조수 겸 교생으로 일한 미드허스트를 바탕으로 만들어 낸 웨스트서식스의 가상 도시.

소를 잡았다.

홀 부인은 난롯불을 켠 뒤, 그를 방에 혼자 남겨 두고 식사를 준비하러 갔다. 겨울철에 아이핑[2]에 들르는 손님은 전례 없는 행운이었다. 하물며 숙박비도 깎지 않는 손님은 두말할 나위도 없었다. 홀 부인은 자기가 그런 행운을 누릴 자격이 있다는 것을 보여 주기로 작정했다.

베이컨이 익어 가고, 림프성 체질[3]인 하녀 밀리에게 교묘하게 선택한 경멸의 표현으로 약간 활기를 불어넣자마자, 홀 부인은 식탁보와 접시와 유리잔을 객실로 가져가서 허세를 부리며 늘어놓기 시작했다. 난롯불은 기세 좋게 타오르고 있었지만, 손님은 아직도 모자와 외투를 벗지 않은 채 창가에 서서 마당에 내리는 눈을 창문으로 내다보고 있었다. 손님의 이런 모습을 보고 홀 부인은 놀라지 않을 수 없었다.

그는 장갑 낀 손을 등 뒤에서 맞잡고 깊은 생각에 잠겨 있는 듯했다. 홀 부인은 아직도 그의 어깨 위에 흩뿌려진 눈이 녹아서 카펫에 뚝뚝 떨어지고 있는 것을 알아차렸다.

「모자와 외투를 부엌에서 뽀송뽀송하게 말려 드릴까요?」 홀 부인이 물었다.

「아니, 괜찮소.」 손님은 뒤도 돌아보지 않고 말했다.

홀 부인은 손님의 대답을 들었는지 확실치 않아서, 질문을

2 미드허스트에서 북서쪽으로 4킬로미터쯤 떨어진 실제 마을. 아이핑을 제외하면 웰스의 작품에 나온 웨스트서식스의 지명들은 모두 허구이고, 특별히 흥미로운 문제가 있는 경우에만 주석이 달려 있다. 아이핑의 여인숙도 실제로 존재하지 않는다.

3 무기력하고 굼뜬 것이 특징이다.

되풀이하려고 했다.

그때 손님이 고개를 돌려 그녀를 바라보았다.

「나는 입고 있는 게 더 좋소.」 그가 단호하게 말했다.

홀 부인은 그가 곁창[4]이 달린 커다란 푸른색 안경을 쓰고 외투 깃을 덮는 텁수룩한 구레나룻을 기르고 있어서 두 볼만이 아니라 얼굴 전체가 완전히 가려진 것을 알아차렸다.

「알았습니다, 손님.」 홀 부인이 말했다. 「좋으실 대로 하세요. 방은 이제 곧 따뜻해질 거예요.」

그는 아무 대답도 하지 않고 얼굴을 다시 창문 쪽으로 돌렸다. 홀 부인은 좋지 않을 때 말을 걸었다고 느끼고, 나머지 물건을 재빨리 늘어놓은 다음, 잽싸게 방에서 나갔다. 홀 부인이 돌아왔을 때도 사내는 등을 활처럼 구부린 채 여전히 석상처럼 창가에 서 있었다. 옷깃은 세우고 눈 녹은 물이 뚝뚝 떨어지는 모자챙은 내려서, 얼굴과 귀를 완전히 가리고 있었다. 홀 부인은 달걀과 베이컨을 일부러 소리 나게 탁자에 내려놓고, 그에게 말한다기보다 큰 소리로 외쳤다.

「식사가 준비됐습니다.」

「고맙소.」 사내는 홀 부인의 말이 끝나기도 전에 대답했지만, 홀 부인이 문을 닫을 때까지 꼼짝도 하지 않았다. 문이 닫히자 사내는 홱 돌아서서 식탁으로 다가갔다.

홀 부인은 술청을 지나 부엌으로 가면서 일정한 간격으로 되풀이되는 소리를 들었다. 달그락, 달그락, 달그락. 그것은

4 안경테 옆쪽에 달린 유리 조각. 고글과 같은 효과를 낸다.

숟가락이 오목한 그릇 속에서 빠르게 움직이는 소리였다.

「아 참! 까맣게 잊고 있었네. 너는 왜 이렇게 꾸물거리고 있는 거냐?」 홀 부인은 겨자 섞는 일을 직접 마무리하면서 느려 터진 밀리에게 가시 돋친 말을 몇 마디 던졌다. 나는 햄과 달걀을 요리하고 식탁을 차리고 뭐든지 다했는데, (명색이 하녀인) 너는 겨자를 늦게 내놓았을 뿐, 도대체 한 게 뭐냐? 게다가 그 사람은 이곳에 머물고 싶어 하는 새 손님이야! 홀 부인은 단지에 겨자를 채운 다음, 황금색과 검은색이 어우러진 쟁반 위에 겨자 단지를 당당하게 올려놓고 객실로 가져갔다.

홀 부인은 문을 똑똑 두드리자마자 객실 안으로 들어갔다. 그러자 손님이 재빨리 움직였기 때문에, 홀 부인은 하얀 물체가 탁자 뒤로 사라지는 것을 얼핏 보았을 뿐이다. 손님은 바닥에서 무언가를 집고 있는 것 같았다. 홀 부인은 겨자 단지를 탁자에 내려놓은 다음, 손님이 외투와 모자를 벗어서 벽난로 앞 의자에 놓아둔 것을 알아차렸다. 젖은 부츠가 벽난로 앞에 둘러친 철제 울타리에 닿아 있어서, 울타리가 녹슬 우려가 있었다. 홀 부인은 단호하게 그쪽으로 다가갔다.

「이제는 이걸 말려도 될 것 같군요.」 홀 부인은 거절을 용납하지 않겠다는 듯 단호한 목소리로 말했다.

「모자는 그냥 놓아두시오.」 손님이 분명치 않은 목소리로 말했다.

부인이 고개를 돌려 보니, 사내가 고개를 들어 그녀를 쳐다보면서 앉아 있었다. 부인은 너무 놀라서 잠시 아무 말도 못하고 서 있었다.

사내는 하얀 헝겊 — 그것은 사내가 가져온 식탁용 냅킨이었다 — 을 얼굴 아랫부분에 대고 있어서, 입과 턱이 완전히 가려져 있었다. 목소리가 분명치 않은 것은 그 때문이었다. 하지만 홀 부인이 놀란 것은 그 때문이 아니라, 푸른색 안경 위의 이마 전체가 하얀 붕대로 덮여 있고 귀도 하얀 붕대로 가려져 있어서, 분홍빛 코끝을 빼고는 얼굴에서 노출된 부분이 하나도 없었기 때문이다. 그의 코는 선명한 분홍빛이었고, 처음 도착했을 때와 마찬가지로 반짝반짝 빛났다. 그는 밤색의 벨벳 재킷을 입고, 검정색 아마포로 가장자리를 두른 옷깃을 목 주위에 세우고 있었다. 이마를 가로지른 붕대 아래나 붕대 사이로 빠져나온 숱 많은 검은 머리는 기묘한 꼬리와 뿔처럼 삐죽 튀어나와 정말로 기괴해 보였다. 냅킨과 붕대로 가려진 이 머리는 홀 부인이 예상했던 것과 전혀 달랐기 때문에 부인은 잠시 딱딱하게 굳어 버렸다.

사내는 식탁용 냅킨을 얼굴에서 떼지 않고 갈색 장갑을 낀 손으로 잡은 채, 눈알을 알아볼 수 없는 푸른색 안경 속에서 부인을 찬찬히 바라보았다.

「그 모자는 그냥 내버려 두시오.」 사내는 하얀 헝겊을 통해 아주 또렷이 말했다.

충격을 받은 부인의 신경이 차츰 회복되기 시작했다. 부인은 모자를 다시 난롯가 의자에 내려놓았다.

「전 몰랐어요. 손님이…….」 부인은 뭐라고 말해야 좋을지 몰라서 말을 끊었다.

「고맙소.」 사내는 차갑게 말하고 홀 부인한테서 문 쪽으로 눈길을 돌렸다가 다시 부인을 바라보았다.

「이건 제가 당장 말려 드릴게요.」 홀 부인은 그의 옷만 챙겨 들고 방에서 나왔다. 문으로 나올 때, 하얀 붕대를 휘감은 그의 머리와 푸른색 안경을 다시 힐끔 돌아보았다. 하지만 그는 여전히 냅킨을 얼굴 앞에 대고 있었다. 부인은 문을 닫으면서 부르르 몸을 떨었다. 부인의 얼굴은 놀라움과 당혹감을 잘 나타내고 있었다.

〈설마! 그럴 리가!〉 부인은 속으로 중얼거리면서 조용히 부엌으로 갔지만, 생각에 골몰한 나머지 지금은 또 뭘 가지고 꾸물거리고 있느냐고 밀리에게 잔소리하는 것도 잊어버렸다.

손님은 의자에 앉아, 멀어지는 부인의 발소리에 귀를 기울였다. 그러고는 살피는 듯한 눈길로 창문을 힐끔 바라본 뒤에야 냅킨을 떼고 다시 식사를 시작했다. 그는 음식을 한 입 먹고 혹시나 하는 눈으로 창문을 힐끔 바라본 다음, 다시 음식을 한입 가득 넣고는 일어나서 냅킨을 손에 든 채 방을 가로질러 창가로 가서, 아래쪽 유리창을 가리고 있는 하얀 모슬린 위까지 블라인드를 끌어 내렸다. 그러자 방이 어두워졌다. 그는 느긋해진 태도로 식탁으로 돌아와서 식사를 계속했다.

「그 사람은 가엾게도 사고를 당했거나 무슨 수술을 받은 게 분명해. 그 붕대를 보았을 때는 정말이지 얼마나 놀랐는지 몰라!」

부인은 난로에 석탄을 좀 더 집어넣은 다음, 빨래 걸이를 펼치고 손님의 외투를 그 위에 펴놓았다.

「그 색안경은 또 어떻고? 그걸 쓰니까 인간이라기보다 꼭 잠수용 헬멧처럼 보였어!」

부인은 손님의 머플러를 빨래 걸이 구석에 걸었다.

「그리고 손수건으로 줄곧 입을 가리고 있었지. 말할 때도 손수건을 떼지 않았어! 입도 다친 모양이야.」

부인은 문득 무언가가 생각난 듯 고개를 홱 돌렸다.

「맙소사!」 부인은 갑자기 화제를 돌렸다. 「밀리, 아직도 감자 요리를 끝내지 않았니?」

홀 부인이 손님의 점심 식사를 치우러 갔을 때, 손님이 사고로 입을 베었거나 손상된 게 분명하다는 그녀의 생각이 사실로 입증되었다. 그는 파이프 담배를 피우고 있었는데, 부인이 방에 있는 동안 한 번도 얼굴에 감은 머플러를 풀지 않고 그냥 물부리를 입에 물고 있었기 때문이다. 하지만 머플러를 풀지 않은 게 깜박 잊고 그런 것이 결코 아니었다. 홀 부인은 머플러에서 연기가 날 때마다 그가 머플러에 잠깐 눈길을 주는 것을 보았기 때문이다. 그는 이제 창문의 블라인드를 등지고 구석에 앉아 있었는데, 배불리 먹고 마시고 꽁꽁 얼었던 몸도 기분 좋게 녹았기 때문인지 전처럼 공격적인 투로 무뚝뚝하게 말하지는 않았다. 반사된 불빛이 그의 커다란 색안경에 지금까지 없었던 붉은 활기를 주었다.

「브램블허스트 역에 맡겨 둔 짐이 있는데…….」 그가 말하고는, 그 짐을 가져올 수 있는 방법을 물었다. 부인이 방법을 말해 주자 붕대 감은 머리를 정중하게 숙여 고마움을 표한 뒤 말했다. 「내일이라고요? 좀 더 빨리 가져올 방법은 없나요?」 부인이 없다고 대답하자 그는 몹시 낙담한 것 같았다. 「없다고요? 정말입니까? 이륜마차를 타고 역에 다녀와 줄 사람은 없을까요?」

홀 부인은 싫어하기는커녕 기꺼이 질문에 대답하면서 대화를 이어 나갔다.

「언덕 때문에 길이 가팔라서요.」 홀 부인은 이륜마차에 대한 질문에 대답한 다음, 대화의 실마리를 잡아서 말을 이었다. 「1년쯤 전에 마차가 뒤집힌 곳도 거기였답니다. 신사 한 분이 목숨을 잃었고, 마부도 죽었지요. 사고는 순식간에 일어나잖아요?」

하지만 손님은 그렇게 호락호락 대화에 끌려들지 않았다.

「그럼요.」 그는 짙은 색안경을 통해 조용히 부인을 바라보면서 머플러로 입을 가린 채 말했다.

「하지만 사고로 다치면 회복하는 데 시간이 오래 걸리잖아요? 제 여동생의 아들인 톰이 들에서 낫 위로 넘어지는 바람에 팔을 베었는데, 무려 석 달 동안이나 붕대를 감고 있었답니다. 아마 믿지 못하실 거예요. 그 일 때문에 저도 정말로 낫이 무서워졌어요.」

「그건 충분히 이해할 수 있습니다.」 손님이 말했다.

「톰도 한때는 수술을 받아야 할지 모른다고 걱정했지요. 그만큼 심하게 다쳤거든요.」

손님은 갑자기 웃음을 터뜨렸지만, 웃음소리를 입안에서

깨물어 죽이는 것 같았다.

「그래요?」 그가 말했다.

「예, 그랬다니까요. 환자를 돌봐야 하는 사람들에게는 결코 웃을 일이 아니랍니다. 제 여동생은 어린 자식들을 보살피느라 너무 바빠서 제가 톰을 돌봤거든요. 붕대를 감아야 하고, 또 풀어야 하고……. 제가 감히 이런 말씀을 드려도 된다면…….」

「성냥 좀 갖다 주겠소?」 손님이 갑자기 퉁명스럽게 말했다. 「담뱃불이 꺼졌군요.」

홀 부인은 갑자기 말허리를 끊겼다. 부인이 한 일을 다 듣고 나서 그렇게 말을 툭 잘라 버리는 것은 확실히 무례했다. 홀 부인은 화가 나서 잠시 씨근거렸지만, 금화 두 닢을 기억해 내고는 성냥을 가지러 갔다.

「고맙소.」 홀 부인이 성냥을 내려놓자 손님은 짤막하게 말하고는 부인 쪽으로 어깨를 돌리고 다시 창밖을 내다보았다. 부인은 이야기를 계속할 용기가 나지 않았다. 분명히 손님은 수술과 붕대라는 화제에 민감했다. 결국 홀 부인은 〈감히 이런 말씀을 드리지〉 않았다. 하지만 손님의 건방진 태도에 화가 나서 그날 오후 내내 밀리를 호되게 야단쳤다.

손님은 남이 객실에 들어갈 구실을 전혀 주지 않고 4시까지 객실에 남아 있었다. 그동안 그는 아무 소리도 내지 않았다. 점점 깊어 가는 어둠 속에 앉아서 벽난로의 불빛을 받으며 담배를 피우고 꾸벅꾸벅 졸기도 하는 것 같았다.

호기심 많은 사람이 귀를 기울였다면, 한두 번은 그가 벽난로에 석탄을 넣는 소리를 들었을지도 모른다. 또, 그가 5분

동안 방에서 돌아다니는 소리를 들을 수도 있었을 것이다. 그는 걸으면서 혼잣말로 중얼거리고 있는 것 같았다. 그러다가 다시 의자에 앉았는지, 안락의자가 삐걱거렸다.

제2장
테디 헨프리 씨가 받은 첫인상

4시가 되자 날이 꽤 어두워졌다. 홀 부인이 객실에 들어가 손님에게 차를 마실 것인지 물어 볼 용기를 쥐어짜 내고 있을 때, 시계 수리공인 테디 헨프리가 술청으로 들어왔다.

「야아, 홀 부인. 얇은 장화를 신고 다니기에는 끔찍한 날씨군요.」

밖에서는 눈이 더욱 세차게 내리고 있었다.

홀 부인은 그의 말에 맞장구친 뒤, 그가 연장 가방을 들고 있는 것을 알아차렸다.

「테디 씨, 온 김에 객실에 있는 낡은 시계를 잠깐 봐줬으면 좋겠네요. 시계가 가기는 잘 가고 종도 잘 치는데, 시침이 6시를 가리킨 채 꼼짝도 안 해요.」

홀 부인은 앞장서서 객실로 다가가 문을 두드렸다.

문을 열었을 때 부인은 손님이 난로 앞 안락의자에 앉아 있는 것을 보았다. 손님은 붕대 감은 머리를 한쪽으로 기울인 채 졸고 있는 듯이 보였다. 방을 밝히는 빛은 불그레한 난롯불 빛 — 난롯불은 철도의 적신호처럼 그의 눈을 비추었지만, 아래로 숙인 그의 얼굴은 어둠 속에 남아 있었다 — 과 열린 문으로 들어온 희미한 낮의 흔적뿐이었다. 홀 부인에게는 모든 것이 불그레하고 어슴푸레하고 흐릿해 보였다. 방금 술청의 등불을 켜느라 눈이 부셨기 때문에 더욱 그러했다. 하지만 부인에게는 그 순간 손님이 커다란 입을 딱 벌린 것처럼 보였다. 믿을 수 없을 만큼 큰 입이 얼굴 아랫부분을 완전히 삼킨 것 같았다. 그것은 한순간의 느낌이었다. 하얀 붕대를 감은 머리, 괴상한 색안경을 쓴 눈, 그리고 그 밑에는 크게 하품을 하는 듯한 거대한 입. 그때 그가 몸을 움직였다. 그는 의자에 앉은 채 흠칫 놀란 듯 자세를 바로잡고 손을 들어 올렸다. 홀 부인은 문을 활짝 열었다. 그러자 방이 더 밝아졌다. 부인은 손님을 더 또렷이 보았다. 그는 아까 식탁용 냅킨을 얼굴에 대고 있었던 것처럼 지금은 머플러를 얼굴에 대고 있었다. 그림자에 속았나 보다고 홀 부인은 생각했다.

「손님, 이 사람이 시계를 손보러 왔는데, 괜찮겠죠?」 부인은 순간적인 충격에서 벗어나면서 말했다.

「시계를 손본다고요?」 그는 졸린 듯한 태도로 주위를 둘러보고 손으로 입을 가린 채 말한 다음, 그제야 잠이 조금 깬 것처럼 말했다. 「물론 괜찮습니다.」

홀 부인이 등잔을 가지러 가자 손님은 일어나서 기지개를 켰다. 그때 불빛이 들어오고, 뒤따라 방으로 들어온 테디 헨프리 씨는 이 붕대를 감은 사내와 딱 마주쳤다. 테디가 나중에 말하기를, 〈몹시 당황했다〉고 한다.

「안녕하세요?」 낯선 사내가 그를 바라보면서 말했다. 헨프리 씨는 나중에 말하기를, 짙은 색안경이 〈바닷가재처럼〉 생생한 느낌을 주었다고 한다.

「방해가 되지 않았으면 좋겠군요.」 헨프리 씨가 말했다.

「방해라니요? 전혀요.」 낯선 사내가 말했다. 그러고는 홀 부인을 돌아보며 말을 이었다. 「그런데 이 방은 나 혼자 쓰는 방인 줄 알고 있습니다만…….」

「저는 손님이 시계…….」 홀 부인이 말했다. 그러고는 〈수리를 원하실 줄 알았어요〉라고 말을 이으려고 했다.

「물론이죠.」 낯선 사내가 말했다. 「물론 그렇습니다. 하지만 나는 대개 혼자 있기를 좋아합니다. 어쨌든 시계를 손봐준다니 정말 고맙군요.」 그는 헨프리 씨가 머뭇거리는 것을 보고 덧붙였다. 「고맙소.」 헨프리 씨는 사과하고 물러갈 작정이었지만, 고맙다는 말을 듣고는 안심했다. 낯선 사내는 벽난로를 등지고 서서 두 손을 등 뒤로 돌렸다. 「시계 수리가 끝나면 차를 마시고 싶군요. 시계 수리가 끝난 뒤에요.」

홀 부인이 방에서 막 나가려는데 — 부인은 헨프리 씨 앞에서 체면을 구기고 싶지 않았기 때문에, 이번에는 손님에게 먼저 말을 걸지 않았다 — 손님이 브램블허스트 역에 있는 짐에 대해 무언가 조치를 취했느냐고 물었다. 부인은 우체부에게 말해 두었으니까 내일 아침에는 짐을 가져올 수 있을 거라고 대답했다.

「그게 가장 빠른 방법인가요?」 그가 물었다.

홀 부인은 그렇다고 차갑게 대답했다.

그러자 손님이 덧붙여 말했다.

「아까는 너무 춥고 피곤해서 미처 설명하지 못했지만, 사실 나는 실험을 많이 하는 연구원이랍니다.」

「어머나, 그러세요.」 홀 부인은 깊은 인상을 받은 얼굴로 말했다.

「그런데 짐 속에 실험 기구와 기기가 들어 있거든요.」

「아주 유용한 물건이겠네요.」

「그래서 말인데, 나는 연구를 계속하고 싶습니다.」

「물론 그러시겠죠.」

「내가 아이핑에 온 이유는……」 손님은 신중한 태도로 말을 이었다. 「혼자 지내고 싶었기 때문입니다. 일을 방해받고 싶지 않아요. 일 때문만이 아니라, 사고가 났기 때문에…….」

「내 그럴 줄 알았어.」 홀 부인이 혼잣말로 중얼거렸다.

「……외진 곳에서 요양할 필요도 있거든요. 내 눈은 시력이 약한 데다 이따금 통증이 심해서, 몇 시간 동안이나 계속 어두운 곳에 틀어박혀 있어야 합니다. 어둠 속에 나를 가두는 거죠. 가끔 — 때때로 그렇습니다. 물론 지금은 아니에요. 그럴 때는 조금만 방해를 받아도, 낯선 사람이 방에 들어오기만 해도 나는 심한 고통을 느끼고 짜증이 난답니다. 이런 점들을 이해해 주었으면 좋겠군요.」

「물론이죠. 그런데 감히 제가 질문을 드려도 된다면…….」

「더 이상은 할 말이 없어요.」 낯선 사내는 마음이 내키면 언제든지 취할 수 있는 그 조용하면서도 단호한 태도로 딱 잘라 말했다. 홀 부인은 질문을 던지고 동정심을 표하고 싶었지만, 더 좋은 기회가 올 때까지 기다리기로 했다.

홀 부인이 방에서 나간 뒤에도 그는 여전히 벽난로 앞에 서서, 헨프리 씨의 표현에 따르면 시계 수리 과정을 지켜보았다. 헨프리 씨는 시곗바늘과 문자반을 떼어 냈을 뿐만 아니라 부속품까지 몽땅 들어냈다. 그리고 되도록 천천히 소리도 내지 않고 젠체하지 않는 태도로 일하려고 애썼다. 그는 등잔을 가까이 갖다 놓고 작업했다. 초록빛 등갓이 그의 손과 뼈대와 톱니바퀴에 눈부신 빛을 던졌지만, 방의 나머지 부분은 그늘져 있었다. 그가 고개를 들자 다채로운 빛깔의 반점들이 눈 속에서 헤엄치듯 떠다녔다. 그는 천성적으로 호기심이 많았기 때문에, 작업을 지연시켜 낯선 사내와 대화를 나눌 생각으로 부속품을 모두 제거했다. 사실 이것은 불필요한 절차였다. 하지만 낯선 사내는 입을 다문 채 꿈쩍도 않고 서 있었다. 너무 조용해서 헨프리 씨의 신경에 거슬릴 정도였다. 그는 방에 혼자 남겨진 듯한 기분을 느끼고 고개를 들었다. 그런데 잿빛의 어두컴컴한 방에 붕대를 감은 머리와 그를 지그시 바라보고 있는 커다란 푸른색 렌즈가 보였다. 렌즈 앞에는 초록빛 점들이 흐릿한 안개처럼 떠다니고 있었다. 헨프리 씨에게는 너무 기분 나쁜 광경이어서, 한동안 멍하니 상대를 마주 보고 있었다. 그러다가 헨프리 씨는 다시 눈을 내리깔았다. 정말 거북하고 불쾌한 상황이군! 무슨 말이라도 하면 좋을 텐데 말이야. 이맘때치고는 날씨가 너무 춥다고 말해 볼까?

헨프리 씨는 그 첫 번째 총알로 상대를 겨냥하려는 것처럼 눈을 들고 입을 열었다.

「날씨가…….」

「일을 빨리 끝내고 가는 게 어떻소?」 상대가 엄격하게 말했다. 분노를 간신히 억누르고 있는 게 분명했다. 「당신이 할 일은 시곗바늘을 구동축에 고정시키는 것뿐이오. 그런데 무슨 큰 고장이라도 난 것처럼 속임수를 쓰고 있잖소.」

「예, 알았습니다. 1분이면 됩니다. 그냥 대충 훑어본 거예요.」 헨프리 씨는 일을 마치고 방에서 나갔다.

하지만 나가는 그의 기분은 몹시 곤혹스러웠다.

「제기랄!」 헨프리 씨는 녹기 시작한 눈을 밟으며 마을로 터벅터벅 내려가면서 중얼거렸다. 「사람은 어쩌다 한 번은 시계를 손봐야 해. 아암, 그렇고말고.」

그리고 다시 말을 이었다.

「남이 당신을 보면 안 되나? 그렇게 보기 흉해?」

그리고 다시 말했다.

「겉으로 보기에는 그런 것 같지 않은데. 경찰이 당신을 찾고 있다 해도, 그렇게 꽁꽁 싸매고 붕대를 친친 감을 수는 없을 거야.」

글리슨 가 모퉁이에서 그는 최근에 〈마차와 말〉 여주인과 결혼한 홀을 보았다. 홀은 이따금 사람들이 요구하면 시더브리지 환승역까지 수송 마차를 몰고 갔다. 지금도 홀은 거기서 돌아오는 길인 듯 헨프리 쪽으로 다가오고 있었다. 마차를 모는 방식으로 미루어, 홀은 시더브리지에 〈마차를 잠깐 세운〉 게 분명했다.

「잘 있었나, 테디?」 홀이 지나가면서 인사를 했다.

「자네 집에 이상한 손님이 들었어!」 테디가 대꾸했다.

홀은 붙임성 있게 마차를 세우고 물었다.

「그게 무슨 소리야?」

「이상하게 생긴 손님이 〈마차와 말〉에 묵고 있다고!」

이어서 그는 그 이상한 손님의 행색을 홀에게 생생하게 설명해 주었다.

「변장한 것 같지 않나? 〈우리〉 집에 묵는 손님이라면 그 사람의 얼굴 정도는 보고 싶을 거야. 하지만 여자들은 남을 잘 믿어서 탈이란 말이야. 낯선 사람을 금방 믿어 버린다니까. 그 사람은 자네 여인숙에서 방을 차지하고도 이름조차 대지 않았어.」

「설마!」 머리가 둔한 홀이 말했다.

「설마가 아니야. 일주일이나 묵는대. 놈이 누구든, 일주일이 지나기 전에는 쫓아낼 수도 없어. 내일 짐이 잔뜩 올 거라고 놈이 그러더군. 그 짐 속에 들어 있는 게 돌멩이가 아니기를 빌어 보자고.」

헨프리는 헤이스팅스에 사는 고모가 빈 여행 가방을 든 낯선 사람에게 어떻게 사기를 당했는지를 홀에게 이야기해 주었다. 요컨대 그는 홀이 막연한 의심을 품게 했다.

「이랴! 가자!」 홀이 말을 재촉했다. 「이 문제는 아무래도 내가 손을 써야 할 것 같군.」

테디는 상당히 편해진 마음으로 터벅터벅 걸어갔다.

하지만 홀은 〈손을 쓰는〉 대신, 여인숙에 돌아가자마자 시더브리지에서 시간을 너무 오래 보냈다고 아내한테 호되게 야단을 맞았다. 그가 부드러운 목소리로 손님에 대해 물어도 아내는 딱딱거리며 대답했고, 게다가 적절한 대답도 아니었다. 하지만 이런 낙담에도 불구하고 테디가 뿌린 의혹의 씨앗은 홀 씨의 마음속에서 싹을 틔웠다.

「당신네 여자들은 모든 걸 다 알지는 못해.」

홀 씨는 되도록 빨리 손님의 인품을 좀 더 확인하기로 작정했다. 그리고 낯선 사내가 9시 30분쯤 잠자리에 들자 홀 씨는 공격적으로 객실에 들어가, 낯선 사내가 그곳 주인이 아니라는 것을 보여 주기 위해 아내의 가구를 뚫어지게 바라보다가, 낯선 사내가 남기고 간 종이 한 장을 발견했다. 그는 종이에 적혀 있는 수학 계산을 다소 경멸하는 태도로 유심히 들여다보았다. 잠을 자러 침실로 들어갈 때, 그는 내일 아침에 낯선 사내의 짐이 오면 잘 살펴보라고 아내에게 일렀다.

「당신은 당신 일에나 신경 써. 내 일은 내가 알아서 할 테니까.」 홀 부인이 대꾸했다.

그녀가 남편에게 더 딱딱거리고 싶은 마음이 든 것은, 그 낯선 사람이 분명 유별나게 이상했고 부인 자신도 속으로는 그 손님을 의심하고 있었기 때문이다. 한밤중에 홀 부인은 순무처럼 하얗고 거대한 머리들이 뒤를 졸졸 따라다니는 꿈을 꾸다가 깨어났다. 그 머리들은 끝없이 긴 목 끝에 달려 있었고, 거대한 검은 눈을 갖고 있었다. 홀 부인은 분별 있는 여자였기 때문에, 공포심을 억누르고 돌아누워 다시 잠들었다.

제3장

1,001개의 유리병

그 이상한 사내가 홀연히 아이핑 마을에 나타난 것은 눈이 녹기 시작한 2월 9일이었다. 이튿날 그의 짐이 진창길을 지나 도착했는데, 그 짐이 정말 놀랄 만했다. 우선 트렁크가 두 개 있었는데, 정상적인 사람이라면 그 정도는 필요할지도 모른다. 하지만 그 밖에 책 — 모두 크고 두툼한 책이었고, 개중에는 알아볼 수 없는 손 글씨로 쓴 책들도 있었다 — 을 가득 넣은 상자 하나와 여남은 개의 나무 상자와 종이 상자와 통 들이 있었다. 상자와 통 속에는 밀짚으로 싼 물건들이 들어 있었는데, 홀이 우발적인 호기심으로 밀짚을 삽아당겨 안을 살펴보니, 밀짚에 싸인 것은 유리병인 것 같았다. 낯선 사내는 모자와 외투, 장갑과 겉옷으로 몸을 감싸고 초조한 듯 밖으로 나와서 피어렌사이드의 마차를 맞이했다. 홀은 짐을 안으로 나르는 일을 돕기 전에 피어렌사이드와 몇 마디 잡담을 나누고 있었다. 그 곁에서는 피어렌사이드의 개가 홀의 다리를 킁킁거리며 냄새를 맡고 있었는데, 낯선 사내는 그것도 알아차리지 못한 채 밖으로 나왔다.

「자, 빨리 저 상자들을 안으로 옮겨 주시오. 너무 오래 기다렸소.」

그는 작은 상자를 운반하려는 듯 마차 꼬리를 향해 계단을 내려갔다.

하지만 피어렌사이드의 개가 그를 보자마자 털을 곤두세우고 사납게 으르렁거리기 시작했고, 그가 계단을 뛰어 내려가자 개는 마음을 정하지 못한 듯 껑충 뛰어오른 다음 그의 손을 향해 곧장 덤벼들었다. 개를 무서워하는 홀은 「으악!」 하고 비명을 지르며 뒤로 펄쩍 뛰어 물러섰고, 피어렌사이드는 「엎드려!」 하고 고함을 치면서 서둘러 채찍을 잡았다.

그들은 개의 이빨이 손에서 떨어지는 것을 보았고, 투덜거리는 소리를 들었고, 개가 옆으로 펄쩍 뛴 다음 낯선 사내의 다리를 무는 것을 보았고, 바지가 찢어지는 소리를 들었다. 그때 피어렌사이드가 채찍을 휘둘렀다. 채찍의 가느다란 끝이 개를 후려쳤다. 개는 놀라서 깨갱거리며 수레바퀴 밑으로 후퇴했다. 모든 것이 30초 사이에 벌어진 일이었다. 아무도 보통 목소리로 말하지 않고, 모두 소리를 질러 댔다. 낯선 사내는 찢어진 장갑과 다리를 재빨리 살펴본 다음, 다리 쪽으로 몸을 구부리려다가 홱 방향을 돌리더니, 계단을 뛰어올라 여인숙 안으로 사라졌다. 그들은 낯선 사내가 복도를 쏜살같이 통과하고 카펫이 깔리지 않은 계단을 지나 침실로 뛰어 들어가는 소리를 들었다.

「이 못된 녀석!」 피어렌사이드는 채찍을 손에 쥔 채 짐마차에서 내려왔다. 개는 바퀴 사이로 그를 지켜보고 있었다. 「이리 와!」 피어렌사이드가 말했다. 「이리 나오는 게 좋을 거야.」

홀은 입을 딱 벌리고 서 있다가 말했다.

「손님이 개에 물렸어. 내가 가서 보는 게 좋겠어.」 그는 낯선 사내를 따라 종종걸음을 치다가 복도에서 아내를 만났다. 「마부의 개가 손님을 물었어.」

홀이 곧장 위층으로 올라가서 보니, 낯선 사내의 침실 문이 빠끔히 열려 있었다. 천성적으로 동정심이 많은 그는 문을 밀어 열고는 노크도 하지 않고 안으로 들어갔다.

블라인드가 내려져 있어서 방은 어두컴컴했다. 그는 기묘하기 이를 데 없는 광경을 얼핏 보았다. 손이 없는 팔이 그를 향해 흔들리는 것 같았고, 팬지 꽃 같은 하얀 바탕에 윤곽이 흐릿하고 커다란 점 세 개가 찍혀 있는 얼굴 같은 것이 보였다. 그 순간 그는 가슴을 세차게 얻어맞고 뒤로 나동그라졌다. 문이 그의 코앞에서 쾅 닫히고 빗장이 걸렸다. 모든 일이 순식간에 일어나서, 그는 자세히 관찰할 겨를도 없었다. 판독할 수 없는 형상들의 흔들림, 타격, 그리고 충격. 그는 어두운 층계참에 서서 방금 본 게 무엇일까 하고 고개를 갸웃거렸다.

잠시 후, 그는 여인숙 바깥에 모여 있는 사람들에게 돌아갔다. 피어렌사이드는 방금 일어난 사고에 대해 두 번째로 설명하고 있었고, 홀 부인은 그의 개가 여인숙 손님을 물 권리는 없다고 말하고 있었다. 길 건너편에서 온 잡화상 헉스터 씨는 질문을 퍼부었고, 대장간에서 온 샌디 와저스는 재판관처럼 누가 잘못했는지를 판단하려고 했다. 그 밖에 아낙네와 아이들도 있었다. 그들은 모두 멍청한 말을 하고 있었다.

「나 같으면 저 개가 나를 물게 내버려 두지 않을 거야.」

「그런 개를 키우는 건 옳지 않아.」

「그런데 도대체 무엇 때문에 물었을까?」 등등.

계단에서 그들을 바라보며 이야기를 듣고 있던 홀 씨는 위층에서 놀라운 일이 일어나는 것을 보았다고 말해 봤자 아무도 믿지 않을 거라고 생각했다. 게다가 자기가 보고 느낀 인상을 표현하기에는 그의 어휘가 너무 빈약했다.

「그 사람은 아무 도움도 필요 없대.」 홀 씨는 아내의 질문에 대답했다. 「그 사람 짐을 들여놓는 게 좋겠어.」

「물린 데를 당장 불로 지져야 돼.」 헉스터 씨가 말했다. 「특히 상처에 염증이 생기면 반드시 불로 지져야 돼.」

「나라면 개를 쏘아 죽일 거야. 아암, 그렇고말고.」 무리에 섞여 있던 한 아낙이 말했다.

갑자기 개가 또다시 으르렁거리기 시작했다.

「빨리 해주시오.」 문간에서 성난 목소리가 외쳤다. 옷깃을 세우고 모자 테를 내려 얼굴을 가린 낯선 사내가 그곳에 서 있었다. 「그 짐을 빨리 들여놓을수록 나는 더 만족할 거요.」

그의 바지와 장갑이 바뀌었다고 말한 것은 어느 이름 모를 구경꾼이었다.

「많이 다치셨습니까?」 피어렌사이드가 물었다. 「정말 죄송합니다. 우리 개가…….」

「조금도 안 다쳤소.」 낯선 사내가 말했다. 「긁히지도 않았소. 그 짐이나 빨리 옮겨 주시오.」

그러고는 작은 소리로 욕을 했다고, 홀 씨는 지금도 주장하고 있다.

낯선 사내의 지시에 따라 첫 번째 나무 상자가 객실로 옮겨지자마자 그는 잠시도 지체할 수 없다는 듯이 덤벼들어 짐을 풀기 시작했고, 객실 카펫이 어떻게 되든 아랑곳하지 않고 밀짚을 사방에 흩어 놓았다. 그리고 상자에서 유리병을 꺼내기 시작했다. 가루가 들어 있는 작고 통통한 유리병. 다양한 색깔이나 흰색을 띤 액체가 들어 있는 작고 가느다란 유리병. 〈독〉이라고 씌어 있고 세로 홈이 새겨진 푸른색 유리병. 몸이 둥글고 목이 가느다란 유리병. 커다란 초록색 유리병. 커다란 흰색 유리병. 유리 마개와 서리 무늬의 라벨이 붙은 유리병. 코르크 마개를 끼운 유리병. 보통 마개를 한 유리병. 나무 마개를 씌운 유리병. 포도주 병. 샐러드기름 병. 이 많은 병들을 낯선 사내는 찬장과 벽난로 위, 창문 아래에 놓인 탁자 위, 마루 주위, 책장 위를 비롯하여 모든 곳에 줄지어 늘어놓았다. 브램블허스트의 약방에 있는 유리병을 다 합쳐도 그 절반밖에 안 될 것이다. 정말 볼만한 광경이었다. 다른 상자에서도 차례로 유리병이 쏟아져 나와서, 상자 여섯 개가 모두 비었을 때는 밀짚이 탁자 높이까지 쌓여 있었다. 유리병 이외에 이들 상자에서 나온 것은 수많은 시험관과 세심하게 포장한 천칭뿐이었다.

나무 상자를 다 풀자마자 낯선 사내는 창가로 가서 일하기 시작했다. 흩어진 밀짚이나 꺼져 버린 난롯불, 밖에 있는 책 상자만이 아니라 위층으로 올라간 트렁크와 그 밖의 짐에도 전혀 신경을 쓰지 않았다.

홀 부인이 저녁 식사를 가져갔을 때, 그는 이미 일에 몰두하여 유리병에 든 액체를 시험관에 따르느라 여념이 없었다. 그래서 부인이 탁자 위에 수북이 쌓인 밀짚을 쓸어 내고 쟁반을 내려놓을 때까지 그는 홀 부인이 방에 들어온 것도 알아차리지 못했다. 부인은 방바닥이 지독한 상태인 것을 보고 화가 나서, 쟁반을 조금 소리 내어 내려놓았을 것이다. 그제야 그는 고개를 반쯤 돌렸다가 다시 얼른 외면했다. 하지만 부인은 사내가 안경을 벗은 것을 보았다. 안경은 그의 옆에 있는 탁자 위에 놓여 있었다. 홀 부인에게는 그의 눈구멍이 이상하게 움푹 들어가 있는 것처럼 보였다. 그는 다시 안경을 쓰고 돌아서서 부인을 마주 보았다. 부인이 바닥에 흩어진 밀짚에 대해 불평하려 할 때, 그가 선수를 쳤다.

「노크도 않고 들어오시면 곤란합니다.」 그는 비정상적으로 화가 난 어조로 말했다. 그것이 그의 특징인 것 같았다.

「노크를 했지만, 겉보기에는…….」

「아마 그랬겠지요. 하지만 내 연구에서는 — 정말로 긴급하고 꼭 필요한 내 연구에서는 — 아주 사소한 방해도, 문이 삐걱거리는 소리조차도 — 그래서 부탁인데…….」

「알았어요, 손님. 정 그러시다면 문에 자물쇠를 채우시면 돼요. 언제든지.」

「그거 좋은 생각이군요.」

「감히 이런 말씀을 드려도 된다면, 이 밀짚은…….」

「아니, 아무 말도 하지 마세요. 밀짚이 문제가 된다면 계산서에 적어서 청구하세요.」그러고는 분명치 않은 소리로 중얼거렸는데, 아무래도 욕을 하는 것처럼 들렸다.

한 손에는 유리병을 들고 다른 손에는 시험관을 들고 거기에 서서 그렇게 공격적이고 격정적인 태도를 보이는 그가 너무 이상해서, 홀 부인은 불안과 공포에 사로잡혔다. 하지만 부인은 단호한 여자였다.

「그렇다면 청소비로 어느 정도의 액수를 생각하고 계시는지 알고 싶은데요?」

「1실링. 1실링을 청구하세요. 1실링이면 충분하겠죠?」

「좋아요.」홀 부인은 식탁보를 집어 들어 탁자 위에 펴면서 말했다.「물론 손님이 괜찮다면…….」

그는 돌아서서 외투 깃을 그녀 쪽으로 돌리고 의자에 앉았다.

그는 오후 내내 문을 잠그고 일에 몰두했다. 홀 부인의 증언에 따르면, 그동안 그는 거의 소리를 내지 않았다. 하지만 딱 한 번 탁자에 무언가가 부딪힌 듯한 충격과 유리병들이 서로 부딪쳐 울리는 소리, 유리병을 마구 내던져 박살 내는 소리, 이어서 방을 빠르게 가로지르는 소리가 들렸다. 홀 부인은 무언가가 잘못된 게 아닐까 걱정이 되어서, 문으로 다가가 귀를 기울였지만 문을 두드리고 싶지는 않았다.

「나는 해낼 수 없어.」그가 미친 듯이 고함을 지르고 있었다.「나는 못 해. 30만, 40만! 엄청나게 많은 수야! 속았어! 평생이 걸릴지도 몰라! 참아! 정말로 참아야 돼! 바보에다 거짓말쟁이!」

그때 아래층 술청의 벽돌 바닥을 징 박은 구두로 밟는 소리가 들렸기 때문에, 홀 부인은 그의 독백을 다 듣지 못하고 마지못해 그 자리를 떠나야 했다. 부인이 돌아왔을 때 방은 다시 조용해져 있었다. 의자가 희미하게 삐걱거리는 소리와 이따금 유리병이 쨍그랑거리는 소리가 들릴 뿐이었다. 독백은 끝났다. 낯선 사내는 다시 일을 시작했다.

홀 부인은 차를 가져갔을 때, 방구석의 오목 거울 밑에 깨진 유리 조각이 흩어져 있는 것을 보았다. 황금빛 얼룩을 꼼꼼히 닦아 낸 흔적도 보였다. 부인은 거기에 손님의 주의를 돌렸다.

「그것도 청구서에 적어 두시오.」 손님이 딱딱거리는 투로 말했다. 「제발 나를 귀찮게 굴지 마시오. 피해를 본 게 있으면 청구서에 적어 둬요.」

그러고는 앞에 놓인 연습장에 적힌 목록을 계속 점검했다.

「내가 놀라운 사실을 말해 주지.」 피어렌사이드가 수수께끼처럼 말했다.

때는 늦은 오후였고, 그들은 아이핑 마을의 작은 맥줏집에 앉아 있었다.

「뭔데?」 테디 헨프리가 물었다.

「자네가 이야기하고 있는 그 친구, 우리 개에 물린 그 사람은 깜둥이야. 적어도 다리는 검어. 바지와 장갑이 찢어졌을 때 분명히 봤어. 그 찢어진 틈새로 연분홍색 살이 보일 거라고 생각했겠지? 연분홍색은 전혀 없었어. 검은색뿐이었다고.

분명히 말하지만, 그 사람은 내 모자만큼 검어.」

「맙소사!」 헨프리가 말했다. 「정말 이상한 일이군. 그 사람 코는 완전히 연분홍색이야!」

「그건 사실이야.」 피어렌사이드가 말했다. 「그건 나도 알고 있어. 내 생각을 말해 주지. 그 사람은 흑백의 얼룩 피부야. 여기는 검은색이고 저기는 하얀색이고, 그렇게 흑백이 얼룩덜룩 이어져 있어. 그리고 그걸 창피하게 생각하고 있지. 그 사람은 일종의 혼혈인데, 피부색이 뒤섞이지 않고 누덕누덕 기운 것처럼 얼룩져 있어. 전에도 그런 이야기를 들은 적이 있는데, 말의 경우에는 흔한 일이어서, 흑백 얼룩말은 누구나 볼 수 있지.」

제4장
커스 씨가 낯선 사내를 면담하다

나는 낯선 사내의 기묘한 인상을 독자들이 이해할 수 있도록 그가 아이핑 마을에 도착한 상황을 소상히 이야기했다. 하지만 두 가지 야릇한 사건을 제외하면 그의 체류 상황은 클럽 축제일까지는 수박 겉핥기식으로 넘어가도 좋다. 여인숙의 규율과 질서 문제를 둘러싸고 홀 부인과 종종 충돌이 일어났지만, 그가 돈에 쪼들리기 시작한 4월 말까지는 충돌이 벌어질 때마다 돈을 추가로 지불하는 간단한 해결책으로 홀 부인을 달랠 수 있었다. 홀은 그를 좋아하지 않았고, 기회가 있을 때마다 그를 쫓아내는 게 상책이라고 아내에게 권고했다. 하지만 그가 혐오감을 보이는 방법은 주로 그 감정을 과장되게 감추고 손님을 되도록 피하는 것이었다.

「여름까지만 기다려요.」 홀 부인은 현명하게 말했다. 「여름에는 화가들이 올 테니까. 그때 가서 생각해 봅시다. 그 사람은 좀 거만할지 모르지만, 당신이 뭐라고 하든 돈은 제때에 어김없이 내고 있으니까.」

낯선 사내는 교회에도 가지 않았고, 옷차림에서도 일요일과 평일을 구별하지 않았다. 일하는 것도 너무 변덕스럽다고 홀 부인은 생각했다. 어떤 날은 아침 일찍 내려와서 온종일 바쁘게 일했고, 또 어떤 날은 늦잠에서 일어나 몇 시간 동안 이나 실내를 초조하게 오락가락하며 안달하고, 담배를 피워 대고, 난롯가의 안락의자에서 꾸벅꾸벅 졸곤 했다. 마을 밖 세상과는 아무런 연락도 없었다. 그의 기분은 여전히 불안정 했다. 대개는 참을 수 없는 분노에 시달리는 사람 같은 태도 였고, 한두 번은 발작적으로 난폭해져서 물건을 부러뜨리거 나 찢어발기거나 부수거나 깨뜨렸다. 그는 지독한 만성적 짜 증에 사로잡혀 있는 듯했다. 낮은 목소리로 혼잣말하는 버릇 은 날이 갈수록 심해졌지만, 홀 부인이 조심스럽게 귀를 기 울여 봐도 무슨 소린지 도무지 알 수가 없었다.

낮에는 좀처럼 외출하지 않았지만, 어스름한 해 질 녘에는 날씨가 춥든 안 춥든 몸을 단단히 감싸고 밖에 나가서 한적 한 오솔길을 골라 다니고, 나무와 둑 때문에 그늘진 곳을 주 로 돌아다녔다. 달개 지붕 같은 모자챙 아래의 커다란 안경 과 붕대를 감은 창백한 얼굴이 어둠 속에서 불쑥 나타나, 일 을 마치고 집으로 돌아가던 노동자 한두 명에게 불쾌감을 주기도 했다. 테디 헨프리는 어느 날 밤 9시 30분쯤 선술집 〈진홍빛 외투〉에서 허둥지둥 나오다가, 열린 선술집 문에서 갑자기 새어 나온 불빛을 받은 그 낯선 사내의 해골 같은 머 리(그는 모자를 벗어서 손에 든 채 걷고 있었다)를 보고 창피 하게도 기겁을 했다. 해 질 녘에 그를 본 아이들은 꿈에서 악 귀를 보았고, 아이들이 그를 싫어하는 것보다 그가 더 아이들을 싫어하는지, 아니면 그 반대인지는 불확실해 보였지만, 양쪽이 서로 싫어하는 것은 분명했다.

그렇게 두드러진 외모와 태도를 가진 사람이 아이핑 같은 마을에서 화제에 오르는 것은 불가피한 노릇이었다. 그의 직업에 대한 의견은 크게 나뉘었다. 홀 부인은 그 점에 민감했다. 누가 물으면 부인은 함정을 두려워하는 사람처럼 음절 하나하나를 신중하게 검토하면서, 그가 〈실험을 주로 하는 연구자〉라고 조심스럽게 설명했다. 실험을 주로 하는 연구자가 뭐냐고 물으면, 배운 사람이라면 그게 뭔지 알 거라고 한껏 빼기는 태도로 말한 다음, 〈무언가를 발견하는 사람〉을 말한다고 설명을 보태곤 했다. 홀 부인은 자기네 손님이 사고를 당해서 일시적으로 얼굴과 손의 색깔이 변했는데, 원래 성질이 예민한 사람이어서 그 사실이 알려지는 것을 꺼린다고 말했다.

그런데 홀 부인이 듣지 않는 곳에서 사람들 사이에 널리 퍼진 견해는, 홀 부인네 손님은 범죄자인데 경찰의 눈에 들키지 않도록 온몸을 꽁꽁 싸매고 있다는 것이었다. 이 생각은 테디 헨프리 씨의 머리에서 나왔다. 하지만 2월 중순이나 2월 말[5]에는 중대한 범죄가 일어나지 않았다. 초등학교의 견습 보조 교사인 굴드 씨의 상상 속에서 정교하게 다듬어진 이론은 그 낯선 사내가 변장한 무정부주의자로서 지금 폭탄을 만

5 낯선 사내는 2월 초에 왔기 때문에(제1장 참조), 그가 재판을 피해 달아나고 있다면 범죄는 그 전에 일어났을 터. 그러니 웰스는 여기서 〈2월〉이 아니라 〈1월〉이라고 썼어야 한다.

듣고 있는 중이라는 형태를 취했다. 굴드 씨는 틈나는 대로 탐정 노릇을 해보기로 결심했는데, 그의 탐정 활동은 주로 낯선 사내를 만날 때마다 유심히 살피는 것, 또는 낯선 사내를 만나 본 적이 없는 사람들에게도 그에 대해 질문을 던지는 것으로 이루어져 있었지만, 당연히 그는 아무것도 탐지하지 못했다.

또 다른 의견은 피어렌사이드 씨가 내놓은 것으로, 그를 추종하는 사람들은 흑백이 얼룩져 있다는 견해나 그 수정안을 받아들였다. 예를 들면 사일러스 더건은 〈그 사람이 장터에서 자기 모습을 구경거리로 내놓으면 순식간에 떼돈을 벌 것〉이라고 주장했다고 한다. 신학자인 그는 그 낯선 사내를 1달란트를 가진 남자[6]와 비교했다. 하지만 또 다른 견해는 낯선 사내를 무해한 미치광이로 간주하여 모든 문제를 설명했는데, 이 견해는 모든 것을 명쾌하게 설명하는 이점이 있었다.

이런 주요 집단들 사이에서 결단을 내리지 못하고 망설이는 사람들도 있었고, 절충안을 내놓는 사람들도 있었다. 서식스[7] 사람들은 원래 미신을 잘 믿지 않았기 때문에, 4월 초에 이상한 사건들이 일어난 뒤에야 비로소 마을 사람들은 초자연적 존재에 대한 생각을 속삭이기 시작했다. 그때도 그 말을 믿는 사람은 여자들뿐이었다.

6 신약 성서 「마태오의 복음서」에 나오는 〈달란트의 우화〉에서 따온 것이다. 그가 자신의 기형을 드러내어 이익을 얻지 않는 것은 기형을 최대한으로 활용하지 못하고 있다는 암시다.

7 영국 잉글랜드 남동부에 있던 주. 1974년 행정 구획 변경으로 이스트서식스와 웨스트서식스의 두 개 주로 구분되었다.

하지만 아이핑 사람들은 낯선 사내를 어떻게 생각하든 간에 그를 싫어한다는 점에서는 대체로 의견이 일치했다. 도시의 두뇌 노동자라면 그의 과민한 기질을 이해할 수 있었을지도 모르지만, 평화로운 서식스의 시골 마을에 사는 사람들에게 그런 성마른 기질은 놀라운 것이었다. 광적인 몸짓, 어두워진 뒤에 조용한 길모퉁이를 홱 돌아 고꾸라지듯 걷는 저돌적인 걸음걸이, 호기심에 사로잡혀 머뭇머뭇 접근하는 사람들을 무참하게 때려눕히는 태도, 어둠을 좋아해서 문을 닫고 블라인드를 내리고 촛불과 등불을 끄는 것 — 이런 짓에 어느 누가 공감할 수 있겠는가? 그가 마을을 지나가면 사람들은 옆으로 비켜섰고, 그가 지나가면 젊은 익살꾼들은 옷깃을 세우고 모자챙을 내리고 그의 신비적인 태도를 흉내 내어 신경질적으로 그 뒤를 따라가곤 했다. 당시 〈마귀〉라는 노래가 유행하고 있었는데, 새철 양이 (교회 등잔 비용을 모으기 위해) 학교 교실에서 열린 연주회에서 이 노래를 불렀고, 그 후 마을 사람들이 모여 있는 곳에 이 낯선 사내가 나타나면 한두 명은 반드시 이 노래의 한두 소절을 다소 날카롭거나 단조롭게 휘파람으로 불곤 했다. 뒤늦게 온 아이들은 그의 등 뒤에서 「마귀!」 하고 외치고는 우쭐하게 달아나곤 했다.

일반 개업의인 커스는 호기심에 사로잡혔다. 붕대는 그의 직업적 흥미를 불러일으켰고, 사내의 짐에 1,001개의 유리병이 들어 있었다는 소문은 질투 섞인 관심을 불러일으켰다. 4월부터 5월까지 그는 낯선 사내에게 말을 걸 기회를 노렸다. 그리고 성신 강림절[8] 무렵, 마침내 그는 더 이상 참지 못하고 마을에 간호사를 초빙하기 위한 기부금 모집을 핑계로 삼았다. 그는 홀 씨가 자기네 손님의 이름도 모른다는 것을 알고 깜짝 놀랐다. 홀 부인은 손님이 이름을 말했지만 자기가 제대로 듣지 못했다고 말했는데, 전혀 근거 없는 주장이었다. 부인 자신도 손님의 이름을 모르는 것은 너무 어리석어 보인다고 생각했다.

커스는 객실 문을 두드리고 안으로 들어갔다. 안에서 분명히 알아들을 수 있는 욕설이 들려왔다.

「방해해서 죄송합니다.」 커스가 말하고 문을 닫았기 때문에, 홀 부인은 나머지 대화를 들을 수 없었다.

부인은 그 후 10분 동안 중얼거리는 목소리를 들을 수 있었고, 다음에는 놀란 외침 소리, 어지러운 발소리, 의자를 옆으로 내던지는 소리, 거친 웃음소리, 재빨리 문으로 다가오는 발소리가 들리더니, 커스가 나타났다. 그의 얼굴은 백지장 같았고, 눈은 어깨 너머를 노려보고 있었다. 그는 문을 열어 둔 채, 홀 부인에게는 눈길도 주지 않고 성큼성큼 홀을 가로질러 계단을 내려갔다. 홀 부인은 서둘러 길을 걸어가는 그의 발소리를 들었다. 그는 모자를 손에 들고 있었다. 홀 부인은 문 뒤에 서서 열린 객실 문을 바라보았다. 그때 낯선 사내가 조용히 웃는 소리가 들렸다. 이어서 그의 발소리가 방을 가로질러 다가왔다. 홀 부인이 서 있는 곳에서는 그의 얼굴이 보이지 않았다. 객실 문이 쾅 소리를 내며 닫혔고, 집은

8 기독교에서 부활절 이후 일곱 번째 일요일. 그리스도가 예언한 대로 성령이 세상에 내려온 것을 기념하는 축일.

다시 조용해졌다.

커스는 곧장 마을을 지나 교구 신부인 번팅 씨에게 갔다. 그리고 초라한 서재로 들어가자마자 다짜고짜 말을 꺼냈다.

「내가 미친 겁니까? 내가 미친 사람처럼 보입니까?」

「무슨 일이 있었나요?」 교구 신부는 다음 일요일에 설교할 원고 위에 암모나이트[9] 문진을 올려놓으면서 말했다.

「여인숙에 묵고 있는 그 사람…….」

「그가 왜요?」

「마실 것 좀 주세요.」 커스는 말하고 의자에 앉았다.

싸구려 셰리주(선량한 교구 신부가 내놓을 수 있는 유일한 음료였다)를 한 잔 마시고 신경이 안정되자, 커스는 방금 낯선 사내를 만나고 온 일을 이야기했다.

「나는 객실로 들어갔습니다.」 그는 헐떡거리는 목소리로 말했다. 「그리고 간호사 기금을 모으고 있는데 돈을 좀 기부해 달라고 요구했죠. 내가 들어갔을 때 그 사람은 두 손을 주머니에 찔러 넣은 채 의자에 앉아 있었어요. 그런데 내 말을 듣고는 코를 킁킁거리더군요. 당신이 과학에 관심이 많다는 말을 들었다고 했더니, 그 사람은 그렇다고 대꾸하면서 또 코를 킁킁거렸습니다. 코를 계속 훌쩍거리는 것으로 미루어, 최근 지독한 감기에 걸린 게 분명했습니다. 그렇다면 그렇게 몸을 꽁꽁 감싸고 있는 것도 놀랄 일은 아니지요. 나는

9 절멸한 연체동물의 껍데기 화석. 대개 나선형이다. 화석은 성서의 창조론을 부인했지만, 자연사에 취미를 가진 성직자는 화석 찾기에 열중하는 경우가 많았다.

간호사 기금 이야기를 계속하면서 줄곧 눈을 크게 뜨고 방안을 관찰했습니다. 화학 약품이 들어 있는 유리병이 사방에 널려 있더군요. 천칭과 시험관, 달맞이꽃 향기. 내가 기부금을 내겠느냐고 물었더니, 생각해 보겠다고 대답하더군요. 내가 연구를 하고 있느냐고 직접적으로 물었더니, 그렇다고 하더군요. 오래 걸리는 연구냐고 물었더니, 갑자기 시무룩한 표정을 지으면서 마치 무언가가 분출한 것처럼 〈지긋지긋하게 오래 걸리는 연구〉라고 하더군요. 그래서 내가 〈그렇군요〉 하고 맞장구를 쳤더니, 그 사람이 불평을 늘어놓기 시작한 겁니다. 막 부글부글 끓고 있던 참인데, 내 질문을 받고 그만 끓어넘친 것이지요. 그 사람은 처방전을, 아주 귀중한 처방전을 받았답니다. 무엇을 위한 처방전인지는 말하지 않았고요. 치료약이냐고 물었더니, 〈당신은 도대체 뭘 캐내려는 거요?〉 하고 버럭 화를 내더군요. 그래서 내가 사과하자 그 사람은 품위 있게 코를 훌쩍거리고 기침을 하더군요. 그러고는 이야기를 계속했지요. 처방전을 받고 읽어 보았는데, 다섯 가지 성분으로 이루어져 있더랍니다. 그 처방전 종이를 잠깐 내려놓고 고개를 돌렸는데, 창문으로 들어온 외풍에 처방전 종이가 날아올랐다는 거예요. 휙. 살랑살랑. 그 사람은 벽난로가 있는 방에서 일하고 있었답니다. 흔들거리는 불길이 보이더니, 처방전에 불이 붙은 채 굴뚝 쪽으로 올라가더라는 거예요. 그가 그쪽으로 달려간 순간, 처방전이 굴뚝으로 휙 올라갔답니다. 그래요! 바로 그 순간, 자신의 이야기를 명확히 설명하기 위해 그 사람이 팔을 내밀었지요.」

「그래서요?」

「손이 없었습니다. 그냥 빈 소매였어요. 나는 생각했습니다. 〈저것〉은 기형이야! 코르크로 만든 의수를 달고 있다가 떼어 냈겠지. 하지만 거기에는 무언가 이상한 게 있다고 생각했습니다. 소매 안에 아무것도 없다면 도대체 무엇이 그 소매를 들어 올리고, 소맷부리는 어떻게 열려 있지요? 분명히 말하지만, 소매 속에는 아무것도 없었습니다. 적어도 팔꿈치까지는 아무것도 없었어요. 내가 팔꿈치까지는 볼 수 있었거든요. 헝겊이 찢어진 부분을 통해서 불빛이 반짝거리는 게 보였지요. 〈하느님 맙소사!〉 하고 외쳤습니다. 그러자 그 사람은 동작을 멈추고, 그 검은색 안경으로 나를 노려보다가 자기 소매를 보았지요.」

「그래서요?」

「그것뿐입니다. 그 사람은 한마디도 하지 않았어요. 그냥 나를 노려보면서 소매를 주머니에 재빨리 집어넣고는 이렇게 말하더군요. 〈처방전이 불타고 있었다고 내가 말하지 않았던가요?〉 이렇게 물으면서 기침을 했습니다. 나는 말했습니다.

〈도대체 빈 소매를 어떻게 그런 식으로 움직일 수 있죠?〉

〈빈 소매요?〉

〈예, 빈 소매요.〉

〈이게 빈 소매라고요? 당신 눈에는 이게 빈 소매로 보이는군요?〉

그 사람은 벌떡 일어났습니다. 나도 일어났지요. 그 사람은 내 쪽으로 아주 천천히 세 걸음을 걸어와서 내 코앞에 멈춰 섰습니다. 그러고는 악의적으로 코를 킁킁거리더군요. 그 붕대 감은 머리와 그 검은색 안경이 조용히 다가오면 누구라도 당황하겠지만, 나는 움찔하지도 않았습니다.

〈이게 빈 소매라고 했지요?〉 그 사람이 말했습니다.

〈물론입니다.〉 내가 대답하자, 그 사람은 나를 빤히 바라보면서 아무 말도 하지 않았지요. 안경도 쓰지 않고 맨얼굴을 드러낸 나는 처음부터 불리한 입장이었어요. 그 사람은 아주 조용히 주머니에서 소매를 다시 빼내더니, 나한테 다시 한 번 보여 주려는 것처럼 내 쪽으로 팔을 들어 올렸지요. 아주, 아주 천천히. 나는 그것을 보았습니다. 아주 오랜 시간이 흐른 것 같았지요. 나는 헛기침을 하고 나서 말했습니다. 〈소매 안에는 아무것도 없는데요?〉 무슨 말이든 해야 했습니다. 겁이 나기 시작했거든요. 나는 소매 속을 볼 수 있었습니다. 그 사람은 내 쪽으로 팔을 곧게 뻗었습니다. 천천히, 천천히 — 꼭 그런 식으로 — 소맷부리가 내 얼굴에서 한 뼘 떨어진 거리에 올 때까지. 빈 소매가 그런 식으로 다가오는 것은 정말 야릇한 광경이었지요! 그런데…….」

「그런데 뭡니까?」

「무언가가 — 그건 꼭 집게와 엄지손가락처럼 느껴졌어요 — 코를 꼬집었습니다.」

번팅 씨는 웃기 시작했다.

「거기에는 아무것도 없었다고요!」 커스는 소리쳤다. 그의 목소리는 점점 높아져서, 〈없었다고요〉를 말할 때는 새된 비명 소리가 되었다. 「웃는 건 좋지만, 나는 너무나 놀라서 그 사람의 소맷부리를 힘껏 때리고는 홱 돌아서서 방을 뛰쳐나왔지요. 그 사람을 방 안에 놔둔 채.」

커스는 말을 멈추었다. 그의 공포가 진지한 것은 분명했다. 그는 무력하게 돌아서서 훌륭한 신부의 싸구려 셰리주를 또 한 잔 마셨다. 그러고는 말을 이었다.

「내가 소맷부리를 때렸을 때……. 분명히 말하지만, 그건 팔을 때렸을 때의 느낌과 똑같았어요. 그런데 거기에는 팔이 없었단 말입니다! 팔은커녕 팔의 그림자도 없었다고요!」

번팅 씨는 그 말을 곰곰 생각했다. 그러고는 미심쩍은 눈으로 커스를 바라보며 말했다.

「놀라운 이야기군요.」 그는 매우 신중하고 진지해 보였다. 번팅 씨는 판결을 내리는 재판관처럼 힘주어 말했다. 「정말로 놀라운 이야기예요.」

제5장
사제관에 침입한 도둑

사제관에 도둑이 들었다는 사실은 주로 교구 신부와 그의 아내를 통해 우리에게 전해졌다. 이 사건은 성신 강림절 이후 첫 번째 월요일 새벽에 일어났는데, 아이핑에서는 클럽 축제가 열리는 날이었다. 번팅 부인은 동트기 전에 찾아오는 고요 속에서 갑자기 깨어났다. 침실 문이 열렸다 닫힌 듯한 느낌이 들었기 때문인데, 처음에는 남편을 깨우지 않고 침대에 일어나 앉아서 귀를 기울였다. 그러다가 맨발이 침실 옆에 딸려 있는 화장실에서 나와 층계를 향해 복도를 터벅터벅 걸어가는 소리를 또렷이 들었다. 번팅 부인은 이것을 확신하자마자 되도록 조용하게 남편을 깨웠다. 번팅 씨는 불도 켜지 않고 안경을 쓴 다음, 아내의 실내복을 걸치고 자신의 욕실용 슬리퍼를 신고 층계참으로 가서 귀를 기울였다. 그는 아래층 서재 책상을 뒤지는 소리와 요란하게 재채기하는 소리를 분명히 들었다.

그러자 그는 침실로 돌아가 가장 확실한 무기인 부지깽이로 무장한 다음, 되도록 소리를 죽이며 계단을 내려갔다. 번팅 부인도 충계참으로 나왔다.

오전 4시쯤이었다. 가장 어두운 시간은 지나갔다. 홀에는 희미한 빛이 어른거리고 있었지만, 서재 문간은 칠흑처럼 어두웠다. 번팅 씨가 밟을 때마다 계단이 희미하게 삐걱거리는 소리와 서재에서 나는 가벼운 인기척을 빼고는 사방이 조용했다. 그때 무언가가 탁 부러지는 소리가 나더니, 서랍이 열리고 종이가 바스락거렸다. 이어서 욕설이 들려오고, 성냥불이 켜졌다. 서재에 노란 불빛이 가득 찼다. 번팅 씨는 이제 홀에 있었다. 빠끔히 열린 문틈을 통해 책상과 열린 서랍, 책상 위에서 타고 있는 촛불이 보였다. 하지만 도둑은 보이지 않았다. 번팅 씨는 어떻게 할까 망설이며 홀에 서 있었고, 번팅 부인은 창백하지만 결의에 찬 얼굴로 남편을 따라 천천히 아래층으로 내려왔다. 번팅 씨가 용기를 잃지 않은 것은 이 도둑이 마을 주민이라는 확신이 있었기 때문이다.

그들은 돈이 짤랑거리는 소리를 듣고, 도둑이 생활비로 쓰려고 마련해 둔 금화(10실링짜리 금화로 전부 합해서 2파운드 10실링이었다)를 발견했음을 알아차렸다. 그 소리에 번팅 씨는 용기를 얻어 당장 행동을 개시했다. 부지깽이를 단단히 움켜쥐고 서재로 뛰어 들어간 것이다. 번팅 부인이 그 뒤를 따랐다.

「항복해!」 번팅 씨는 격렬하게 외친 다음, 깜짝 놀라 걸음을 멈추었다. 방은 분명히 텅 비어 있었다.

하지만 바로 그 순간 누군가가 방 안에서 움직이는 소리를 들었다 — 고 그들은 생각했고, 이런 확신은 흔들리지 않았다. 아마 30초 동안 그들은 입을 딱 벌리고 서 있었을 것이다. 그러다가 번팅 부인은 방을 질러가서 칸막이 뒤를 살폈고, 번팅 씨는 그와 비슷한 충동에 사로잡혀 책상 밑을 들여다보았다. 이어서 번팅 부인은 창문에 친 커튼을 젖혔고, 번팅 씨는 굴뚝을 쳐다보고 부지깽이로 굴뚝 안을 여기저기 쑤셔 보았다. 이어서 번팅 부인은 휴지통을 조사했고, 번팅 씨는 석탄 통 뚜껑을 열어 보았다. 그 후 그들은 수색을 멈추고, 묻는 듯한 눈길로 서로 마주 보며 서 있었다.

「나는 맹세할 수도 있었을 거야.」 번팅 씨가 말했다. 「촛불! 도대체 누가 촛불을 켰지?」

「서랍!」 번팅 부인이 말했다. 「돈이 사라졌어요!」

부인은 서둘러 문간으로 걸어갔다.

「온갖 별나고 놀라운 사건들 가운데 하필이면…….」

그때 복도에서 요란한 재채기 소리가 들려왔다. 그들은 서재 밖으로 뛰쳐나갔다. 그 순간 부엌문이 쾅 닫혔다.

「촛불을 가져와.」 번팅 씨가 말하고 앞장섰다. 두 사람은 서둘러 빗장을 푸는 소리를 들었다.

번팅 씨가 부엌문을 열자, 부엌 옆에 딸린 식기실을 통해 뒷문이 막 열리고 있는 것이 보였다. 이른 새벽의 희미한 햇빛이 그 너머에 있는 정원의 어두운 덩어리들을 보여 주었다. 그는 아무것도 문으로 나가지 않았다고 확신했다. 문은 열렸고, 잠깐 멈췄다가 쾅 소리를 내며 닫혔다. 그 순간 번팅 부인이 서재에서 들고 오던 촛불이 흔들거리며 활활 타올랐다. 그리고 1분쯤 뒤에 그들은 부엌으로 들어갔다.

부엌은 텅 비어 있었다. 그들은 뒷문을 다시 잠그고, 부엌과 식료품실과 식기실을 철저히 조사하고 마침내 지하실로 내려갔다. 아무리 찾아 봤자 집 안에서는 아무도 찾을 수 없었다.

이윽고 동이 텄다. 야릇한 옷차림의 교구 신부와 그의 아내는 촛농이 흘러내리는 양초를 들고 이제 필요도 없는 촛불빛에 의지하여 사제관 아래층을 돌아다니며 여전히 고개를 갸웃거리고 있었다.

제6장

미친 가구

성신 강림절 이후 첫 번째 월요일 새벽. 하루 일과를 시작하도록 하녀 밀리를 찾아내기 전에 홀 씨와 홀 부인은 잠자리에서 일어나 소리 없이 지하실로 내려갔다. 그곳에서 그들이 하는 일은 은밀한 성격을 띠었고, 술청에서 파는 맥주의 중량[10]과 관련되어 있었다. 지하실에 들어가자마자 홀 부인은 남편과 함께 쓰는 방에서 사르사[11] 뿌리로 담근 술을 가져오는 것을 깜박 잊은 것을 깨달았다. 이 일에서는 홀 부인이 전문가이자 주역이었기 때문에, 당연히 홀 씨가 그것을 가지러 위층으로 올라갔다.

그는 층계참에서 낯선 사내의 방문이 빠끔히 열려 있는 것을 보고 깜짝 놀랐다. 자기 방으로 들어간 홀 씨는 아내가 말해 준 위치에서 사르사 술병을 찾아냈다.

10 그들은 맥주에 물을 타서 양을 늘리고 있다.

11 청미래덩굴속의 식물. 뿌리는 강장제로 쓰였고 루트 비어에 넣기도 했다. 홀 부부는 물 탄 맥주의 묽은 맛을 감추기 위해 사르사 뿌리를 맥주에 넣었다.

하지만 술병을 들고 돌아가던 그는 현관문 빗장이 벗겨져서 문이 사실상 열려 있는 것을 알아차렸다. 그의 머리에 영감이 섬광처럼 번득였다. 그는 위층에 있는 낯선 사내의 방과 테디 헨프리 씨의 암시를 이것과 결부시켰다. 그는 간밤에 아내가 현관문 빗장을 거는 동안 옆에서 촛불을 들고 있었던 것을 분명히 기억했다. 그는 멈춰 서서 입을 딱 벌리고 그것을 바라보다가 술병을 손에 든 채 다시 위층으로 올라갔다. 그리고 낯선 사내의 방문을 두드렸다. 대답이 없었다. 다시 두드렸다. 그런 다음 문을 활짝 밀어 열고 안으로 들어갔다.

예상한 대로였다. 침대도 방도 비어 있었다. 홀의 둔한 머리에도 더 이상하게 느껴진 것은 침실 의자와 침대 난간에 손님의 옷과 붕대가 흩어져 있다는 것이었다. 그런데 그 옷은 그가 아는 한 손님이 가져온 유일한 옷이었다. 손님의 모자까지도 침대 기둥 위에 멋지게 비스듬히 놓여 있었다.

홀이 그곳에 서 있을 때, 아내의 목소리가 지하실에서 들려왔다. 음절을 빠르게 압축하고 마지막 낱말의 억양을 의문문처럼 끌어 올리는 말투는 웨스트서식스의 시골 사람들이 초조감을 기세 좋게 표현할 때의 버릇이었다.

「여보! 조지! 내가 갖다 달라고 한 걸 찾았어요?」

이 말에 그는 얼른 돌아서서 서둘러 지하실로 내려갔다. 그리고 지하실 계단의 난간 너머로 말했다.

「여보, 재니! 헨프리가 말한 건 사실이야. 손님은 방에 없어. 방이 텅 비었어. 그리고 현관문 빗장이 벗겨져 있어.」

처음에 홀 부인은 그 말을 이해하지 못했고, 이해하자마자 빈방을 눈으로 직접 보기로 했다. 홀은 여전히 술병을 든 채 앞장섰다.

「손님은 방에 없지만, 옷은 있어. 그렇다면 그 사람은 옷도 입지 않고 도대체 뭘 하고 있는 거지? 정말 이상한 일이야.」

그들은 지하실 계단을 올라올 때 둘 다 현관문이 열렸다 닫히는 소리를 들었다고 생각했다는 사실이 나중에 확인되었다. 하지만 현관문이 닫혀 있고 거기에 아무도 없는 것을 보고는 둘 다 그때는 거기에 대해 아무 말도 하지 않았다. 홀 부인은 복도에서 남편 옆을 지나 앞장서서 계단을 뛰어 올라갔다. 누군가가 계단에서 재채기를 했다. 여섯 걸음 뒤에서 아내를 따라가던 홀은 아내가 재채기하는 소리를 들었다고 생각했고, 앞장선 홀 부인은 홀이 재채기하고 있다는 느낌을 받았다. 홀 부인은 문을 활짝 열고 문간에 서서 방 안을 둘러보았다.

「정말 이상하네!」 그녀가 말했다.

그 순간 홀 부인은 바로 뒤에서 코를 훌쩍거리는 소리가 들린 것 같았다. 뒤를 돌아본 부인은 남편이 4미터 남짓 떨어진 계단 꼭대기에 있는 것을 보고 깜짝 놀랐다. 하지만 다음 순간 홀은 아내 곁에 와 있었다. 홀 부인은 앞으로 몸을 구부려 베개를 만져 본 다음, 옷 밑으로 손을 집어넣었다.

「차가워요. 그 사람은 적어도 한 시간 전에 일어났어요.」

그때 더없이 놀라운 일이 일어났다. 이부자리가 한데 모이더니 갑자기 봉우리처럼 올라간 다음, 아래쪽 난간 너머로 곤두박질쳤다. 어떤 손이 이불 한복판을 낚아채어 옆으로 내던진 것 같았다. 이어서 낯선 사내의 모자가 침대 기둥에서 벗겨지더니, 공중에서 소용돌이를 그리며 빙글빙글 돌다가 홀 부인의 얼굴을 향해 곧장 날아갔다. 다음에는 세면대에서 스펀지가 빠르게 날아오고, 다음에는 의자가 그 위에 놓여 있는 낯선 사내의 외투와 바지를 아무렇게나 내던지고, 낯선 사내와 비슷한 목소리로 빈정거리듯이 웃으면서 네 다리를 홀 부인 쪽으로 들어올렸다. 의자는 마치 홀 부인을 겨냥하는 것처럼 보였다. 그러더니 홀 부인에게 덤벼들었다. 홀 부인은 비명을 지르며 돌아섰다. 그러자 의자 다리는 부드럽지만 단호하게 부인의 등을 밀어서 부부를 함께 방에서 쫓아냈다. 문이 쾅 닫히고 빗장이 걸렸다. 의자와 침대는 잠시 승리의 춤을 추고 있는 것 같더니, 갑자기 모든 것이 조용해졌다.

홀 부인은 층계참에서 거의 기절한 상태로 남편의 품에 안겨 있었다. 홀 씨는 아내의 비명 소리에 놀라 깨어난 밀리와 함께 아내를 아래층으로 데려가서, 이런 경우에 관례로 되어 있는 각성제를 먹이는 데 간신히 성공했다.

「그건 유령이었어.」 홀 부인이 말했다. 「나는 그게 유령이었다는 걸 알아. 신문에서 유령 이야기를 읽은 적이 있어. 탁자와 의자가 펄쩍펄쩍 뛰어오르고 춤을 추었지!」

「한 모금만 더 마셔, 여보. 그러면 마음이 안정될 거야.」 홀이 말했다.

「그 사람이 못 들어오게 문을 잠가 버려요.」 홀 부인이 말했다. 「다시는 그 사람을 안에 들여놓지 말아요. 나도 반쯤은 짐작했어요. 미리 알았을 수도 있었는데. 커다란 색안경을 쓴 눈과 붕대 감은 머리, 일요일에도 교회에 가지 않고, 게다가 그 많은 유리병들 — 한 사람이 그렇게 많은 병을 가지고 있는 건 정상이 아니에요. 그 사람은 가구 속에 유령을 집어넣었어요. 내 소중한 가구에! 그 의자는 내가 어렸을 때 어머니가 즐겨 앉았던 바로 그 의자였어요. 그 의자가 이제 나한테 대들다니, 생각해 보세요!」

「한 모금만 더 마셔, 여보.」 홀이 말했다. 「당신은 신경이 완전히 뒤집혔어.」

그들은 대장장이인 샌디 와저스 씨를 깨우기 위해 5시의 황금빛 햇살을 뚫고 밀리를 길 건너편으로 보냈다. 밀리는 홀 씨의 정중한 인사를 전하고, 위층에 있는 가구가 별난 짓을 하고 있으니 와서 봐줄 수 있겠느냐고 와저스 씨에게 물었다. 와저스 씨는 박식한 사람이었고 임기응변의 재주가 풍부했다. 그는 이 사건을 아주 중대하게 생각했다. 〈그건 마법 때문에 생긴 일〉이고, 〈그런 패거리한테는 악마를 쫓는 편자가 필요하다〉는 것이 샌디 와저스 씨의 견해였다.

대장장이는 몹시 걱정스러운 얼굴로 길을 건너왔다. 홀 씨 부부는 와저스 씨가 앞장서서 위층 방으로 올라가기를 바랐지만, 그는 전혀 그러고 싶지 않은 눈치였다. 그는 복도에서 이야기하고 싶어 했다. 길 건너편에 있는 헉스터 잡화점의 점원이 나와서 담배 파는 창구의 덧문을 내리기 시작했다. 그들은 이리 와서 토론에 참여하라고 그를 불렀다. 헉스터 씨도 몇 분 뒤에는 당연히 그 뒤를 따랐다. 의회 정치를 좋아하는 앵글로-색슨족의 기질이 여실히 드러났다. 말은 많았지만, 결정적인 행동은 전혀 없었다.

「먼저 사실을 확인합시다.」 와저스 씨가 주장했다. 「우리가 저 문을 부수어 여는 것이 과연 올바른 행동인지 확인합시다. 이미 부서진 문은 언제든지 밀고 들어갈 수 있지만, 일단 밀고 들어간 문을 다시 부술 수는 없습니다.」

그런데 갑자기 놀랍게도 위층 방문이 저절로 열렸다. 그들은 모두 놀라서 그 문을 바라보았다. 그들은 온몸을 감싼 낯선 사내가 터무니없이 커다란 색안경을 쓴 눈으로 여느 때보다 더 침울하고 더 공허하게 그들을 노려보며 계단을 내려오는 것을 보았다. 그는 줄곧 그들을 노려보면서 뻣뻣한 동작으로 천천히 내려왔다. 그리고 그들을 노려보면서 복도를 가로질러 가더니 걸음을 멈추었다.

「저기를 보시오!」 그가 말했다.

그들의 눈길은 장갑을 낀 그의 손가락이 가리키는 방향을 따라가서, 지하실 문 바로 옆에 사르사 술병이 놓여 있는 것을 보았다. 이어서 그는 객실로 들어갔고, 갑자기 빠르고 거칠게 그들의 코앞에서 문을 쾅 닫았다.

쾅 소리의 마지막 메아리가 사라질 때까지 아무도 입을 열지 않았다. 그들은 서로 얼굴을 바라보았다.

「저게 놀라운 일이 아니라면!」 와저스 씨는 여기서 말을 끊고 홀 씨에게 말했다. 「나 같으면 객실에 들어가서 저것에 대해 묻겠네. 나 같으면 그 사람한테 해명을 요구할 거야.」

여인숙 여주인의 남편이 그럴 용기를 내기까지는 잠시 시간이 걸렸다. 마침내 그는 객실 문을 두드리고 문을 열고 「실례합……」까지 말했다.

「꺼져! 빨리 문 닫아.」 낯선 사내가 요란한 목소리로 말했다.

그 짧은 면담은 이렇게 끝났다.

제7장
낯선 사내의 정체

낯선 사내는 아침 5시 30분쯤 〈마차와 말〉 여인숙의 작은 객실에 들어가서는, 정오가 가까워질 때까지 블라인드를 내리고 문을 닫은 채 남아 있었다. 홀이 쫓겨난 뒤로는 아무도 감히 그에게 다가갈 엄두를 내지 못했다.

그동안 그는 아무것도 먹지 않은 게 분명하다. 그는 세 번 초인종을 울렸고, 세 번째에는 격렬하게 계속 울렸지만, 아무도 그의 호출에 반응을 보이지 않았다.

「그 사람은 계속 〈빨리 꺼져〉 하는 말만 하고 있으니, 정말이지!」 홀 부인이 말했다.

곧이어 사제관에 도둑이 든 것 같다는 소문이 들어와서, 거기에 따른 갑론을박이 이루어졌다. 홀은 와저스의 도움을 받아, 행정관인 셔클포스 씨의 조언을 들으러 찾아갔다. 아무도 감히 위층에 올라가지 않았다. 낯선 사내가 무슨 일을 하고 있는지는 알 수 없었지만, 그는 이따금 쿵쿵거리며 방을 돌아다니고, 두 번 욕지거리를 내뱉었고, 한 번은 종이를 찢었고, 또 한 번은 유리병을 힘껏 내던져 박살을 냈다.

겁을 먹었지만 호기심에 차서 모여든 사람들이 점점 늘어났다. 헉스터 부인도 왔다. 성신 강림절 이후 첫 번째 월요일이어서 검은 기성복 재킷과 상감 무늬의 종이 넥타이로 화려하게 차려입은 명랑한 젊은이들도 무슨 일인가 하고 어리둥절하여 구경꾼 무리에 가담했다. 젊은 아치 하커는 나무를 타고 올라가 창문의 블라인드 밑으로 객실을 엿보려고 했다. 그는 사실 아무것도 보지 못했지만 무언가를 본 척했기 때문에, 아이핑의 다른 젊은이들도 곧 그를 흉내 냈다.

성신 강림절 이후 첫 번째 월요일인 그날은 더없이 화창했고, 마을 안길에는 여남은 개의 노점과 사격장이 줄지어 늘어섰다. 대장간 옆 풀밭에는 노란색과 고동색 마차 세 대가 서 있었다. 눈길을 끄는 낯선 남녀들이 공을 던져 코코넛을 떨어뜨리는 놀이를 하려고 표적을 세우고 있었다. 남자들은 푸른색 셔츠를 입었고, 여자들은 하얀색 앞치마 차림에 요즘 유행에 따라 깃털을 잔뜩 장식한 모자를 쓰고 있었다. 〈퍼플 폰〉(자줏빛 새끼 사슴)이라는 술집을 경영하는 워저와 구두 수선공이면서 구식 중고 자전거[12]도 팔고 있는 재거스 씨는 길을 가로질러 영국 국기와 왕실 문장을 매단 줄(원래는 즉위 50주년 기념제[13]를 축하한 장식품)을 치고 있었다.

그리고 여인숙 안에서는 가느다란 햇살 한 줄기만 겨우 뚫

12 〈페니파딩〉 자전거라고도 부르는 〈구식〉 자전거는 앞바퀴가 크고 뒷바퀴가 작다. 『투명 인간』이 나왔을 무렵에는 이미 구식 자전거였다. 자전거 타기는 특히 젊은이들 사이에서 인기를 얻고 있었다. 웰스도 열렬한 자전거 애호가였다.

13 빅토리아 여왕의 즉위 50주년을 기념하는 축제는 1887년에 열렸다.

고 들어가도록 블라인드를 내린 객실의 인공적인 어둠 속에서 굶주림과 불안에 시달리고 있을 게 분명한 낯선 사내가 불편하고 더운 옷과 붕대로 몸을 가린 채 색안경을 통해 문서를 들여다보거나 작고 더러운 유리병을 때그락거리고, 눈에 보이지는 않지만 목소리는 또렷이 들리는 창밖의 아이들에게 이따금 욕을 퍼붓고 있었다. 벽난로 옆 방구석에는 깨진 유리병 대여섯 개의 파편이 쌓여 있고, 톡 쏘는 염소 냄새가 공기를 오염시키고 있었다. 우리는 그때 들은 것과 나중에 방에서 본 것을 통해 그 정도는 알고 있다.

정오 무렵, 그가 갑자기 객실 문을 열고 술청에 있는 서너 명의 사람들을 노려보더니, 「홀 부인」 하고 말했다. 누군가가 얌전하게 홀 부인을 부르러 갔다.

홀 부인은 잠시 후 숨을 조금 헐떡이며 나타났지만, 그래서 태도가 더욱 험악했다. 홀은 아직 밖에 있었다. 홀 부인은 이 상황을 신중하게 생각해 보고, 아직 청산되지 않은 청구서를 작은 쟁반에 얹어서 가져왔다.

「원하시는 게 청구서인가요?」 홀 부인이 물었다.

「내 아침 식사를 왜 차려 놓지 않았소? 내 식사도 준비하지 않고, 초인종을 울려도 오지 않은 이유가 뭐요? 내가 먹지 않고도 살 수 있는 줄 알아요?」

「왜 숙박비를 계산하지 않는 거죠? 내가 알고 싶은 건 그거예요.」 홀 부인이 말했다.

「사흘 전에 말했잖소. 송금을 기다리는 중이라고…….」

「이틀 전에 말했잖아요. 나는 송금 같은 거 기다리지 않겠다고. 내 청구서는 지난 닷새 동안 기다리고 있는데, 아침 식사가 조금 늦는다고 불평할 수는 없죠. 안 그래요?」

낯선 사내는 짧지만 강렬하게 욕을 뱉었다.

「아니, 저런!」 술청에서 누군가가 말했다.

「욕은 삼가 주셨으면 고맙겠어요.」 홀 부인이 말했다.

낯선 사내는 어느 때보다도 성난 잠수 헬멧과 비슷해 보이는 얼굴로 서 있었다. 술청에 있던 사람들은 거의 다 홀 부인이 이겼다고 느꼈다. 낯선 사내의 다음 말이 그것을 잘 보여 주었다.

「이봐요, 아줌마.」

「나를 아줌마라고 부르지 마세요.」 홀 부인이 대꾸했다.

「돈이 아직 송금되지 않았다고 말했잖아요.」

「송금이라고?」

「그래도 아마 내 주머니에는…….」

「당신은 이틀 전에 분명히 말했어요. 이제 당신한테는 은화로 1소버린밖에 남지 않았다고.」

「그 후 돈을 더 찾아내서…….」

「우와!」 술청에서 누군가가 야유를 보냈다.

「그 돈을 어디서 찾았는지 궁금하군요.」 홀 부인이 말했다.

이 말이 낯선 사내를 몹시 괴롭힌 것 같았다. 그는 발을 구르며 말했다.

「그게 무슨 뜻이죠?」

「그 돈을 어디서 찾았는지 궁금하다는 뜻이에요.」 홀 부인이 대꾸했다. 「그리고 내가 돈을 받거나 아침 식사를 차리거나 그런 일을 하기 전에 당신은 내가 이해할 수 없는 한두 가지 일에 대해 설명해 주셔야 해요. 아니, 그건 나만이 아니라 아무도 이해할 수 없고 다들 알고 싶어 하는 일이에요. 나는 당신이 위층에 있는 의자에다 무슨 짓을 했는지 알고 싶어요. 그리고 당신 방이 어떻게 비었는지, 당신이 어떻게 다시 들어왔는지도 알고 싶어요. 이 집에 묵는 사람들은 문으로 들어와요. 그게 이 집의 규칙이죠. 그런데 당신은 그렇게 하지 않았어요. 내가 알고 싶은 건 당신이 어떻게 안으로 들어왔느냐 하는 거예요. 그리고 또 알고 싶은 건…….」

갑자기 낯선 사내가 장갑 낀 손을 움켜쥐고 번쩍 쳐들더니 발을 구르며 말했다. 「그만!」 그 말투가 터무니없이 난폭해서 여인숙 안주인은 당장 입을 다물었다.

「내가 누군지, 아니면 내가 무엇인지 모르겠다고요? 빌어먹을! 좋습니다. 보여 드리죠.」 그러고는 펼친 손바닥을 얼굴에 댔다가 다시 떼었다. 그의 얼굴 한복판은 검은 구멍이 되었다. 「자요.」 그는 이렇게 말하면서 몇 걸음 앞으로 나와 홀 부인에게 무언가를 건네주었다. 부인은 변형된 그의 얼굴을 뚫어지게 바라보면서 무의식적으로 그것을 받아 들었다. 그리고 그게 뭔지를 본 순간, 부인은 비명을 지르며 그것을 떨어뜨리고 뒤로 비틀거리며 물러섰다. 바닥에는 코 — 그것은 분홍빛으로 반짝이는 낯선 사내의 코였다 — 가 굴러 있었다.

이어서 그는 안경을 벗었다. 술청에 있던 사람들은 모두 놀라서 숨을 헐떡거렸다. 그는 모자를 벗고, 난폭한 몸짓으로 구레나룻과 붕대를 떼어 냈다. 붕대는 벗겨지지 않으려고 잠시 저항했다. 끔찍한 예상이 섬광처럼 술청을 휩쓸었다.

「오오, 맙소사!」 누군가가 말했다. 그때 붕대가 벗겨졌다.

그것은 최악이었다. 입을 딱 벌리고 공포에 사로잡혀 있던 홀 부인은 눈앞에 나타난 광경에 비명을 지르며 현관 쪽으로 달려갔다. 다른 사람들도 모두 움직이기 시작했다. 그들은 흉터와 기형 같은 유형의 공포에는 대비가 되어 있었지만, 거기에는 아무것도 없었다! 붕대와 가발이 복도를 가로질러 술청 안으로 날아왔고, 덩치만 크고 눈치 없는 한 젊은이가 그것을 피하려고 펄쩍 뛰어올랐다. 다들 앞다투어 계단을 구르다시피 내려갔다. 거기에 서서 앞뒤가 맞지 않는 지리멸렬한 설명을 외치고 있는 사람은 외투 깃까지는 확실히 눈에 보이는 몸짓을 하고 있었지만, 그 위에는 아무것도 없었기 때문이다. 적어도 눈에 보이는 것은 전혀 없었다!

마을 아래쪽에 있던 사람들이 외침과 비명 소리를 듣고 안길 위쪽을 바라보니, 〈마차와 말〉이 사람들을 거칠게 내쫓는 것이 보였다. 그들은 홀 부인이 넘어지는 것을 보았고, 테디 헨프리 씨가 홀 부인의 몸뚱이에 발이 걸려 넘어지지 않으려고 펄쩍 뛰는 것을 보았다. 이어서 그들은 밀리의 무서운 비명 소리를 들었다. 시끄러운 소리를 듣고 갑자기 부엌에서 나타난 밀리는 뒤쪽에서 머리 없는 사내와 마주쳤던 것이다.

안길 아래쪽에 있던 사람들 — 캔디 장수, 공을 던져 코코넛을 떨어뜨리는 오락장 주인과 그의 조수, 그네 타는 곡예사, 소년 소녀 들, 시골 멋쟁이들, 멋지게 차려입은 시골 처녀들, 작업복 차림의 노인들, 앞치마를 두른 집시들은 당장 여인숙 쪽으로 달려가기 시작했다. 기적적으로 짧은 시간에 마흔 명의 군중이 홀 부인의 여인숙 앞에 모였고, 그 수는 빠르게 늘어나고 있었다. 그들은 이리저리 움직이고 야유하고 질문하고 고함치고 제안했다. 모두 한꺼번에 말하고 싶어 안달이 난 것 같았다. 그 결과는 〈바벨〉[14]이었다. 몇 사람이 쓰러져 있는 홀 부인을 안아 일으켜 부축해 주었다. 혼란이 일어났고, 사람들은 저마다 보거나 느낀 바를 외쳐 댔다.

「오오, 마귀야!」

「그럼 그 사람은 지금까지 뭘 하고 있었지?」

「그 처녀는 해치지 않았나?」

「칼을 들고 덤벼들었을 거야.」

「머리가 없다니까. 말하는 태도를 의미하는 게 아니라 정말로 머리가 없다는 뜻이야!」

「말도 안 돼! 그건 속임수를 쓴 마술일 게 뻔해.」

「그 사람은 몸에 감고 있는 붕대를 벗었어.」

열린 문을 통해 안을 들여다보려고 애쓰는 과정에서 군중은 무질서하게 나아가는 쐐기꼴 대형을 이루었다. 좀 더 대담한 사람들이 여인숙과 가장 가까운 꼭짓점을 차지했다.

「그 사람이 잠시 멈춰 섰어. 처녀의 비명 소리가 들렸어. 그

14 이해할 수 없는 소리. 구약 성서 「창세기」에 따르면 옛날 바빌론 사람들이 하늘까지 닿는 탑을 쌓으려다가 하느님의 노여움을 사서 실패했고, 그 결과 세계에 많은 언어가 생겨났으며, 다른 민족과는 말이 통하지 않게 되었다고 한다.

사람이 돌아섰어. 처녀의 치마가 휙 움직이는 게 보였어. 그 사람이 처녀를 따라갔어. 10초도 걸리지 않았어. 손에 칼과 빵 덩어리를 들고 돌아와서 그것을 노려보는 것처럼 멈춰 섰어. 1분도 지나지 않았어. 저 문으로 들어갔어. 그 사람은 머리가 전혀 없어. 머리가.」

뒤쪽에서 소란이 일어났다. 말하던 사람은 말을 멈추고, 여인숙 쪽으로 아주 단호하게 행진하고 있는 작은 행렬을 위해 옆으로 비켜섰다. 행렬 선두에 선 사람은 얼굴이 시뻘게졌고 태도가 결연한 홀 씨, 다음은 마을 순경인 보비 재퍼스 씨, 그다음은 빈틈없는 경계 태세를 취하고 있는 와저스 씨였다. 그들은 지금 영장으로 무장하고 왔다.

사람들은 최근 상황에 대해 서로 상반되는 정보들을 외쳤다.

「머리가 있든 없든, 나는 그 사람을 체포해야 합니다. 그리고 나는 그 사람을 체포하겠습니다.」 재퍼스 씨가 말했다.

홀 씨는 계단을 올라가 곧장 객실 문으로 행진했다. 그런데 가서 보니 문이 열려 있었다. 그는 순경에게 말했다.

「순경, 의무를 수행하게.」

재퍼스는 객실 안으로 들어갔다. 홀이 다음이었고, 와저스가 마지막으로 들어갔다. 그들은 희미한 빛 속에서 머리 없는 몸통이 그들과 마주 서 있는 것을 보았다. 장갑을 낀 한 손에는 물어뜯은 자국이 있는 빵 껍질을 들고, 다른 손에는 치즈 덩어리를 들고 있었다.

「저게 그놈이야?」 홀이 말했다.

「도대체 이게 무슨 일입니까?」 외투 깃 위쪽에서 타이르는 듯한 말투의 성난 목소리가 들려왔다.

「과연 당신은 난처한 손님이군요.」 재퍼스 씨가 말했다. 「하지만 머리가 있든 없든 영장에는 〈신체〉라고 적혀 있고, 의무는 의무니까…….」

「가까이 오지 마!」 머리 없는 몸통이 뒤로 펄쩍 물러나면서 말했다.

갑자기 그는 빵과 치즈를 내던졌다. 홀 씨는 탁자 위에 놓여 있는 나이프를 상대가 잡기 직전에 낚아챘다. 낯선 사내의 왼쪽 장갑이 날아와 재퍼스의 얼굴을 찰싹 때렸다. 다음 순간, 체포 영장 이야기를 도중에 그만둔 재퍼스는 손이 없는 손목을 움켜잡고, 눈에 보이지 않는 목을 잡았다. 낯선 사내는 딱 소리가 날 만큼 호되게 재퍼스의 정강이를 걷어찼지만, 재퍼스는 멱살을 놓지 않았다. 홀은 나이프를 탁자 위로 밀어서 와저스에게 보냈고, 와저스는 말하자면 공격 측 골키퍼 역할을 하여 그 칼을 쥐고 있다가, 재퍼스와 낯선 사내가 서로 붙잡고 주먹질을 하면서 이리저리 움직이고 비틀거리며 다가오자 앞으로 나섰다. 그런데 의자 하나가 앞길을 막았다. 그들이 한데 엉켜 넘어지자 의자도 콰당 소리를 내며 옆으로 쓰러졌다.

「발을 잡아요.」 재퍼스가 이를 악물고 말했다.

그 지시에 따라 사내의 발을 잡으려던 홀 씨는 갈비뼈에 호된 발길질을 당하고, 잠시 꼼짝도 하지 못했다. 와저스는 머리 없는 사내가 몸을 굴려 재퍼스의 상체에 올라타는 것을 보고 나이프를 손에 쥔 채 문 쪽으로 후퇴했다. 그 바람에 법과 질서를 구하기 위해 방으로 들어오던 헉스터 씨와 시더모턴의 짐마차 마부와 충돌했다. 같은 순간, 작은 탁자에서 유리병 서너 개가 떨어졌고, 그 바람에 코를 찌르는 냄새가 거미줄처럼 실내 공기에 퍼졌다.

「항복하겠소.」 낯선 사내는 재퍼스를 쓰러뜨렸지만 이렇게 외치고는 다음 순간 숨을 헐떡이며 일어섰다. 그는 머리도 없고 손도 없는 이상한 모습이었다. 이제 왼손만이 아니라 오른손에서도 장갑을 벗었기 때문이다. 「소용없어.」 그는 숨을 쉬려고 흐느끼는 듯한 소리를 내면서 말했다.

텅 빈 공간에서 나오는 듯한 그 목소리를 듣는 것은 세상에서 가장 기묘한 일이었지만, 서식스의 농부들은 아마 태양 아래에서 가장 실제적인 사람들일 것이다. 재퍼스도 일어나서 수갑을 꺼냈다. 그러다가 흠칫 놀랐다.

「잠깐!」 재퍼스는 이 일이 얼마나 부적절한지를 어렴풋이 깨닫고 갑자기 동작을 멈추면서 말했다. 「빌어먹을! 수갑은 쓸모가 없군.」

낯선 사내는 팔로 조끼를 쓸어내렸다. 그러자 그의 빈 소매가 가리킨 단추들이 기적처럼 풀렸다. 그는 자기 정강이에 대해 무어라고 말하면서 몸을 숙였다. 그는 구두와 양말을 만지작거리고 있는 것 같았다.

「아니!」 헉스터가 말했다. 「저건 사람이 아니야. 그냥 텅 빈 옷일 뿐이야. 봐! 칼라와 안감까지 다 보여. 내 팔을…….」

헉스터는 손을 뻗었다. 그의 손은 공중에서 무언가를 만난 것 같았다. 그는 날카로운 비명을 지르며 손을 도로 끌어당졌다.

「당신 손가락이 내 눈에 띄지 않게 해줬으면 좋겠소.」 공중에서 나는 목소리가 무례하게 훈계하는 투로 말했다. 「사실 나는 온전한 상태로 여기 있소. 머리, 손, 다리, 그리고 나머지 몸도 모두 여기 있지만, 공교롭게도 눈에는 보이지 않아요. 지독하게 불쾌한 일이지만, 난 투명 인간이오. 하지만 그렇다고 해서 아이핑의 멍청한 촌뜨기들이 나를 꼬치꼬치 캐고 들어도 되는 건 아니오. 안 그렇소?」

이제 단추가 모두 풀려서 눈에 보이지 않는 몸 위에 느슨하게 걸쳐져 있는 옷이 두 팔을 구부리고 일어섰다.

다른 사람 몇 명이 방으로 들어왔기 때문에, 이제 방은 사람들로 가득 차 있었다.

「투명 인간이라고?」 헉스터가 낯선 사내의 비아냥을 무시하고 말했다. 「누가 그런 이야기를 들어 본 적이 있나?」

「그건 이상하긴 하지만 범죄는 아니오. 그런데 내가 왜 이런 식으로 경찰한테 공격당하는 거요?」

「아아! 그건 다른 문제요.」 재퍼스가 말했다. 「이렇게 희미한 빛 속에서는 잘 안 보이겠지만, 나는 영장을 갖고 있고, 이건 틀림이 없어요. 내가 당신을 체포하려는 건 투명 인간이라서가 아니라 절도죄 때문입니다. 어떤 집에 도둑이 들어서 돈을 훔쳐 갔거든요.」

「그래서요?」

「그런데 상황으로 미루어 틀림없이…….」

「말도 안 돼!」 투명 인간이 말했다.

「나도 그러기를 바라지만, 나는 지시를 받았습니다.」

「좋습니다.」 낯선 사내가 말했다. 「가죠. 가겠습니다. 하지만 수갑은 차지 않겠어요.」

「수갑을 채우는 게 규칙인데요.」 재퍼스가 말했다.

「수갑은 차지 않겠소.」 낯선 사내는 그것을 조건으로 요구했다.

「죄송합니다.」 재퍼스가 말했다.

갑자기 투명 인간이 의자에 앉았다. 그리고 누구도 무슨 일이 벌어지고 있는지를 알아차리기 전에 슬리퍼와 양말과 바지가 발로 걷어찬 것처럼 탁자 밑으로 날아갔다. 이어서 그는 다시 벌떡 일어나 외투를 내던졌다.

「멈춰!」 무슨 일이 일어나고 있는지를 갑자기 깨달은 재퍼스가 말했다. 그는 조끼를 움켜잡았다. 조끼는 몸부림을 쳤고, 셔츠가 조끼에서 미끄러져 나왔다. 재퍼스의 손에 남은 조끼는 텅 비어서 축 늘어졌다.

「놈을 잡아라!」 재퍼스가 큰 소리로 외쳤다. 「일단 옷을 모두 벗어 던지면……!」

「놈을 잡아라!」 모두 외쳤다. 펄럭거리는 하얀 셔츠를 향해 사람들이 우르르 몰려들었다. 낯선 사내의 형체 중에서 지금 눈에 보이는 것은 그 하얀 셔츠뿐이었다.

셔츠 소매가 홀의 얼굴을 강타했다. 두 팔을 벌리고 돌진하던 홀은 뒤로 날아가 교회지기인 투스섬 영감과 부딪쳤다. 다음 순간, 셔츠가 위로 들렸고 심하게 경련을 일으키더니, 속에 아무것도 들어 있지 않은 것처럼 팔 주위에서 펄럭거렸다. 마치 셔츠를 머리 위로 끌어 올려 벗어 던지고 있는 것 같았다. 재퍼스는 셔츠를 낚아챘지만, 셔츠를 벗는 것을 도와주었을 뿐이다. 재퍼스는 느닷없이 입을 얻어맞고는 당장 경찰봉을 꺼내 테디 헨프리의 정수리를 호되게 내리쳤다.

「조심해!」 모두 닥치는 대로 팔을 휘두르고 주먹질을 허공에 날렸다. 「놈을 잡아! 문을 닫아! 놈을 놓치지 마! 내가 뭔가를 잡았어! 여기 있어!」 그들이 내는 소음은 그야말로 바벨탑을 이루었다. 모두 동시에 얻어맞고 있는 것 같았다. 항상 빈틈없는 샌디 와저스는 느닷없이 코를 한 대 얻어맞고 더욱 약삭빨라진 상태에서 문을 다시 열고 앞장서서 달아났다. 다른 사람들도 곧 뒤를 따랐기 때문에 문간 구석에서 잠시 옴짝달싹도 못 하게 되었다. 주먹질은 계속되었다. 유니테리언[15] 교도인 핍스는 앞니 하나가 부러졌고, 헨프리는 귀의 연골을 다쳤다. 재퍼스는 턱 밑을 맞고 돌아서서, 난투극이 벌어졌을 때 그와 헥스터 사이에 끼어들어 그들이 화해하는 것을 방해한 무언가를 움켜잡았다. 그는 근육이 잘 발달한 가슴을 느꼈고, 다음 순간 흥분한 남자들이 한 덩어리가 되어 맞붙어 싸우면서 북적거리는 홀로 뛰어들었다.

「내가 잡았어요!」 재퍼스가 숨이 막힌 듯 캑캑거리고 휘청거리며 그 많은 사람들 사이를 뚫고 지나가면서 외쳤다. 얼굴이 자줏빛으로 변하고 혈관이 부풀어 오른 그는 보이지 않

15 성부·성자·성령의 삼위일체를 부정하고, 그리스도의 신성을 부정하며, 신격의 단일성을 주장하는 기독교의 한 종파. 일반적으로 자유주의적 경향을 띠며, 교회와 교리보다는 윤리를 중요시한다.

는 적과 맞붙어 씨름하고 있었다.

이 이상한 격투 장면이 현관문 쪽으로 빠르게 이동한 뒤, 여인숙의 계단 여섯 단을 빙글빙글 돌면서 내려가는 동안, 주위의 남자들은 비틀거리며 좌우로 갈라졌다. 재퍼스는 목이 졸린 듯한 목소리로 외쳤다. 그러면서도 상대를 꽉 움켜잡고, 무릎으로 상대를 맹렬히 공격하고 있었다. 하지만 빙그르르 한 바퀴 돌고 땅바닥에 넘어지면서 자갈에 머리를 호되게 부딪쳤다. 그제야 그의 손가락이 느슨해졌다.

「놈을 잡아라!」「안 보여!」 사람들이 흥분하여 외쳤다.

다른 마을 사람이라 이름이 밝혀지지 않은 한 젊은이가 뛰어들어 무언가를 잡았지만 손을 놓쳤고, 엎드려 있는 순경의 몸에 걸려 넘어졌다. 길을 절반쯤 건넌 곳에서 한 여자가 비명을 질렀다. 무언가가 그녀를 밀어제치고 지나갔기 때문이다. 분명히 발길질을 당한 개가 깨갱거리고 청승궂게 짖으면서 헉스터의 마당으로 달아났다. 그것으로 투명 인간의 도주는 성공했다. 한동안 사람들은 놀라서 말문이 막힌 듯 손짓 발짓으로 이야기하며 서 있다가 공포로 자제심을 잃고, 돌풍에 낙엽이 지듯 마을 전역으로 뿔뿔이 흩어졌다.

하지만 재퍼스는 얼굴을 위로 하고 두 무릎을 구부린 채 꼼짝도 않고 누워 있었다.

제8장
이동 중에

제8장은 아주 짧고, 줄거리는 다음과 같다. 이 지방의 아마추어 박물학자인 기븐스는 넓고 트인 언덕 위에 누워 있었다. 그는 사방 3킬로미터 안에는 아무도 없을 거라고 생각했다. 그런데 그가 꾸벅꾸벅 졸고 있을 때, 바로 옆에서 사람이 기침을 하고 재채기를 하고 혼잣말로 욕하는 소리를 들었다. 그쪽을 보았지만, 아무것도 보이지 않았다. 하지만 〈목소리〉가 들린 것은 분명했다. 〈목소리〉는 교양 있는 남자의 욕설을 특징짓는 폭과 다양성을 보여 주면서 욕을 계속했다. 〈목소리〉는 절정에 이르렀다가 점점 줄어들어 멀리 사라졌다. 〈목소리〉는 애더딘 쪽으로 가는 것 같았다. 〈목소리〉는 발작적으로 재채기를 한 뒤 끝났다. 기븐스는 그날 아침에 일어난 사건을 전혀 몰랐지만, 그 현상이 너무나 인상적이고 그의 마음을 어지럽혔기 때문에 그의 철학적 평안이 사라져 버렸다. 그는 서둘러 일어나 가파른 언덕을 최대한 빨리 내려와서 마을로 돌아갔다.

제9장
토머스 마블 씨

토머스 마블 씨는 풍부하고 유연한 표정을 가진 사람으로 묘사되어야 한다. 원통형으로 튀어나온 코, 호색적이고 커다랗고 끊임없이 움직이는 입, 빽빽이 돋아난 턱수염. 몸매는 비만해지는 경향이 있었는데, 짧은 팔다리가 이 경향을 더욱 강조해 주었다. 그는 모피 비슷한 실크해트를 쓰고, 옷의 중요한 부분에는 거의 다 단추 대신 노끈과 구두끈을 사용했는데, 이것은 본질적으로 총각인 남자의 특징이었다.

토머스 마블 씨는 아이핑에서 2.5킬로미터쯤 떨어진 애더딘 쪽으로 언덕을 넘는 길가 도랑에 발을 담그고 앉아 있었다. 그가 발에 신고 있는 것은 군데군데 불규칙적으로 살이 비쳐 보이는 세공을 한 양말뿐이었다. 커다란 발가락은 넓적했고, 예민한 개의 귀처럼 쫑긋했다. 그는 느긋한 태도로 — 그는 무슨 일이든 느긋하게 했다 — 부츠를 신을까 말까 생각하고 있었다. 별로 망가지지 않은 부츠를 발견한 것은 정말 오랜만이었지만, 불행히도 그의 발에는 너무 컸다. 반면에 그가 지금까지 신은 부츠는 마른 날씨에는 발에 잘 맞고 편안했지만, 습기가 있는 곳을 걷기에는 구두창이 너무 얇았다. 토머스 마블 씨는 헐렁한 신발을 싫어했지만, 습기도 싫어했다. 어느 것을 더 싫어하는지에 대해서는 제대로 생각해 본 적이 없었다. 쾌청한 날이었고 달리 할 일도 없었기 때문에, 그는 부츠 네 짝을 잔디밭에 우아하게 늘어놓고 바라보는 참이었다. 풀과 삐죽삐죽 돋아난 가막사리 사이로 부츠를 바라보고 있을 때, 두 켤레가 다 지독하게 보기 흉하다는 생각이 갑자기 그의 머리에 떠올랐다. 뒤에서 어떤 〈목소리〉가 났을 때에도 그는 전혀 놀라지 않았다.

「어쨌든 저건 부츠야.」〈목소리〉가 말했다.

「그래. 공짜 부츠지.」 토머스 마블 씨는 머리를 한쪽으로 기울이고 불쾌한 표정으로 부츠를 바라보면서 말했다.「그런데 둘 중 어느 쪽이 이 축복받은 세상에서 가장 보기 흉한 부츠인지, 난 그걸 모르겠어.」

「흐음.」〈목소리〉가 말했다.

「나는 저것보다 더 나쁜 부츠를 신은 적도 있어. 아니, 사실은 아무것도 신지 않은 적도 있었지. 하지만 어떤 부츠도 그처럼 뻔뻔하게 흉하지는 않았어. 당신이 그런 표현을 허락한다면 말이지만. 나는 며칠 동안 부츠를 구걸했지. 저것에는 진저리가 났으니까. 물론 아직은 쓸 만하지만, 떠돌이 신사는 구두를 엄청 많이 보게 되지. 그런데 나는 이 축복받은 고장에서 그렇게 애를 썼는데도 저것 말고는 얻질 못했어. 저걸 좀 봐! 부츠를 얻기에는 대체로 좋은 곳이지만, 내 운이 그거밖에 안 된다면 어쩔 수 없지. 나는 10년 넘게 이 고장에서 부츠를 얻었는데, 사람을 이런 식으로 취급하다니.」

「짐승처럼 잔인한 고장이로군.」〈목소리〉가 말했다.「그리고 사람들은 꼭 돼지 같아.」

「그렇지?」 토머스 마블 씨가 말했다.「하지만 저 부츠를 좀 보라고. 완전히 손들었어.」

그는 자신과 대화를 나누고 있는 사람의 부츠를 보고 자신의 부츠와 비교해 보려고 오른쪽 어깨 너머로 고개를 돌렸다. 그런데 상대의 부츠가 있어야 할 곳에는 다리도 없고 부츠도 없었다. 그래서 이번에는 왼쪽 어깨 너머로 고개를 돌렸다. 거기에도 역시 다리도 없고 부츠도 없었다. 새벽에 날이 차츰 밝기 시작하듯, 커다란 놀라움의 빛이 그를 비추기 시작했다.

「어디 있는 거야?」 토머스 마블 씨는 어깨 너머로 말하고 네발로 엎드렸다. 텅 빈 언덕이 멀리까지 펼쳐져 있는 것이 보였다. 끝이 초록빛을 띤 가시금작화 덤불이 멀리 보였다. 바람이 그 덤불을 흔들고 있었다.

「내가 취했나?」 마블 씨가 말했다.「내가 허깨비를 보았나? 내가 혼잣말을 하고 있었나? 도대체…….」

「놀라지 마.」〈목소리〉가 말했다.

「복화술은 그만둬.」 토머스 마블 씨가 벌떡 일어나면서 말했다.「어디 있는 거야? 정말 놀랄 일이군!」

「놀라지 마.」〈목소리〉가 같은 말을 되풀이했다.

「이제 곧 당신이 놀랄 거야. 바보 멍청이 같으니라고. 도대체 어디 있는 거야? 내가 당신을…….」 토머스 마블 씨는 잠깐 사이를 두었다가 말을 이었다. 「혹시 땅속에 묻혀 있나?」

아무 대답도 없었다. 토머스 마블 씨는 부츠를 신지 않고 일어나다가, 재킷이 하마터면 벗겨질 뻔했기 때문에 깜짝 놀랐다.

〈피윗!〉 하고 멀리서 피윗[16]이 울었다.

「정말로 피윗이로군!」 토머스 마블 씨가 말했다. 「지금은 바보짓을 하고 있을 때가 아니야.」

언덕은 동서남북 어디를 보아도 적막했다. 얕은 도랑과 경계를 나타내는 하얀 말뚝이 길을 따라 뻗어 있었다. 남북으로 달리는 길은 아무도 없이 텅 비어 있고 평탄했다. 그 피윗을 제외하면 파란 하늘도 역시 비어 있었다.

「그러니까 나를 좀 도와줘.」 토머스 마블 씨가 외투를 다시 어깨에 걸치면서 말했다. 「술 때문이야! 진작 알았어야 하는 건데.」

「술 때문이 아니야.」 〈목소리〉가 말했다. 「침착성을 잃지 마.」

「오오!」 마블 씨가 말했다. 누더기 한복판에 드러난 얼굴이 하얗게 질렸다. 「술 때문이야.」 그의 입술이 소리 없이 같은 말을 되풀이했다. 그는 천천히 뒤쪽으로 돌면서 주위를 살폈다. 「분명히 목소리를 들었는데. 맹세할 수도 있어.」 그가 중얼거렸다.

「물론 들었지.」

「또 들리는군.」 마블 씨는 눈을 감고 비참한 몸짓으로 이

16 댕기물떼새. 〈피윗〉이라는 울음소리 때문에 〈피윗〉이라고 불린다.

마에 손을 눌러 댔다. 그때 갑자기 누군가가 그의 옷깃을 움켜잡고 난폭하게 흔들었다. 그는 더욱 멍해졌다.

「바보처럼 굴지 마.」〈목소리〉가 말했다.

「나는…… 지독한…… 바보야.」 마블 씨가 말했다. 「소용없어. 저 빌어먹을 부츠 때문에 안달을 하다니. 나는 정말 지독한 바보야. 아니면 그건 아마 유령일 거야.」

「이것도 저것도 아니야.」〈목소리〉가 말했다. 「잘 들어!」

「바보.」 마블 씨가 말했다.

「잠깐만.」〈목소리〉가 날카롭게 말했다. 감정을 억제하느라 목소리가 떨리고 있었다.

「왜 그래?」 토머스 마블 씨는 손가락 하나가 가슴을 찌르고 있는 듯한 묘한 느낌을 받으면서 말했다.

「너는 내가 상상의 산물일 뿐이라고 생각하지? 단순한 상상일 뿐이라고?」

「그게 아니면 뭐지?」 토머스 마블 씨는 목덜미를 문지르면서 말했다.

「좋아.」〈목소리〉가 안심한 투로 말했다. 「그럼 네가 생각을 바꿀 때까지 너한테 돌멩이를 던지겠어.」

「하지만 당신은 어디 있지?」

〈목소리〉는 아무 대답도 하지 않았다. 분명히 허공에서 난데없이 단단한 돌멩이 하나가 휙 날아와 마블 씨의 어깨를 아슬아슬하게 스치고 지나갔다. 마블 씨는 돌아서서, 돌멩이 하나가 공중으로 휙 올라가 복잡한 궤적을 그린 다음 잠시 허공에 매달려 있다가 눈에 보이지도 않을 만큼 빠른 속도로 그의 발치에 떨어지는 것을 보았다. 그는 너무 놀라서 돌멩이를 피하지도 않았다. 돌멩이가 휙 날아와 맨발의 발가락을 스치고 도랑으로 떨어졌다. 마블 씨는 펄쩍 뛰어오르며 큰 소리로 신음했다. 그런 다음 달아나기 시작했지만, 눈에 보이지 않는 장애물에 걸려 공중제비로 나가떨어져서 땅바닥에 털썩 주저앉았다.

「자.」 세 번째 돌멩이가 위로 올라가 떠돌이의 머리 위에 매달렸을 때, 〈목소리〉가 말했다.

마블 씨는 대답 대신 버둥거리며 일어섰지만, 당장 또다시 나뒹굴고 말았다. 그는 잠시 조용히 누워 있었다.

「더 이상 버둥거리면 돌멩이를 네 머리통에다 던지겠어.」 〈목소리〉가 말했다.

「그건 부당해.」 토머스 마블 씨는 일어나 앉아서 다친 발가락을 손으로 잡고, 세 번째 미사일에 눈을 고정시켰다. 「나는 이해할 수가 없어. 돌멩이가 저절로 던져지고, 돌멩이가 말을 하고……. 이봐, 거기서 내려와. 젠장. 나는 지쳤어.」

세 번째 돌멩이가 떨어졌다.

「아주 간단해.」 〈목소리〉가 말했다. 「나는 투명 인간이거든.」

「내가 모르는 걸 말해 줘.」 토머스 마블 씨가 통증으로 숨을 헐떡거리면서 말했다. 「어디 숨어 있지? 어떻게 그러는 거지? 나는 정말 모르겠어. 두 손 다 들었어.」

「그게 전부야.」 〈목소리〉가 말했다. 「나는 눈에 보이지 않는 투명 인간이라고. 그걸 네가 이해해 주었으면 좋겠어.」

「그건 누구나 알 수 있을 거야. 그처럼 고약하게 짜증을 낼 필요는 없어. 가르쳐 줘. 도대체 당신은 어떻게 숨어 있지?」

「나는 눈에 보이지 않아. 그게 중요한 점이지. 나는 네가 이 점을 알아주었으면…….」

「하지만 도대체 어디 있지?」 마블 씨가 〈목소리〉를 가로막았다.

「여기! 너한테서 5미터도 떨어지지 않은 곳에.」

「제발 이러지 마. 나는 장님이 아니야. 다음에는 당신이 희박한 공기일 뿐이라고 말하겠군. 나는 무식한 떠돌이가 아니야.」

「그래, 나는…… 희박한 공기야. 너는 나를 통해 내 뒤쪽에 있는 것을 볼 수 있지.」

「뭐라고? 그럼 당신은 몸뚱이가 없어? 목소리뿐이야? 소리밖에는 아무것도 없단 말이야?」

「나는 그냥 인간일 뿐이야. 몸뚱이를 갖고 있어서 먹을 것과 마실 것이 필요하고, 입을 옷도 필요하지. 하지만 나는 눈에 보이지 않아. 알겠어? 눈에 보이지 않는 투명 인간이라고. 간단해. 보이지 않는 투명 인간.」

「뭐라고? 그럼 진짜 실제로 존재한다는 거야?」

「그럼. 실제로 존재하지.」

「그럼 손을 줘봐. 당신이 실제로 존재한다면 말이야. 그렇게 터무니없는 요구는 아닐 거야. 아야!」 그는 비명을 질렀다. 「그렇게 꽉 잡으면 어떡해? 아파서 펄쩍 뛰었잖아!」

그는 손목을 움켜잡은 손을 비어 있는 손가락으로 만져보았다. 그의 손가락은 팔을 조심스럽게 더듬어 올라간 다음, 근육이 잘 발달한 가슴을 토닥이고, 텁수염이 난 얼굴을 탐험했다. 마블 씨의 얼굴은 놀라움 그 자체였다.

「정말 놀랍군! 더할 나위 없이 재미있어! 세상에 이런 일이! 당신을 통해 저기 1킬로미터쯤 떨어져 있는 토끼 한 마리가 또렷이 보여. 그런데 당신은 전혀 안 보이는군. 보이는 거라고는…….」

마블 씨는 겉으로 보기에 텅 빈 공간을 유심히 살폈다.

「빵과 치즈를 먹은 모양이군?」 그는 눈에 보이지 않는 팔을 잡으면서 물었다.

「그래, 맞아. 그 음식이 아직 완전히 소화되지 않았어.」

「하지만 좀 유령 같군.」

「물론 이 모든 일은 네가 생각하는 것의 절반만큼도 놀랍지 않아.」

「나는 그렇게 많은 것을 바라지 않으니까, 나한테는 그것만으로도 충분히 놀라워. 도대체 어떻게 한 거야? 어떻게 투명 인간이 됐지?」

「이야기하자면 너무 길어. 게다가…….」

「사실 말인데, 나는 이 모든 일에 완전히 질렸어.」

「내가 지금 말하고 싶은 건 이거야. 나는 도움이 필요해. 나는 미칠 듯이 화가 나서 발가벗고 무력한 상태로 정처 없이 헤매다가 갑자기 너를 만난 거야. 나는 살인을 저지를 수도 있었어. 그런데 너를 보고…….」

「맙소사!」 마블 씨가 말했다.

「나는 네 뒤로 다가갔어. 그리고 망설이다가 그냥 너를 지나쳐서 계속 걸어갔지.」

마블 씨의 표정은 그의 속마음을 웅변으로 말해 주고 있었다.

「……그러다가 멈추었어. 나는 말했지. 〈여기에 나처럼 사회에서 버림받은 자가 있구나. 이자야말로 나에게 필요한 사람이다.〉 그래서 나는 돌아서서 너에게 다가갔어. 그리고…….」

「맙소사! 하지만 나는 지금 완전히 혼란에 빠져 있어. 한 가지 물어봐도 될까? 도대체 어떻게 된 거야? 그리고 도움이 필요하다고 했는데, 뭘 어떻게 해달라는 거지? 투명 인간!」

「옷과 거처를 구해야 하는데, 그걸 도와주었으면 좋겠어. 그리고 다른 물건들도. 내 물건은 아주 먼 곳에 놔두고 왔거든. 네가 도와주지 않겠다면…… 좋아! 하지만 도와줄 거야. 도와주어야 돼!」

「이봐. 나는 몹시 당황스러워. 더 이상 나를 괴롭히지 말고 놓아줘. 나는 마음을 좀 안정시켜야 돼. 그리고 당신은 하마터면 내 발가락을 부러뜨릴 뻔했어. 모든 게 너무 터무니없어. 텅 빈 언덕, 텅 빈 하늘. 반경 몇 킬로미터 이내에는 자연의 아늑한 젖가슴을 빼고는 아무것도 보이지 않아. 그때 목소리가 들려오는 거야. 하늘에서 들려오는 목소리! 그리고 날아오는 돌멩이! 그리고 주먹. 맙소사!」

「마음을 진정시켜.」〈목소리〉가 말했다. 「너는 내가 시키는 일을 해야 하니까. 나는 그 일을 시키려고 너를 선택했으니까.」

마블 씨는 볼을 부풀리고 눈을 똥그랗게 떴다.

「나는 너를 선택했어.」〈목소리〉가 말했다. 「너는 저 밑에 있는 몇몇 얼간이를 빼고는 투명 인간 같은 게 존재한다는 사실을 알고 있는 유일한 사람이야. 너는 나를 도와주어야 돼. 도와줘. 그러면 충분히 보답할게. 투명 인간은 놀라운 능력을 가진 사람이니까.」

그는 잠시 말을 멈추고 요란하게 재채기를 했다.

「하지만 나를 배신한다면, 내가 시키는 대로 하지 않는다면…….」

그는 말을 끊고 마블 씨의 어깨를 세게 때렸다. 마블 씨는 그 감촉에 놀라 공포의 비명을 질렀다.

「당신을 배신하고 싶진 않아.」 마블 씨는 손가락 방향에서 조금씩 멀어지면서 말했다. 「당신이 뭘 하든, 내가 당신을 배신할 거라고는 생각지 마. 내가 원하는 건 당신을 돕는 것뿐이야. 내가 뭘 해야 하는지만 말해 줘. (맙소사!) 당신이 원하는 건 뭐든지 해줄 테니까.」

제10장

마블 씨가 아이핑 마을을 방문하다

처음의 폭발적인 공포가 지나가자, 아이핑 사람들은 논쟁을 벌이기 시작했다. 회의론이 갑자기 고개를 들었다. 자신의 배후를 전혀 확신하지 못하는 신경질적인 회의론이었지만, 그래도 회의론은 회의론이었다. 투명 인간 따위는 존재하지 않는다고 믿는 편이 훨씬 마음 편하다. 실제로 그가 공기 속으로 사라지는 것을 보았거나 그의 완력을 느낀 사람은 열 손가락으로 꼽을 정도밖에 안 되었다. 이 목격자들 가운데 와저스 씨는 곧 사라져서, 집에 틀어박혀 빗장을 걸어 잠그고 난공불락의 요새로 만들었다. 재퍼스는 〈마차와 말〉의 객실에 멍해진 상태로 누워 있었다. 경험을 초월하는 위대하고 기발한 생각보다는 사소하고 명백한 생각이 인간에게 더 큰 영향을 미치는 경우가 많다. 아이핑은 깃발로 화려하게 장식되어 있었고, 모두 나들이옷을 입고 있었다. 성신 강림절 이후 첫 번째 월요일은 사람들이 한 달 전부터 손꼽아 기다린 축제였다. 오후가 되자, 투명 인간의 존재를 믿는 사람들조차도 그가 가버렸을 거라고 생각하고 조심스럽게 축제를 즐기기 시작했고, 회의론자들에게 투명 인간은 이미 농담거리일 뿐이었다. 하지만 투명 인간의 존재를 믿든 안 믿든, 그날 사람들은 온종일 화기애애했다.

헤이먼 씨네 목장은 천막이 쳐져 있고 쾌활한 분위기에 싸여 있었다. 천막 안에서는 번팅 부인을 비롯한 여자들이 차를 준비하고 있었고, 천막 밖에서는 일요 학교에 다니는 아이들이 보좌 신부와 커스 양과 새크버트 양의 지시에 따라 경주를 벌이거나 다양한 경기를 하고 있었다. 약간의 불안이 공기 속에 감돌고 있는 것은 분명했지만, 사람들은 대부분 자기가 경험한 상상 속의 불안을 감출 만한 분별을 갖고 있었다. 마을의 풀밭에서는 가파른 비탈에 줄을 매놓고, 도르래가 달린 손잡이에 매달려 아래까지 미끄러져 내려간 다음 아래쪽에 붙박여 있는 자루에 난폭하게 부딪치는 놀이가 청소년들 사이에 상당한 인기를 얻게 되었다. 그네와 코코넛 던지기와 산책길도 있었고, 그네에 딸린 증기 오르간은 코를 찌르는 기름 냄새와 그에 못지않게 자극적인 음악으로 공기를 가득 채웠다. 아침에 교회 예배에 참석한 클럽 회원들은 분홍색과 초록색이 어우러진 휘장으로 화려하게 치장했고, 더 화려한 것을 좋아하는 사람들은 중절모도 화려한 색깔의 리본으로 장식했다. 축제에 대해 엄격한 생각을 갖고 있는 플레처 영감은 창가의 재스민이나 열린 문을 통해(어느 쪽이라도 좋지만) 아직 집 안에 있는 것을 볼 수 있었다. 영감은 의자 두 개 위에 널빤지를 걸쳐 놓고 그 위에 올라가 교묘하게 균형을 잡으면서 거실 천장에 회반죽을 바르고 있었다.

4시쯤 낯선 남자가 구릉지 쪽에서 마을로 들어왔다. 유난히 초라한 실크해트를 쓴 땅딸막한 사내였다. 그는 몹시 숨이 가쁜 것 같았다. 두 볼이 힘없이 축 늘어졌다가 팽팽하게 부풀어 오르기를 되풀이하고 있었다. 얼룩덜룩한 얼굴은 불안해 보였고, 마지못해 재빨리 움직이는 것 같았다. 그는 교회 옆 모퉁이를 돌아 〈마차와 말〉 쪽으로 걸어갔다. 많은 사람들 가운데 특히 플레처 영감은 그를 본 것을 잘 기억하고 있다. 영감은 그 낯선 남자의 흥분한 태도에 정신이 팔려 넋을 잃고 그를 바라보다가, 그만 상당량의 회반죽이 칠붓에서 흘러내려 외투 소매 속으로 들어가고 말았다.

〈코코넛 던지기〉 오락장 주인이 보기에 이 낯선 남자는 혼잣말을 중얼거리고 있는 것 같았고, 헉스터 씨도 같은 말을 했다. 낯선 남자는 〈마차와 말〉의 계단 밑에 멈춰 섰고, 헉스터 씨의 말에 따르면 여인숙에 들어갈 마음을 다잡기 전에 심한 마음의 갈등을 겪고 있는 것 같았다고 한다. 마침내 그는 계단을 올라갔고, 헉스터 씨는 그가 왼쪽으로 돌아서 객실 문을 여는 것을 보았다. 헉스터 씨는 술청에 있던 사람들이 그 방에 들어가면 안 된다고 낯선 남자에게 알려 주는 소리를 들었다.

「그 방은 개인용 객실이오!」 홀이 말했다.

그러자 낯선 남자는 어색하게 문을 닫고 술청으로 들어갔다.

몇 분 뒤, 그는 손등으로 입술을 훔치면서 다시 나타났다. 차분하고 만족스러운 태도였지만, 헉스터 씨에게는 일부러 꾸민 것처럼 어색한 인상을 주었다. 낯선 남자는 멈춰 서서 잠시 주위를 둘러보았다. 이어서 헉스터 씨는 그가 수상쩍은 태도로 정원 문을 향해 걸어가는 것을 보았다. 객실 창문은 정원 쪽으로 나 있었다. 낯선 남자는 잠시 망설인 뒤, 정원 출입문의 문설주에 등을 기대고 앉아서 짧은 파이프를 꺼냈다. 대통에 담배를 채우는 동안 그의 손가락이 바들바들 떨리고 있었다. 그는 서투르게 불을 붙이고는, 팔짱을 끼고 나른한 태도로 담배를 피우기 시작했다. 하지만 이따금 재빨리 정원을 살피는 눈초리는 그 나른한 태도가 거짓이라는 것을 나타내고 있었다.

헉스터 씨는 이 모든 것을 담배 판매 창구에 놓여 있는 담배 상자 너머로 볼 수 있었다. 그 낯선 남자의 행동이 너무 이상해서 헉스터 씨는 관찰을 계속했다.

낯선 남자는 곧 벌떡 일어나 파이프를 주머니에 집어넣었다. 그런 다음 정원 안으로 사라졌다. 헉스터 씨는 좀도둑질을 목격했다고 생각하고, 카운터를 돌아서 도둑질을 막기 위해 길 한복판으로 달려 나갔다. 그때 마블 씨가 다시 나타났다. 모자는 비뚤어졌고, 한 손은 파란 식탁보에 싼 커다란 꾸러미를 들고 있었고, 다른 손은 책 세 권을 한데 묶어서(나중에 알고 보니 책을 묶은 끈은 교구 신부의 바지 멜빵이었다) 들고 있었다. 그는 헉스터 씨를 보자마자 놀라서 숨이 막힌 듯한 소리를 내고는, 왼쪽으로 홱 돌아서서 달아나기 시작했다.

「도둑놈 잡아라!」 헉스터 씨가 외치면서 그를 쫓아 달려갔다.

헉스터 씨의 감각은 생생했지만 짧았다. 그는 낯선 남자가 바로 앞에 있는 것을 보았고, 교회 모퉁이를 돌아서 구릉지로 통하는 길을 전속력으로 달려가는 것을 보았다. 그는 저 너머에 마을 깃발이 펄럭이고 축제 행사가 벌어지고 있는 것을 보았다. 한두 사람이 고개를 돌려 그를 바라보았다. 그는 다시 「도둑놈 잡아라!」 하고 외치면서 씩씩하게 달려갔다. 하지만 열 걸음을 뛰자마자 정강이가 이상하게 무언가에 걸렸다. 그는 이제 더 이상 달리지 않고, 믿을 수 없는 속도로 공중을 날고 있었다. 그는 땅이 갑자기 머리 쪽으로 다가오는 것을 보았다. 세상이 소용돌이치는 수백만 개의 빛의 반점 속으로 텀벙 뛰어든 것 같았다. 그 후의 일은 그가 알 바가 아니었다.[17]

17 인기 있는 미국 작가 브렛 하트(1836~1902)의 익살스러운 시에서 인용한 시구. 떠들썩한 싸움이 벌어졌을 때, 어떤 인물의 배에 돌멩이 하나가 던져진다. 〈그는 힘없이 희미한 미소를 짓고 몸을 웅크리며 바닥에 쓰러졌다. 그 후의 일은 그가 알 바가 아니었다.〉

제11장

〈마차와 말〉에서

여인숙에서 일어난 일을 분명히 이해하려면 마블 씨가 헉스터 씨의 가게 창문이 보이는 곳에 처음 온 순간으로 돌아갈 필요가 있다. 바로 그 순간, 커스 씨와 번팅 씨는 객실에 있었다. 그들은 아침에 일어난 이상한 사건을 진지하게 조사하고 있었고, 홀 씨의 허락을 얻어 투명 인간의 소지품을 철저히 살펴보는 중이었다. 재퍼스는 땅바닥에 넘어진 충격에서 조금 회복되었기 때문에, 그에게 동정적인 친구들의 부축을 받으며 집으로 돌아갔다. 홀 부인은 방 안에 흩어져 있던 낯선 사내의 옷가지를 치우고 방을 말끔히 정돈했다. 커스는 낯선 사내가 일할 때 사용한 창문 아래 탁자에서 〈일기장〉이라고 쓰인 큼직한 공책 세 권을 거의 동시에 발견했다.

「일기!」 커스 씨는 공책 세 권을 탁자에 내려놓으면서 말했다. 「어쨌든 이제 무언가를 알게 되겠군요.」

번팅 씨는 탁자 앞에 서서 두 손으로 탁자를 짚었다.

「일기.」 커스 씨는 같은 말을 되풀이하면서 의자에 앉아, 일기장 두 권을 세 번째 일기장 뒤에 독서대처럼 받쳐 놓고 세 번째 일기장을 펼쳤다. 「흐음. 속표지에는 아무 이름도 없군. 제기랄! 암호와 숫자뿐이에요.」

교구 신부가 그의 어깨 너머로 일기장을 보려고 다가왔다.

커스는 갑자기 실망한 얼굴로 책장을 넘겼다.

「어이쿠, 맙소사! 전부 암호예요, 신부님.」

「도형은 없습니까?」 번팅 씨가 물었다. 「단서가 될 만한 그림 같은 건 없나요?」

「직접 보세요, 신부님.」 커스 씨가 말했다. 「암호 가운데 일부는 수학적이고, 일부는 — 글자로 판단하건대 — 러시아어나 그런 언어인 것 같고, 일부는 그리스어예요. 그런데 그리스어라면 신부님이…….」

「물론 알고 있습니다.」 번팅 씨는 말하고 안경을 꺼내 알을 닦았지만, 갑자기 초조한 기분을 느꼈다. 옛날에 배운 그리스어가 지금은 기억에 전혀 남아 있지 않았기 때문이다. 「예, 물론 그리스어가 단서를 제공할지도 모르죠.」

「그리스어로 쓰인 부분을 찾아 드리죠.」

「그보다는 일기장을 먼저 훑어보고 싶군요.」 번팅 씨는 여전히 안경알을 닦으면서 말했다. 「우선 전체적인 느낌을 보고 나서, 단서를 찾으면 됩니다.」

그는 기침을 하고, 안경을 쓰고, 세심하게 안경을 조정하고, 다시 기침을 했다. 그가 그리스어를 모른다는 사실이 들통 나는 것은 이제 피할 수 없는 일로 여겨졌다. 그래서 그는, 그런 사태를 피하기 위해 무슨 일이 일어났으면 좋겠다고 생각했다. 그러다가 커스 씨가 건네준 일기장을 느긋한 태도로 받아 들었다. 그때 정말로 무슨 일이 일어났다.

문이 갑자기 벌컥 열렸다.

두 신사는 흠칫 놀라 뒤를 돌아보았다. 그리고 실크해트를 쓴 불그레한 얼굴을 보고 안심했다.

「여기가 선술집인가요?」 불그레한 얼굴이 문간에 서서 두 사람을 빤히 쳐다보며 물었다.

「아닙니다.」 두 신사가 동시에 대답했다.

「술집은 반대쪽이에요.」 번팅 씨가 말했다.

「그 문 좀 닫아 주쇼.」 커스 씨가 짜증스럽게 말했다.

「좋아.」 침입자는 처음 물었을 때의 쉰 목소리와는 묘하게 다른 낮은 목소리로 말한 것 같았다. 그러고는 「알았습니다」 하고 다시 원래의 쉰 목소리로 말하더니, 「비켜!」 하고는 밖으로 나가서 문을 닫았다.

「선원일 겁니다.」 번팅 씨가 말했다. 「선원들은 재미있는 사람들이죠. 〈비켜!〉라니. 그건 아마 방에서 다시 나가는 것을 가리키는 항해 용어일 거예요.」

「아마 그럴 테지요.」 커스 씨가 말했다. 「오늘은 내 신경이 완전히 흐늘흐늘해졌습니다. 아까는 너무 놀라서 펄쩍 뛰어올랐어요. 그런 식으로 문을 열다니.」

번팅 씨는 마치 자기는 펄쩍 뛰어오르지 않은 것처럼 빙긋이 웃었다. 그러고는 한숨을 내쉬며 말했다.

「자 그럼, 일기장들을 살펴봅시다.」

「잠깐만요.」 커스 씨가 말하고는 문으로 다가가서 빗장을 질렀다. 「이제는 아무도 우리를 방해하지 못할 겁니다.」

그가 그렇게 말했을 때 누군가가 콧방귀를 뀌었다.

「한 가지는 분명합니다.」 번팅 씨가 커스 씨의 의자 옆으로 의자 하나를 끌어당기면서 말했다. 「지난 며칠 동안 아이핑에서 아주 이상한 일들이 일어난 것은 확실해요. 정말 이상한 일들이죠. 물론 그 터무니없는 투명 인간 이야기는 도저히 믿을 수 없지만…….」

「그건 믿을 수 없죠.」 커스 씨가 맞장구쳤다. 「믿어지지 않아요. 하지만 내가 이 눈으로 분명히 보았다는 사실은 남습니다. 나는 그 사람의 소매 안쪽을 똑똑히 보았답니다.」

「확실합니까? 예를 들어 거울을 이용하면 아주 쉽게 착각을 일으킬 수 있거든요. 선생이 정말로 훌륭한 마술사를 본 적이 있는지 모르겠지만…….」

「이제 다시는 내 생각을 주장하지 않겠습니다. 우리는 이미 그 문제를 철저히 논의했어요, 신부님. 지금 여기에는 일기장들이 있고…… 아! 여기 그리스 문자 같은 게 있군요. 그리스 문자가 분명합니다.」

커스 씨가 책장 한복판을 가리켰다. 번팅 씨는 조금 얼굴을 붉히고, 그 얼굴을 일기장에 더 가까이 가져갔다. 안경에 무슨 문제가 있는 게 분명했다. 갑자기 그는 목덜미에 이상한 감각을 느꼈다. 머리를 들려고 했지만, 뭔지 모를 저항 때문에 머리를 움직일 수 없었다. 그가 느낀 감각은 기묘한 압력이었다. 두툼하고 단단한 손으로 움켜잡은 느낌이었다. 그 손이 그의 턱을 탁자에 힘껏 내리눌렀다. 그는 그 압력에 저항할 수가 없었다.

「움직이지 마. 그랬다간 둘 다 골통을 때려 부술 거야.」 어떤 목소리가 속삭이듯 낮은 소리로 말했다.

번팅 씨는 제 얼굴 가까이에 있는 커스 씨의 얼굴을 들여다보았다. 그들은 둘 다 상대의 눈동자에 깜짝 놀란 자신의 모습이 비쳐 있는 것을 보았다.

「거칠게 다뤄서 미안해. 하지만 그건 어쩔 수 없어.」〈목소리〉가 말했다. 「당신들은 언제부터 연구자의 개인적 기록을 엿보는 걸 배웠지?」

두 사람의 턱이 동시에 탁자를 때렸고, 두 사람의 윗니와 아랫니가 마주쳐 대그락대그락 소리가 났다.

「당신들은 언제부터 불운한 남자가 혼자 쓰는 방에 함부로 침입하는 걸 배웠지?」

두 사람의 턱이 탁자에 부딪치는 충격이 되풀이되었다.

「내 옷을 어디 두었지? 이봐! 창문은 단단히 닫혀 있고, 나는 문에서 열쇠를 빼냈어. 나는 아주 강한 남자야. 그리고 부지깽이도 바로 가까이 있어. 게다가 나는 눈에 보이지 않아. 마음만 내키면 너희 둘을 죽이고 쉽게 달아날 수 있어. 알겠나? 좋아. 너희를 풀어 주면, 허튼 짓을 하지 않고 내가 시키는 대로 하겠다고 약속할 거야?」

교구 신부와 의사는 서로 얼굴을 마주 보았다. 의사는 얼굴을 찡그렸다.

「약속할게요.」 번팅 씨가 말했다. 의사도 그 대답을 되풀이했다. 그러자 목덜미를 누르던 압력이 느슨해졌다. 의사와 신부는 허리를 펴고 앉았다. 둘 다 얼굴이 시뻘게졌고, 머리를 이리저리 흔들고 있었다.

「거기 얌전히 앉아 있어. 보다시피 부지깽이는 여기 있어.」

투명 인간은 부지깽이를 두 손님의 코끝에 들이댄 뒤에 말을 이었다.

「나는 이 방에 들어왔을 때 다른 사람이 있을 줄은 몰랐고, 내 비망록과 옷을 찾을 수 있을 거라고 생각했어. 내 옷은 어디 있지? 아니, 일어나지 마. 옷이 사라진 건 나도 알 수 있으니까. 지금도 낮에는 투명 인간이 알몸으로 뛰어다녀도 될 만큼 따뜻하지만, 저녁에는 쌀쌀해. 나는 옷이 필요하고, 다른 숙소도 필요해. 그리고 그 공책 세 권도 내가 가져가야겠어.」

제12장

투명 인간이 화를 내다

이제 곧 밝혀질 매우 고통스러운 이유 때문에, 이 시점에서 서술이 또다시 중단되는 것은 피할 수 없는 일이다. 객실에서 이런 일들이 진행되는 동안, 그리고 헉스터 씨가 정원 출입문에 기대어 파이프를 피우고 있는 마블 씨를 지켜보는 동안, 거기서 10미터도 떨어지지 않은 선술집에서는 홀 씨와 테디 헨프리가 뭐가 뭔지 알 수 없는 어리둥절한 상태에서 아이핑 마을의 사건에 대해 이야기하고 있었다.

그때 갑자기 객실 문에 무언가가 쿵 하고 부딪치는 소리와 날카로운 외침 소리가 나더니 다시 조용해졌다.

「이봐!」 테디 헨프리가 외쳤다.

「이봐!」 홀 씨가 받았다.

홀 씨는 느리지만 확실하게 상황을 파악했다. 그래서 「저건 옳지 않아」 하고 말하고, 술청 뒤에서 나와 객실 문으로 다가갔다.

홀 씨와 테디는 결의에 찬 얼굴로 함께 객실 문에 이르렀다. 그들의 눈은 객실 문을 주의 깊게 살펴보았다.

「뭔가가 잘못됐어.」 홀 씨가 말했다. 헨프리도 고개를 끄덕였다.

화학 약품의 고약한 냄새가 물씬 풍겼다. 아주 빠르고 나직한 목소리가 분명치 않게 들려왔다.

「괜찮으세요?」 홀 씨가 문을 두드리면서 물었다.

웅얼거리던 말소리가 뚝 그치고 잠시 침묵이 흐른 다음, 속삭이듯 나직한 소리로 다시 대화가 시작되는가 싶더니, 「안 돼! 안 돼. 하지 마!」 하는 날카로운 외침 소리가 들렸다. 사람이 갑자기 움직이는 기척이 나고, 의자가 쓰러지는 소리에 이어 잠깐 몸싸움을 벌이는 소리가 났다. 그러다가 다시 조용해졌다.

「도대체 무슨 일이지?」 헨프리가 소리를 낮추어 외쳤다.

「괜찮으세요?」 홀 씨가 다시 날카롭게 물었다.

교구 신부의 목소리가 기묘하게 더듬거리는 말투로 대답했다.

「괜차 — 않아요. 방해하 — 지 미시오.」

「이상하군!」 헨프리 씨가 말했다.

「이상해!」 홀 씨도 말했다.

「방해하지 말래.」 헨프리가 말했다.

「나도 들었어.」 홀이 말했다.

「코를 킁킁거리는 소리가 났어.」 헨프리가 말했다.

그들은 계속 귀를 기울였다. 말소리는 빠르고 나직했다.

「난 못 해요.」 번팅 씨가 목소리를 높여서 말했다. 「분명히 말하지만, 나는 하지 않겠소.」

「그게 뭐였지?」 헨프리가 물었다.

「신부님은 하지 않겠대.」 홀이 말했다. 「우리한테 말한 건 아니었지?」

「수치스러운 일입니다!」 객실 안에서 번팅 씨가 말했다.

「수치스러운 일이래.」 헨프리가 말했다. 「나는 그 말을 똑똑히 들었어.」

「지금 말하고 있는 사람은 누구지?」 홀이 물었다.

「커스 씨일 거야.」 헨프리가 말했다. 「무슨 소리 안 들려?」

침묵이 흘렀다. 안에서 나는 소리는 여전히 불분명하고 혼란스러웠다.

「식탁보를 이리저리 던지는 소리 같은데?」 홀이 말했다.

홀 부인이 술청 뒤에 나타났다. 홀은 조용히 하고 자기네 쪽으로 오라는 몸짓을 했다. 이 몸짓이 홀 부인에게 아내다운 반감을 불러일으켰다.

「거기서 뭘 엿듣고 있는 거야?」 홀 부인이 남편에게 물었다. 「그렇게 할 일이 없어? 이렇게 바쁜 날에?」

홀은 찡그린 얼굴과 무언극으로 상황을 전달하려고 애썼지만, 홀 부인은 완고했다. 오히려 목청을 더 높였기 때문에 홀과 헨프리는 약간 기가 죽어, 그녀에게 사정을 설명하겠다는 몸짓을 하면서 발꿈치를 들고 살금살금 술청으로 돌아왔다.

처음에 그녀는 그들이 들은 소리를 중요하게 생각지 않았다. 다음에는 헨프리가 이야기하는 동안 입 다물고 조용히 있으라고 남편을 윽박질렀다. 그녀는 모든 일이 아무 뜻도 없는 시시한 일이라고 생각했다. 아마 가구를 옮기고 있을 거라고 그녀는 말했다.

「나는 〈수치스러운 일〉이라고 말하는 소리를 분명히 들었어.」 홀이 말했다.

「나도 들었어요, 아주머니.」 헨프리가 말했다.

「그건 아마…….」 홀 부인이 말하기 시작했다.

「쉿!」 헨프리가 말했다. 「창문 소리가 들리지 않았나?」

「무슨 창문요?」 홀 부인이 물었다.

「객실 창문.」 헨프리가 말했다.

모두 거기에 서서 열심히 귀를 기울였다. 똑바로 앞을 바라보고 있는 홀 부인의 눈은 눈부시게 밝은 직사각형의 여인숙 출입문을 보지 않고, 하얗고 선명한 길과 6월의 태양 속에서 물집이 생길 만큼 뜨겁게 달구어진 헉스터의 가게 정면을 바라보았다. 갑자기 헉스터의 가게 문이 벌컥 열리더니, 헉스터가 나타났다. 그는 흥분한 눈으로 두 팔을 마구 휘두르고 있었다. 「저놈 잡아라! 도둑놈 잡아라!」 그는 직사각형의 여인숙 출입문을 비스듬히 가로질러 정원 출입문 쪽으로 달려간 다음, 시야에서 사라졌다.

그와 동시에 객실에서 시끄러운 소리가 들리고, 창문이 닫히는 소리도 들렸다.

홀과 헨프리, 그리고 술청에 있던 사람들은 당장 서로 뒤엉켜 거리로 뛰쳐나갔다. 그들은 누군가가 모퉁이를 돌아 내리막길 쪽으로 잽싸게 달려가는 것을 보았다. 헉스터 씨는 허공에서 복잡한 도약을 했지만, 결국 얼굴과 어깨를 땅바닥에 부딪쳤다. 길에 나와 있던 사람들은 놀라서 멍하니 서 있거나 그들 쪽으로 달려오고 있었다.

헉스터 씨는 기절했다. 헨프리는 멈춰 서서 그것을 보았지만, 홀 씨와 술청에서 나온 두 노동자는 뭐라고 외치면서 모퉁이로 달려가, 마블 씨가 교회 담장 모퉁이를 돌아서 사라지는 것을 보았다. 그들은 그 마블 씨가 갑자기 눈에 보이게 된 투명 인간이라는 터무니없는 결론으로 비약하여, 좁은 길을 따라 그를 추적했다. 하지만 홀은 10미터도 달리기 전에 놀란 외침 소리를 지르며 옆으로 몸을 날려 노동자 한 명을 붙잡고 땅바닥에 넘어뜨렸다. 축구에서 상대 선수를 태클하듯 공격한 것이다. 두 번째 노동자는 원을 그리며 돌아와서 그들을 빤히 바라보다가 홀이 제풀에 넘어졌다고 판단하고 추적을 재개하려고 돌아섰지만, 헉스터처럼 발목이 걸려 넘어졌다. 그때 첫 번째 노동자가 간신히 일어났지만, 옆구리를 세차게 걷어차였다. 그렇게 힘껏 걷어차면 황소라도 넘어졌을 것이다.

그가 넘어졌을 때, 마을의 잔디밭 쪽에서 사람들이 모퉁이를 돌아 맹렬히 달려왔다. 처음 나타난 것은 〈코코넛 던지기〉 오락장 주인이었다. 건장한 체격에 푸른색 저지 옷을 입은 그는 땅바닥에 꼴사납게 너부러져 있는 세 남자 말고는 골목이 텅 비어 있는 것을 보고 깜짝 놀랐다. 그때 그의 뒷발에 무슨 일인가가 일어났고, 그는 거꾸로 나동그라져서 옆으로 굴렀다. 그러면서 때마침 달려온 그의 동생이자 동업자의 발을 가볍게 스쳐 지나갔고, 동생도 거꾸로 나동그라졌다. 그 후 서둘러 달리던 수많은 사람들이 두 형제를 걷어차고,

그들 위에 무릎을 꿇고, 발이 걸려 그 위로 넘어지고, 그들에게 욕설을 퍼부었다.

그런데 홀과 헨프리와 두 노동자가 여인숙에서 달려 나갔을 때, 오랜 경험으로 단련된 홀 부인은 술청의 돈궤 옆에 남아 있었다. 그때 갑자기 객실 문이 열리고 커스 씨가 나타났다. 그는 홀 부인을 쳐다보지도 않고 당장 계단을 내려가 모퉁이 쪽으로 달려갔다.

「놈을 붙잡아!」 그가 외쳤다. 「꾸러미를 떨어뜨리지 못하게 해! 놈이 그 꾸러미를 들고만 있으면 놈을 볼 수 있어.」

그는 마블 씨의 존재를 전혀 알지 못했다. 투명 인간은 공책과 보따리를 마당에서 마블 씨에게 건네주었기 때문이다. 커스 씨의 얼굴은 분노와 결연한 의지를 보여 주었지만, 옷차림은 불완전했다. 흐늘흐늘 늘어진 짧은 흰색 치마는 그리스에서나 검열에 통과할 수 있었을 것이다.

「놈을 붙잡아!」 그가 고함을 질렀다. 「놈이 내 바지를 빼앗아 갔어! 그리고 신부님의 옷을 몽땅 가져갔어!」

그는 길게 뻗어 있는 헉스터 옆을 지나가면서 헨프리에게 외쳤다. 「금방 돌아와서 저 사람을 돌봐 주겠소!」 그러고는 모퉁이를 돌아 소란스러운 사람들 틈에 끼어들었지만, 곧 발부리가 걸려 꼴사납게 나가떨어졌다. 누군가가 쏜살같이 달아나다가 그의 손가락을 힘껏 밟았다. 그는 고함을 지르고 어떻게든 일어나려고 버둥거렸지만, 어딘가에 부딪혀 또다시 고꾸라졌다. 그제야 그는 자기가 적의 요새를 점령하고 있는 게 아니라 무질서한 군중과 함께 패주하고 있다는 것을 깨달았다. 모두 마을을 향해 달려가고 있었다. 그는 다시 일어났지만, 뒤통수를 호되게 얻어맞았다. 그는 비틀거리며 당장 〈마차와 말〉로 돌아가기 시작했다. 도중에 일어나 앉으려고 애를 쓰는 헉스터를 만났지만, 그는 길바닥에 버려진 헉스터를 훌쩍 뛰어넘어 달려갔다.

그가 여인숙 계단을 반쯤 올라갔을 때, 뒤에서 갑자기 성난 고함 소리가 혼란스러운 외침 소리들 속에서 유난히 날카롭게 들려왔다. 이어서 누군가가 얼굴을 찰싹 얻어맞는 소리도 들렸다. 그는 그 목소리가 투명 인간의 목소리라는 것을 알았다. 그 고함 소리는 어딘가를 아프게 얻어맞고 분통이 터진 사람의 말투였다.

다음 순간, 커스 씨는 객실에 이르렀다.

「놈이 돌아오고 있습니다, 신부님!」 그는 객실 안으로 뛰어들면서 말했다. 「조심하세요! 놈은 미쳤어요!」

번팅 씨는 창가에 서서 벽난로 앞 깔개와 「웨스트 서리 가제트」[18]로 알몸을 가리려고 애쓰는 중이었다.

「누가 온다고요?」 그는 너무 놀라서 깔개와 신문지로 만든 옷이 하마터면 해체될 뻔했다.

「투명 인간이요.」 커스 씨는 말하고 창문으로 달려갔다. 「여기서 빨리 떠나는 게 좋겠습니다! 놈은 미친 듯이 싸우고 있어요! 미친 듯이!」

18 가공의 신문. 1894년부터 1897년까지 「워킹 뉴스 앤드 노스웨스트 서리 가제트」라는 신문이 발행되었고, 웰스는 워킹에 살 때 이 신문을 잘 알았을 것이다.

다음 순간, 그는 마당에 나가 있었다.

「야단났네!」 번팅 씨는 선택할 수 있는 두 가지 방법이 둘 다 끔찍했기 때문에 어느 쪽을 택해야 좋을지 몰라서 망설이며 말했다. 그는 여인숙 복도에서 무섭게 싸우는 소리를 듣고 결정을 내렸다. 그는 창문 밖으로 기어 나와 서둘러 옷을 바로잡고, 투실투실 살찐 짧은 다리로 최대한 빨리 마을 위쪽으로 달아났다.

투명 인간이 화가 나서 고함을 지르고, 번팅 씨가 마을 위쪽으로 기억할 만한 도주를 감행한 순간부터, 아이핑에서 일어난 사건을 일정한 순서로 일관되게 이야기하기가 불가능해졌다. 아마 마블 씨가 옷과 비망록을 가지고 무사히 퇴각하도록 엄호하는 것이 투명 인간의 원래 의도였을 것이다. 하지만 평소에도 기분이 좋은 적이 없었던 그가 우연히 한 대 얻어맞고는 평정심을 잃은 것 같았다. 그는 당장 남을 괴롭히는 만족감을 얻기 위해 남을 때리고 내던지기 시작했다. 달리는 사람들, 쾅쾅 소리 내며 닫히는 문, 숨을 곳을 찾아 앞을 다투는 사람들로 가득 찬 거리를 상상해 보라. 의자 두 개 위에 널빤지를 걸쳐 놓고 그 위에 올라가 거실 천장에 회반죽을 바르던 플레처 영감의 불안정한 균형을 혼란이 갑자기 덮쳤을 때의 파국적인 결과를 상상해 보라. 그네를 타다가 깜짝 놀란 한 쌍의 연인을 상상해 보라. 무질서하게 달리는 사람들이 모두 지나가고, 번지르르한 장식과 깃발이 나부끼는 아이핑 거리는 아직도 분이 풀리지 않아서 사납게 날뛰는 투명 인간과 땅바닥에 흩어진 코코넛, 뒤집힌 칸막이, 여기저기 흩어진 설탕 과자를 빼고는 텅 비어 있다. 도처에서 덧문을 닫는 소리, 빗장을 거는 소리가 들린다. 사람은 전혀 보이지 않고, 이따금 창틀 구석에서 눈썹을 치켜 올리고 재빨리 밖을 엿보는 눈들이 보일 뿐이다.

투명 인간은 〈마차와 말〉의 창문을 모조리 깨면서 한동안 즐긴 다음, 그리블 부인의 객실 창문으로 가로등 하나를 던져 넣었다. 애더딘 가에 있는 히긴스네 오두막 바로 너머에서 애더딘으로 가는 전깃줄을 절단한 것도 투명 인간이 분명했다. 그 후 그는 〈투명 인간〉이라는 이름에 어울리게 인간이 전혀 감지할 수 없게 되었고, 그 후로는 아무도 아이핑에서 그의 목소리를 듣거나 그의 모습을 보거나 감촉을 느끼지 못했다. 그는 완전히 사라진 것이다.

하지만 인간들이 감히 용기를 내어 황폐한 아이핑 거리로 다시 들어온 것은 두 시간이 지난 뒤였다.

제13장

마블 씨가 명령에 거역하다

어스름이 점점 짙어지고 겁먹은 아이핑 사람들이 공휴일의 박살 난 잔해를 다시금 조심스레 훔쳐보기 시작했을 때, 초라한 실크해트를 쓴 땅딸막한 사내가 브램블허스트로 가는 길에서 너도밤나무 뒤의 어스름 속을 힘들게 지나가고 있었다. 그는 장식용 고무줄로 묶은 공책 세 권과 푸른색 식탁보에 싼 꾸러미 한 개를 들고 있었다. 그의 불그레한 얼굴에는 놀라움과 피로가 나타나 있었다. 그는 발작적으로 서두르고 있는 것 같았다. 그는 제 목소리가 아닌 또 다른 〈목소리〉와 동행했고, 이따금 보이지 않는 손의 감촉에 움찔 놀라곤 했다.

「또 나를 교묘히 따돌리면…… 또 나를 따돌리고 도망치려 했다간…….」〈목소리〉가 말했다.

「어이쿠! 그쪽 어깨는 멍투성이에요.」마블 씨가 말했다.

「맹세코…… 너를 죽여 버릴 거야.」

「나는 당신을 따돌리려고 하지 않았어요.」마블 씨가 우는 소리로 말했다.「정말이에요. 거기에 모퉁이가 있는 줄 몰랐다고요. 그것뿐이에요! 도대체 내가 어떻게 그 모퉁이를 알 수 있었겠어요? 실은 나도 여기저기 얻어맞아서……」

「조심하지 않으면 더 많이 얻어맞을 거야.」〈목소리〉가 말했다.

마블 씨는 갑자기 조용해졌다. 그는 두 볼을 부풀리고, 눈으로 절망감을 표현하고 있었다.

「네놈이 내 비망록을 갖고 사라지지 않아도, 허둥대는 그 촌뜨기들이 내 비밀을 폭로하게 내버려 두는 것만으로도 충분히 곤란해. 황급히 달아난 놈들은 운이 좋았어! 나는 여기 있어. 내가 투명 인간이라는 건 아무도 몰랐지. 그런데 이제 나는 어떡하지?」

「저는 어떡하죠?」 마블 씨가 낮은 목소리로 물었다.

「소문이 퍼지고 있어. 신문에도 실릴 거야. 모두 나를 찾겠지. 모두 경계 태세를 취하고 있어……」〈목소리〉는 갑자기 욕설을 내뱉고 나서 멈추었다.

마블 씨의 얼굴에는 나타난 절망감은 더욱 깊어지고 걸음은 느려졌다.

「계속 가!」〈목소리〉가 말했다.

마블 씨의 얼굴은 잿빛을 띠었고, 불그레한 얼굴은 더욱 불그레해졌다.

「그 공책을 떨어뜨리지 마. 바보 같으니.」〈목소리〉가 날카롭게 말하면서 그를 앞질렀다. 「사실 나는 너를 이용해야 돼. 너는 변변치 못한 도구지만, 그래도 나는 너를 이용할 수밖에 없어.」

「그래요. 나는 형편없는 도구예요.」 마블 씨가 말했다.

「그래, 맞아.」

「나보다 더 형편없는 도구를 가질 수는 없을 겁니다. 나는 힘이 세지도 않아요」 마블이 말했다. 그러고는 상대를 낙담시키는 침묵이 흐른 뒤에 같은 말을 되풀이했다. 「나는 힘이 세지도 않아요.」

「그래?」

「그리고 심장이 약해요. 그 사소한 일을…… 물론 나는 해냈지만 — 어이쿠, 세상에! 어쩌면 그 짐을 떨어뜨렸을지도 몰라요.」

「그래서?」

「나는 당신이 원하는 그런 일을 할 만한 용기도 없고 힘도 없어요.」

「내가 격려해 주지.」

「그러지 마세요. 당신의 계획을 망쳐 놓고 싶지 않아요. 하지만 나는 겁이 많고 몸도 아파서 자칫하면 계획을 망칠지도 몰라요.」

「안 그러는 게 좋을 거야.」 〈목소리〉가 조용히 힘주어 말했다.

「죽었으면 좋겠어요. 그건 공정하지 않아요.」 마블 씨가 말을 이었다. 「당신은 인정해야 돼요. 내게는 그럴 권리가 충분히 있는 것 같은데…….」

「서둘러!」 〈목소리〉가 말했다.

마블 씨는 걸음을 빨리했고, 한동안 그들은 또 말없이 걸어갔다.

「너무 힘들어요.」 마블 씨가 말했다.

이 불평은 전혀 효과가 없었다. 그는 다른 방침을 시도했다.

「제가 얻는 건 뭐죠?」 그는 견딜 수 없이 부당한 대우를 받은 사람 같은 말투로 다시 말하기 시작했다.

「닥쳐!」 〈목소리〉가 갑자기 놀랄 만큼 기운차게 말했다. 「내가 너를 잘 돌봐 주지. 너는 시키는 대로만 해. 잘해 낼 거야. 너는 바보 천치지만, 그래도 해낼…….」

「사실 나는 그 일에 적합한 사람이 아니에요. 정중하게 말씀드리지만, 그건 너무…….」

「입 닥치지 않으면 또 네 손목을 비틀어 줄 거야.」 투명 인간이 말했다. 「나는 생각 좀 하고 싶어.」

곧 나무 사이로 직사각형의 노란 불빛 두 개가 나타났고, 네모난 교회 탑이 어스름 속에서 어렴풋이 보이기 시작했다.

「마을을 지나는 동안 줄곧 네 어깨를 잡고 있겠다.」 〈목소리〉가 말했다. 「그러니 곧장 마을을 빠져나가고, 어리석은 짓은 꿈도 꾸지 마라. 그랬다가는 네 처지가 더욱 나빠질 테니까.」

「그건 알아요.」 마블 씨는 한숨을 내쉬었다. 「다 안다고요.」

낡은 실크해트를 쓴 불행해 보이는 사람이 짐을 들고 작은 마을을 지나, 창문의 불빛이 닿지 않는 어둠 속으로 사라졌다.

제14장
포트스토에서

이튿날 아침 10시에 마블 씨는 포트스토 교외의 작은 여인숙 밖에 있는 벤치에 앉아 있었다. 면도도 하지 않고 여행하느라 지저분해진 몰골로 공책을 옆에 놓은 채 두 손을 주머니에 깊이 찔러 넣고 있었는데, 몹시 지쳐 보였고, 신경질적이고 불쾌한 표정으로 자주 두 뺨을 부풀리고 있었다. 옆에 놓인 공책은 이제 끈으로 묶여 있었다. 옷 보따리는 투명 인간의 계획이 바뀌면서 브램블허스트 너머에 있는 소나무 숲에 버리고 왔다. 마블 씨는 벤치에 앉아 있었고, 그에게 관심을 보이는 사람이 아무도 없었지만, 그는 열병 환자처럼 들떠서 신경질적으로 여기저기 주머니에 손을 넣어 계속 뭔가를 찾곤 했다.

하지만 그가 그렇게 한 시간쯤 앉아 있었을 때, 늙은 선원이 신문을 들고 여인숙에서 나와 그 옆에 앉았다.

「날씨가 좋군.」 선원이 말했다.

마블 씨는 겁에 질린 듯한 모습으로 주위를 둘러보고 나서 대답했다.

「정말 좋네요.」

「이맘때에 딱 맞는 날씨야.」

「정말 그렇습니다.」

선원은 이쑤시개를 꺼내 몇 분 동안 이를 쑤시는 일에 몰두했다. 그러는 동안 그의 눈길은 먼지투성이인 마블 씨의 몰골과 그 옆에 놓인 공책을 제멋대로 관찰하고 있었다. 그는 마블 씨에게 다가올 때, 주머니 속에 동전이 떨어지는 듯한 소리를 들었다. 마블 씨의 외모와 유복함을 시사하는 이 동전 소리의 대조가 그에게 강한 인상을 남겼다. 거기에서 그의 생각은 야릇하게 그의 상상력을 사로잡은 화제로 되돌아갔다.

「책인가?」 그는 이를 쑤시는 일을 시끄럽게 끝내면서 갑자기 물었다.

마블 씨는 흠칫 놀라서 책을 내려다보았다.

「아아, 예, 책입니다.」

「책 속에는 놀라운 것들이 있지.」

「맞습니다.」

「그리고 책 밖에도 놀라운 것들이 있어.」

「역시 맞습니다.」 마블 씨는 말하고, 자기와 대화를 나누고 있는 선원을 빤히 바라보다가 주위를 힐끔거렸다.

「예를 들면 신문에는 놀라운 일들이 실리지.」 선원이 말했다.

「그렇습니다.」

「이 신문에도…….」

「아아!」 마블 씨가 말했다.

「놀라운 기사가 있지.」 선원은 단호하고 신중한 눈으로 마블 씨를 바라보면서 말했다. 「예를 들면 투명 인간에 관한 기사가 실려 있다네.」

마블 씨는 입술을 비스듬히 잡아당기고 뺨을 긁으면서 귀가 발갛게 달아오르는 것을 느꼈다.

「다음에는 또 어떤 기사가 나올까요?」 마블 씨가 힘없이 물었다. 「오스트리아나 미국에 대한 기사가 나올까요?」

「어느 쪽도 나오지 않을 거야.」 선원이 말했다. 「바로 여기에 대한 기사가 나오겠지!」

「예?」 마블 씨가 흠칫 놀라면서 말했다.

「내가 〈여기〉라고 말한 것은 물론 여기 이 자리를 뜻하는 게 아니라 이 근처를 가리키는 걸세.」 선원의 말에 마블 씨는 안심했다.

「투명 인간이라고요?」 마블 씨가 말했다. 「그런데 그 투명 인간이 무슨 짓을 했답니까?」

「온갖 짓을 다 했지.」 늙은 선원은 눈으로 마블 씨를 살펴보면서 말한 다음, 자기가 한 말을 좀 더 부연했다. 「별의별 괘씸한 짓을 저질렀다네.」

「저는 지난 나흘 동안 신문을 못 봤습니다.」 마블 씨가 말했다.

「투명 인간이 처음 나타난 곳은 아이핑일세.」 늙은 선원이 말했다.

「아니, 그게 정말입니까?」 마블 씨가 말했다.

「투명 인간은 거기서 출발했어. 그가 어디서 왔는지는 아무도 모르는 것 같아. 이 기사를 좀 보게. 아이핑에서 일어난 괴사건. 그리고 이 신문에는 증거가 유별나게 강력하다고 씌어 있다네. 유별나게.」

「아아!」 마블 씨가 말했다.

「하지만 정말 놀라운 이야기야. 증인은 신부와 의사인데, 투명 인간을 분명히 보았다는 걸세. 아니, 투명 인간이니까 보지 못했다고 해야겠군. 투명 인간은 〈마차와 말〉이라는 여인숙에 묵고 있었다네. 여인숙에서 싸움이 일어났을 때 그의 머리에 감긴 붕대가 벗겨질 때까지는 아무도 그 사람의 불운을 알아차리지 못한 것 같아. 그런데 붕대가 벗겨지자 그 사람의 머리가 보이지 않는다는 것을 사람들이 알았지. 당장 그 사람을 붙잡으려고 했지만, 그 사람은 옷을 벗어 던지고 달아나는 데 성공했다네. 하지만 필사적으로 싸운 뒤에야 겨우 도망쳤고, 그때 J. A. 재퍼스라는 훌륭하고 유능한 경찰한테 중상을 입혔다네. 정말 객관적이고 정확한 기사야. 이름이며 그 밖의 모든 것이.」

「아아!」 마블 씨는 신경질적으로 주위를 둘러보고, 오로지 촉감만으로 주머니 속에 든 돈을 세려고 애쓰면서 말했다. 그의 마음은 야릇하고 희한한 생각으로 가득 차 있었다. 「그건 정말 놀라운 일이군요.」

「그렇지? 나는 그걸 보통이 아닌 엄청난 일이라고 생각하네. 투명 인간 이야기는 한 번도 들어 본 적이 없어. 나는 듣느니 처음이지만, 요즘에는 그런 별난 이야기를 많이 들으니까…….」

「그 사람이 한 짓은 그것뿐인가요?」 마블 씨는 태연해 보이려고 애쓰면서 물었다.

「그거면 충분하지 않나?」 선원이 말했다.

「혹시 아이핑으로 돌아가지는 않았나요? 그냥 달아난 것뿐인가요?」

「달아난 것뿐이냐고? 아니, 그거면 충분하지 않나?」

「물론 충분합니다.」

「나는 그걸로 충분했다고 생각하네. 그거면 충분했다고.」

「그 사람한테 짝패는 없었나요? 짝패가 있었다는 이야기는 없죠?」 마블 씨가 걱정 어린 투로 물었다.

「그런 사람은 하나만으로도 충분하지 않나? 다행히 짝패는 없었던 모양일세.」

선원은 천천히 고개를 끄덕였다. 그러면서 덧붙여 말했다.

「그놈이 이 지방을 여기저기 뛰어다닌다는 생각만 해도 불쾌해! 그놈은 지금 잡히지 않은 상태이고, 여기 포트스토로 왔다는 확실한 증거가 있다네. 우리는 지금 바로 거기에 있어. 이번에는 자네가 말한 미국의 경이 따위는 전혀 관계없네. 그놈이 무슨 짓을 할 수 있는지 한번 생각해 봐. 그놈이 술을 한 잔 마시고 자네를 공격하고 싶어졌다면 자네는 어떻게 하겠나? 그놈이 남의 것을 빼앗고 싶어졌다면, 누가 그놈을 막을 수 있겠나? 그놈은 마음대로 남의 집에 침입하여 도둑질을 할 수 있고, 경찰이 쳐놓은 비상망을 얼마든지 빠져나갈 수 있다네. 나나 자네가 장님을 따돌리고 도망칠 수 있는 것처럼 쉽게! 아니, 그보다 더 쉽게! 장님들은 청각이 아주 예민하다니까 말일세. 그리고 자기가 좋아하는 술이 있는 곳이면 어디서든 그놈은…….」

「확실히 그 사람은 엄청난 이점을 갖고 있군요. 그리고…….」

「자네 말이 맞아. 그자는 큰 이점을 갖고 있지.」

그동안 마블 씨는 주위를 열심히 힐끔거리며 희미한 발소리도 놓치지 않으려고 귀를 기울이고, 미세한 움직임을 탐지하려고 애썼다. 그는 무언가 중대한 결심을 하려는 것 같았다. 그는 손으로 입을 가리고 기침을 했다.

그는 다시 주위를 둘러보며 귀를 기울이다가, 선원 쪽으로 몸을 기울이고 목소리를 낮추었다.

「사실은 제가 우연히 그 투명 인간에 대해 한두 가지 사실을 알게 됐습니다. 개인적인 연줄로…….」

「오호! 자네가?」 선원이 흥미를 보였다.

「예. 그렇습니다.」

「그래? 그럼 내가 물어봐도…….」

「깜짝 놀라실 겁니다.」 마블 씨가 손으로 입을 가리고 말했다. 「정말 굉장하거든요.」

「그래?」 선원이 말했다.

「사실은……」 하고 마블 씨는 속내를 털어놓는 듯한 낮은 목소리로 진지하게 말하기 시작했다. 그때 갑자기 그의 표정이 놀랍게 바뀌었다. 「아야!」 그가 외쳤다. 그는 의자에서 뻣뻣하게 몸을 일으켰다. 그의 얼굴은 신체적 고통을 뚜렷이 말하고 있었다. 「어이쿠!」

「무슨 일인가?」 선원이 걱정스러운 얼굴로 물었다.

「치통이 심해서요.」 마블 씨는 손을 귀로 가져갔다. 그러고는 공책을 집어 들고 말했다. 「이만 가봐야겠습니다.」

그는 벤치를 따라 묘하게 옆으로 조금씩 움직여 선원한테서 멀어져 갔다.

「하지만 자네는 여기 나온 이 투명 인간에 대해서 나한테 뭔가 말해 주려고 했잖나?」 선원이 항의했다.

마블 씨는 자신과 의논하는 것 같았다.

「장난.」 〈목소리〉가 작은 목소리로 말했다.

「그건 다 장난이에요.」 마블 씨가 말했다.

「하지만 신문에 실렸는걸.」 선원이 말했다.

「그래도 장난이에요. 나는 그 거짓말을 시작한 녀석을 알아요. 세상에 투명 인간 따위는 존재하지 않아요. 어이쿠.」

「하지만 이 신문은 어떻게 된 거야? 설마 자네가…….」

「그 기사는 몽땅 거짓말이라고요.」 마블 씨는 완강하게 말했다.

선원은 신문을 손에 든 채 마블 씨를 뚫어지게 바라보았다. 마블 씨는 홱 고개를 돌렸다.

「잠깐만 기다려.」 선원이 일어나서 천천히 말했다. 「그럼 이게 다 거짓말이라는 거야?」

「그래요.」 마블 씨가 말했다.

「그럼 왜 내가 이 기사를 모두 말하게 내버려 뒀지? 사람을 그렇게 웃음거리로 만들어서 어쩔 셈이야? 어?」

마블 씨는 볼을 부풀렸다. 선원의 얼굴이 갑자기 시뻘게졌다. 그는 두 주먹을 움켜쥐었다.

「나는 이 기사에 대해 10분 동안 이야기했네. 그런데 자네는…… 배불뚝이에다 낯가죽도 두꺼운 주제에 기본적인 예의도 없이…….」

「나한테 함부로 말하지 마세요.」 마블 씨가 말했다.

「함부로 말한다고? 나는 아주 좋은 사람…….」

「가자.」 〈목소리〉가 말했다. 마블 씨는 갑자기 홱 돌아서서 기묘하게 발작적으로 걷기 시작했다.

「계속 가는 게 좋을 거야.」 선원이 말했다.

「누가 가고 있는데?」 마블 씨가 말했다. 그는 기묘하게 서두르는 걸음으로 비스듬히 물러나다가 이따금 누군가에게 떠밀린 것처럼 갑자기 앞으로 홱 움직이곤 했다. 길을 따라 조금 걸어가던 그는 독백과 항의와 비난의 말을 중얼거리기 시작했다.

「멍청한 자식!」 선원이 두 다리를 벌리고 두 손을 허리춤에 대고 팔꿈치를 양옆으로 편 자세로 버티고 서서, 멀어져 가는 마블 씨를 바라보며 말했다. 「두고 봐, 멍청아. 감히 나를 속이려 들다니! 여기 신문에 다 실려 있는데!」

마블 씨가 뭐라고 대꾸했고, 물러나면서 길모퉁이에 가려졌지만, 선원은 푸주한의 마차가 다가와서 그를 쫓아낼 때까지 길 한복판에 버티고 서 있었다. 그 후 그는 포트스토 쪽으로 돌아섰다.

「세상은 어이없는 멍청이들로 가득 차 있어.」 그는 조용히 혼잣말을 했다. 「그냥 나를 조금 끌어내리려고 한 짓이겠지만, 어리석은 계략이었어. 여기 신문에 다 실려 있는걸!」

그런데 또 다른 놀라운 일이 바로 가까이에서 일어났다는 이야기를 그는 곧 듣게 되었다. 그것은 〈금화 한 줌〉이 눈에 보이는 매개체도 없이 혼자서 성 미카엘 거리 모퉁이에 있는 벽을 따라 이동했다는 것이다. 한 동료 선원이 그날 아침에 이 놀라운 광경을 목격했다. 그는 당장 돈을 낚아챘지만, 얻어맞고 나가떨어졌다. 그가 다시 일어났을 때, 나비처럼 혼자 날아가던 돈은 사라진 뒤였다. 우리의 선원은 무엇이든 믿을 마음이 되어 있다고 선언했지만, 그 이야기는 좀 지나치게 터무니없었다. 하지만 나중에 그는 여러 가지 일을 심사숙고하기 시작했다.

돈이 혼자 날아갔다는 이야기는 사실이었다. 그 동네 전역에서, 심지어는 위풍당당한 〈런던 앤드 카운티 금융 회사〉[19]나 상점과 선술집 — 날이 화창해서 모두 영업을 하고 있었다 — 의 돈궤에서 돈이 한 줌씩, 또는 한 꿰미씩 그런 식으로 조용히 교묘하게 빠져나간 뒤, 공중에 떠서 벽이나 그늘진 곳을 따라 조용히 이동하다가, 사람의 눈이 다가오면 잽싸게 피하곤 했다. 아무도 돈을 추적하지 않았지만, 돈의 신비로운 비행은 낡은 실크해트를 쓴 그 흥분한 신사의 주머니 속에서 끝났다. 그 신사는 포트스토의 교외에 있는 작은 선술집 바깥에 앉아 있었다.

선원이 이 사실들을 서로 대조하여, 자기가 놀라운 투명

19 1836년에 창설된 〈서리 켄트 앤드 서식스 금융 회사〉가 1839년에 이름을 〈런던 앤드 카운티 금융 회사〉로 바꾸었고, 1909년에 웨스트민스터 은행(오늘날에는 내셔널 웨스트민스터 은행)과 합병했다.

인간과 얼마나 가까이 있었는지를 깨닫기 시작한 것은 열흘 뒤였다.

제15장

달리는 남자

이른 아침에 켐프 박사는 버독 시내가 내려다보이는 언덕 위의 전망 좋은 서재에 앉아 있었다. 서재는 작지만 쾌적한 방이었다. 북쪽과 서쪽과 남쪽에 창문이 있고, 책과 과학에 관한 출판물이 가득 꽂힌 책꽂이와 넓은 책상이 있고, 북쪽 창문 밑에는 현미경과 슬라이드, 작은 기구들, 배양액이 놓여 있고, 시약을 넣은 유리병들이 흩어져 있었다. 하늘이 아직 석양빛으로 밝은데도 햇빛을 이용한 켐프 박사의 램프는 켜져 있었고, 블라인드는 올라가 있었다. 밖에서 남이 엿볼 염려가 전혀 없었기 때문에 블라인드를 굳이 끌어 내릴 필요가 없었다. 켐프 박사는 키가 크고 호리호리한 젊은이였고, 아마색 머리에 콧수염은 거의 하얀색이었다. 지금 하고 있는 연구가 완성되면, 그토록 원하는 왕립 학회[20] 회원이 될 수 있을 거라고 그는 기대했다.

연구에 몰두해 있던 그는 이윽고 눈을 들어 맞은편 언덕

20 1662년에 찰스 2세가 창설한 〈자연 과학 지식을 증진하기 위한 런던의 왕립 학회〉.

너머에서 빛나고 있는 석양을 바라보았다. 잠시 그는 펜을 입에 물고 산마루 위의 짙은 황금빛에 감탄하고 있었다. 그러다가 언덕을 넘어 그쪽으로 달려오고 있는 한 사내의 새까맣고 작은 형상이 그의 주의를 끌었다. 사내는 작달막한 키에 높은 모자를 쓰고 있었는데, 너무 빨리 달리고 있어서 다리가 정말로 경쾌하게 움직였다.

「저 사람도 그 멍청이들 가운데 하나겠지. 오늘 아침에 길모퉁이에서 나와 딱 마주치자 〈투명 인간이 오고 있습니다, 선생님!〉 하고 외친 그 얼간이처럼. 무엇이 사람들을 홀리는지 나는 짐작도 안 가. 남이 보면 우리가 13세기에 살고 있다고 생각할지도 몰라.」

그는 일어나더니 창가로 다가가 어둑어둑한 언덕 비탈과 그 어스름을 뚫고 달려오는 작은 사내의 검은 형상을 바라보았다.

「굉장히 서두르는 것 같군. 하지만 잘 달리고 있는 것 같진 않아. 주머니마다 납덩어리가 가득 차 있다 해도 저보다 굼뜨게 달릴 수는 없을 거야.」

켐프 박사는 그 사내를 향해 분발하라고 응원을 보냈다.

다음 순간, 버독에서 언덕을 올라온 집들 가운데 좀 더 높은 곳에 있는 집 때문에 사내가 시야에서 사라졌다. 사내는 잠시 보였다가 또 사라지고, 다시 보였다가 또 사라지고, 다시 보였다가 또 사라졌다. 그는 띄엄띄엄 서 있는 세 채의 집 사이에서 세 번 보인 뒤, 테라스에 가려졌다.

「멍청한 놈들!」 켐프 박사는 발꿈치를 돌려 책상으로 돌아가면서 말했다.

하지만 그 도망자를 더 가까이에서 보고, 땀을 흘리고 있는 그의 얼굴에 뚜렷이 나타난 절망적인 공포를 알아본 사람들은 박사처럼 그를 경멸하지 않았다. 달리는 사내는 열심히 다리를 움직여 지나갔고, 달릴 때 그는 돈이 적당히 들어 있는 주머니가 앞뒤로 흔들릴 때처럼 짤랑짤랑 소리를 냈다. 그는 오른쪽도 왼쪽도 보지 않았다. 동공이 확대된 그의 눈은 램프가 켜지고 거리에 사람들이 붐비는 언덕 아래를 똑바로 바라보고 있었다. 못생긴 그의 입은 헤벌어졌고, 입술에는 흰자위 모양의 거품이 묻어 있고, 숨소리는 거칠고 시끄러웠다. 그가 지나가면 사람들은 모두 멈춰 서서 도로의 위아래를 훑어보고, 불안감을 어렴풋이 드러내며, 그가 그렇게 서둘러 달려가는 이유를 서로 묻기 시작했다.

이윽고 언덕 위에서 길에 나와 놀고 있던 개 한 마리가 날카롭게 캥캥 짖더니, 문 아래를 빠져나가 달아났다. 사람들이 아직 놀라고 있을 때, 무언가 — 바람 — 저벅, 저벅, 저벅 — 헐떡이는 숨소리와 비슷한 소리 — 가 옆을 휙 지나갔다.

사람들이 비명을 질렀다. 사람들은 길 밖으로 뛰쳐나갔다. 사람들의 공포는 외침 소리로 퍼져 갔고, 본능을 통해 언덕 아래로 전해졌다. 마블 씨가 절반도 채 가기 전에 거리에서는 사람들이 벌써 고함을 지르고 있었다. 그들은 이 소식을 듣자마자 집으로 도망쳐 들어가 문을 쾅 닫았다. 마블 씨는 그 소리를 듣고 필사적으로 마지막 분발을 했다. 공포는 성큼성큼 다가와서 그보다 먼저 돌진했고, 순식간에 도시를 사로잡았다.

「투명 인간이 오고 있다! 투명 인간이다!」

제16장
〈유쾌한 크리켓 선수들〉에서

〈유쾌한 크리켓 선수들〉이라는 선술집은 전차 궤도가 시작되는 언덕 기슭에 자리잡고 있다. 바텐더는 굵고 붉은 팔을 카운터에 올려놓고 무기력한 마부와 마주 앉아 말에 대해 이야기하고 있었다. 한쪽에서는 회색 옷차림에 검은 턱수염을 기른 사내가 비스킷과 치즈를 물어뜯고 맥주를 마시면서, 비번 경찰관과 미국식 영어로 대화를 나누고 있었다.

「그런데 저 외침 소리는 뭡니까?」 무기력한 마부가 갑자기 주제에서 벗어나, 선술집의 낮은 창문에 쳐진 노란색 블라인드 너머로 언덕 위를 보려고 애쓰면서 말했다. 누군가가 밖을 달려갔다.

「아마 불이 난 모양입니다.」 바텐더가 말했다.

육중하게 달리는 발소리가 다가오더니, 문이 난폭하게 열렸다. 마블 씨가 흐느껴 울면서 안으로 뛰어들었다. 모자는 어디론가 사라졌고 외투 목둘레가 찢겨 나간 단정치 못한 차림새였다. 그는 술집에 들어오자마자 발작적으로 돌아서서 문을 닫으려 했지만, 문은 늘 반쯤 열려 있도록 끈으로 고정되어 있었다.

「오고 있어!」 그가 공포에 질린 목소리로 외쳤다. 「투명 인간이 오고 있어! 나를 따라오고 있어! 제발! 도와줘! 도와줘! 도와줘!」

「문을 닫아요.」 경찰관이 말했다. 「누가 오고 있다고요? 이게 웬 소동입니까?」 그는 문으로 다가가서 끈을 풀었다. 그러자 문이 쾅 닫혔다. 미국인은 다른 문을 닫았다.

「나를 안으로 들여보내 줘요.」 마블 씨가 비틀거리면서 말했다. 그는 울고 있었지만, 공책 세 권은 여전히 움켜쥐고 있었다. 「안으로 들어가게 해주세요. 나를 어딘가에 가두어 주세요. 그 사람이 나를 쫓아오고 있다고요. 나는 그 사람을 따돌리고 도망치는 중이에요. 그 사람은 나를 죽이겠다고 말했지만, 정말로 나를 죽일 거예요.」

「댁은 안전합니다.」 검은 턱수염의 사내가 말했다. 「문은 닫혔어요. 대체 무슨 일입니까?」

「나를 안으로 들여보내 주세요.」 마블 씨가 다시 말했지만, 갑자기 누군가가 잠긴 문을 힘껏 때리자 요란하게 비명을 질렀다. 문이 흔들리고, 밖에서 성급하게 문을 두드리는 소리와 외치는 소리가 났다.

「이봐요. 거기 누구요?」 경찰관이 외쳤다.

마블 씨는 문처럼 보이는 널빤지를 향해 미친 듯이 돌진하기 시작했다.

「나를 죽일 거야. 놈은 칼인지 뭔지를 갖고 있어. 제발 나 좀 살려 줘!」

「이리 와요. 여기로 들어와요.」 바텐더가 말하고는 카운터에 달린 뚜껑 문을 들어 올렸다.

마블 씨가 카운터 뒤로 뛰어들었을 때 밖에서 또다시 부르는 소리가 났다.

「문을 열지 마세요.」 마블 씨가 외쳤다. 「제발 문을 열지 마세요. 나는 어디에 숨죠?」

「그럼 저게 그 투명 인간인가요?」 검은 턱수염 사내가 한 손으로 뒤를 가리키며 물었다. 「이젠 우리도 투명 인간을 볼 때가 된 것 같은데요.」

선술집 유리창이 갑자기 박살 나고, 거리에서는 사람들이 비명을 지르며 이리저리 달아났다. 경찰관은 아까부터 장의자 위에 올라가서 밖을 내다보고, 문간에 누가 있는지 보려고 목을 길게 빼고 있었다. 이제 그는 눈썹을 치켜 올리고 의자에서 내려왔다.

「정말로 투명 인간이야.」

바텐더는 마블 씨를 카운터 뒤의 특별실로 들여보내고 자물쇠를 채운 뒤, 그 문 앞에 서서 깨진 창문을 바라보다가 다른 두 남자에게 돌아왔다.

갑자기 사방이 조용해졌다.

「경찰봉이 있으면 좋을 텐데.」 경찰관이 문 쪽으로 머뭇머뭇 다가가면서 말했다. 「일단 문을 열면 놈이 들어올 거야. 놈을 막는 것은 불가능해.」

「그 문을 너무 서둘러 열지 마세요.」 무기력한 마부가 걱정스러운 얼굴로 말했다.

「빗장을 벗겨요.」 검은 턱수염 사내가 말했다. 「놈이 들어오면…….」 그는 손에 쥔 리볼버 권총[21]을 보여 주었다.

「그건 안 됩니다. 그건 살인이에요.」 경찰관이 말했다.

「내가 어느 나라에 있는지는 나도 압니다.」 턱수염 사내가 말했다. 「나는 놈의 다리를 쏠 거예요. 빗장을 푸세요.」

「내 뒤에서 그 총을 발사하지 말아요.」 바텐더가 블라인드 너머로 목을 길게 빼고 말했다.

「좋습니다.」 턱수염 사내가 말하고, 권총을 손에 쥔 채 허리를 구부려 직접 빗장을 풀었다. 바텐더와 마부와 경찰관은 방향을 바꾸었다.

「들어오시오.」 턱수염 사내가 낮은 목소리로 말하고는 뒤로 물러서서 권총을 뒤에 감춘 채 빗장이 풀린 문을 정면으로 마주보았다. 아무도 들어오지 않았고, 문도 닫힌 채였다. 5분 뒤, 두 번째 마부가 조심스럽게 선술집 안으로 머리를 들이밀었을 때에도 그들은 여전히 기다리고 있었다. 카운터 뒤의 특별실에서 불안한 얼굴이 밖을 내다보며 정보를 제공했다.

「이 집에 있는 문은 모두 닫혀 있나요?」 마블 씨가 물었다. 「놈은 집 주위를 돌고 있습니다. 배회하고 있어요. 악마같이 교활한 놈이죠.」

「맙소사!」 체격이 건장한 바텐더가 말했다. 「뒷문이 있어요! 저 문들을 잘 지켜보세요!」 그는 주위를 둘러보았다. 특

21 영국에서는 1903년에 〈권총법〉이 제정된 뒤에야 비로소 무기 소유를 제한하기 시작했다. 그 전에는 무기를 쉽게 구할 수 있었다. 제27장을 보면 켐프 박사도 권총을 소유한 것으로 되어 있다.

별실 문이 쾅 닫혔다. 그들은 열쇠가 돌아가는 소리를 들었다.「정원 문과 비밀 문이 있어요. 정원 문은…….」

그는 밖으로 뛰쳐나갔다.

잠시 후, 그는 조각칼을 손에 들고 다시 나타났다.

「정원 문이 열려 있었어요!」 그가 말했다. 통통한 아랫입술이 아래로 내려갔다.

「놈은 지금 이 집 안에 들어와 있을지도 몰라요!」 첫 번째 마부가 말했다.

「부엌에는 없어요.」 바텐더가 말했다.「그곳엔 두 여자가 있고, 내가 이 칼로 부엌을 샅샅이 찔러 보았으니까 틀림없습니다. 여자들은 그놈이 부엌에 들어왔다고 생각지 않아요. 기척을 알아차리지 못했고…….」

「부엌문을 잠갔습니까?」 첫 번째 마부가 물었다.

「나는 어린애가 아니에요.」 바텐더가 말했다.

턱수염 사내는 권총을 원래 있던 자리에 돌려놓았다. 그런데 바로 그때 카운터의 누생 문이 닫히고, 빗장이 찰칵 소리를 내며 닫힌 다음, 뚝 하는 요란한 소리와 함께 문고리가 부러지고 특별실 문이 벌컥 열렸다. 그들은 마블 씨가 붙잡힌 토끼 새끼처럼 꽥 소리를 지르는 것을 듣고, 당장 카운터를 넘어 마블 씨를 구하러 갔다. 턱수염 사내의 권총이 탕 하고 울려 퍼졌다. 특별실 뒤쪽에 걸려 있는 거울이 별을 흩뿌린 듯 눈부시게 빛나더니 산산조각이 나서 요란한 소리와 함께 쏟아져 내렸다.

방으로 들어간 바텐더는 자세가 묘하게 구겨진 마블 씨가 마당과 부엌으로 통하는 문을 열려고 애쓰는 것을 보았다. 바텐더가 망설이는 동안 문이 활짝 열렸고, 마블 씨는 부엌 안으로 질질 끌려갔다. 비명 소리와 냄비들이 달그락거리는 소리가 들렸다. 마블 씨는 고개를 숙이고 완강하게 버텼지만, 부엌문으로 질질 끌려갔고 빗장이 풀렸다.

그때 바텐더 옆을 빠져나가려고 애쓰고 있던 경찰관이 부엌으로 뛰어들었고, 마부 한 사람도 그 뒤를 따랐다. 경찰관은 마블 씨의 목덜미를 잡고 있는 보이지 않는 손목을 움켜잡았지만, 얼굴을 얻어맞고 비틀거리며 뒷걸음쳤다. 문이 열렸다. 마블 씨는 문 뒤에 거점을 확보하려고 미친 듯이 몸부림쳤다. 그때 마부가 무언가를 움켜잡았다. 「잡았다!」 그러자 바텐더의 붉은 손이 다가와서 보이지 않는 무언가를 손톱으로 할퀴었다. 「여기 있다!」

투명 인간의 손에서 풀려난 마블 씨는 갑자기 땅바닥에 쓰러져, 싸우고 있는 남자들의 다리 뒤쪽으로 기어가려고 했다. 싸움은 문 가장자리를 돌아서 계속되었다. 투명 인간의 목소리가 처음으로 들렸다. 경찰관에게 발을 밟히고 내지른 비명 소리였다. 그 후 그는 격렬하게 소리를 질렀고, 두 주먹을 도리깨질하듯 휘둘렀다. 마부가 갑자기 비명을 지르며 몸을 둘로 꺾었다. 횡격막 아래를 걷어차인 것이다. 부엌에서 특별실로 들어가는 문이 쾅 닫혀서, 후퇴하는 마블 씨를 엄호해 주었다. 부엌에 있는 사람들은 어느새 허공을 움켜잡고 허공과 싸우고 있었다.

「어디로 갔지?」 턱수염 사내가 외쳤다. 「밖으로 나갔나?」

「이쪽입니다.」 경찰관이 말하고는 마당으로 들어가 멈춰 섰다.

타일 조각이 휙 소리를 내며 그의 머리 옆을 날아가, 부엌 탁자 위에 놓인 도자기들 사이에서 박살이 났다.

「내가 본때를 보여 주지.」 검은 턱수염을 기른 사내가 외쳤다.

갑자기 경찰관의 어깨 너머에서 총신이 번득이더니 타일이 날아온 어스름을 향해 총알 다섯 발이 연달아 발사되었다. 턱수염 사내는 총을 쏘면서 손을 수평으로 움직여 커브를 그렸기 때문에, 그가 쏜 총알은 좁은 마당에 바퀴살처럼 부채꼴로 퍼져 나갔다.

침묵이 흘렀다.

「탄약통 다섯 개.」 턱수염 사내가 말했다. 「그게 제일 좋은 방법이에요. 에이스 넉 장에 조커의 조합이라고 할 수 있죠. 누가 초롱을 가져오세요. 함께 가서 투명 인간의 시체를 손으로 더듬어 찾읍시다.」

제17장

켐프 박사를 찾아온 손님

켐프 박사는 서재에서 글을 쓰고 있다가 총소리에 벌떡 일어났다. 탕, 탕, 탕, 총소리는 계속 이어졌다.

「이런, 세상에.」 켐프 박사는 펜을 다시 입에 집어넣고 귀를 기울이면서 말했다. 「벌록에서 누가 권총을 쏘아 대는 거야? 이 시간에 총을 쏘는 바보들은 뭐야?」

그는 남쪽 창문으로 가서 창문을 밀어 올린 다음, 몸을 밖으로 내밀고 밤에 시가지 풍경을 이루는 것들 — 그물처럼 얽힌 창문들, 구슬 목걸이처럼 점점이 늘어선 가스등과 상점들, 지붕과 마당의 검은 틈새 — 을 내려다보았다.

「언덕 밑에 사람들이 많이 모여 있는 것 같군. 〈유쾌한 크리켓 선수들〉 옆에.」 그는 혼잣말로 중얼거리고 관찰을 계속했다. 그의 눈은 시가지를 넘어 더 먼 곳으로 향했다. 그곳에서는 배들의 불빛이 반짝이고, 부두가 붉게 빛나고, 불 켜진 작은 천막은 노란빛을 내는 보석 같았다. 상현달이 서쪽 언덕 위에 걸려 있고, 별들은 열대의 밤하늘처럼 찬란하고 맑았다.

켐프 박사의 마음은 5분 동안 미래 사회에 대한 엉뚱한 사색에 잠긴 뒤, 한숨을 내쉬며 몸을 일으키고 창문을 다시 끌어 내리고 책상으로 돌아왔다.

현관문의 초인종이 울린 것은 그로부터 한 시간쯤 뒤였을 것이다. 그는 총소리를 들은 뒤 줄곧 느슨한 기분으로 글을 썼고, 이따금 멍한 상태에 빠졌다. 그는 의자에 앉아서 귀를 기울였다. 하녀가 문을 여는 소리가 들렸다. 박사는 하녀가 계단을 올라오기를 기다렸지만, 하녀는 오지 않았다.

「무슨 일이었는지 궁금하군.」 켐프 박사는 중얼거렸다.

그는 일을 다시 시작하려고 했지만 실패하고, 서재에서 나가 층계참으로 내려갔다. 그때 하녀가 아래층 현관홀에 나타났기 때문에, 난간 너머로 하녀를 불렀다.

「편지가 왔나?」 박사가 물었다.

「초인종을 울려 놓고 달아나는 장난이었을 뿐이에요.」 하녀가 대답했다.

「오늘 밤에는 마음이 어수선해.」 그가 중얼거렸다. 그리고 서재로 돌아가서 이번에는 마음을 다잡고 일을 시작했다. 한동안 그는 다시 일에 열중했고, 방에서 들리는 소리라고는 시계가 똑딱거리는 소리와 등갓이 책상 위에 던지는 동그란 불빛 한복판에서 그의 깃펜이 종이를 스치는 소리뿐이었다.

2시가 지나서야 켐프 박사는 그날 밤에 할 일을 마쳤다. 그는 일어나서 하품을 하고 침실로 내려갔다. 외투와 조끼를 벗은 뒤에야 갈증을 느꼈다. 그래서 그는 촛불을 들고 사이펀 병과 위스키를 찾으러 식당으로 내려갔다.

켐프 박사는 과학을 연구하면서 날카로운 관찰력을 갖게 되었다. 현관홀을 다시 가로지를 때, 그는 계단 발치에 놓여 있는 깔개 근처의 리놀륨 바닥에 검은 얼룩이 묻어 있는 것을 알아차렸다. 그는 계단을 올라왔지만, 갑자기 리놀륨 바닥에 묻은 그 얼룩이 뭘까 하는 의문이 떠올랐다. 분명히 어떤 잠재의식적인 요소가 작용했을 것이다. 어쨌든 그는 사이펀 병과 위스키를 들고 돌아서서 현관홀로 돌아가 사이펀 병과 위스키를 내려놓고 허리를 구부려 그 얼룩을 만져 보았다. 그 얼룩이 말라 가는 피처럼 끈적거리고 검붉은 빛깔을 띠고 있음을 알고도 그는 별로 놀라지 않았다.

그는 다시 사이펀 병과 위스키를 집어 들고 계단을 올라가면서 주위를 둘러보고, 핏자국이 묻은 원인을 알아내려고 애썼다. 층계 꼭대기에서 그는 무언가를 발견하고 놀라서 우뚝 멈춰 섰다. 서재의 문손잡이에 피가 묻어 있었던 것이다.

그는 손을 내려다보았다. 손은 깨끗했다. 이어서 그는 서재에서 내려왔을 때 방문이 열려 있었고, 따라서 문손잡이에는 아예 손도 대지 않았다는 것을 기억해 냈다. 그는 곧장 방으로 들어갔다. 그의 얼굴은 차분했다. 아마 여느 때보다 세 배는 더 단호했을 것이다. 사방을 살피던 그의 눈이 침대에 고정되었다. 침대 덮개는 피투성이였고, 시트가 찢어져 있었다. 아까 침실에 들어왔을 때는 곧장 화장대로 갔기 때문에 알아차리지 못했다. 건너편 이불은 누군가가 조금 전까지 앉아 있었던 것처럼 움푹 들어가 있었다.

그때 그는 낮은 목소리를 들은 듯한 이상야릇한 느낌을

받았다.

「야단났네! 켐프!」

하지만 켐프 박사는 〈목소리〉의 존재를 믿지 않았다.

그는 구겨진 시트를 가만히 내려다보며 서 있었다. 그건 정말로 목소리였을까? 그는 다시 주위를 둘러보았지만, 흐트러지고 피 묻은 침대밖에는 아무것도 알아차릴 수 없었다. 그때 그는 방 건너편 세면대 근처에서 무언가가 움직이는 기척을 분명히 들었다. 아무리 고등 교육을 받은 사람이라 해도 사람은 누구나 미신적인 생각을 조금은 갖고 있는 법이다. 〈으스스하다〉고 불리는 느낌이 그를 덮쳤다. 그는 방문을 닫고 화장대로 다가가서 짐을 내려놓았다. 갑자기 그는 자신과 세면대 사이의 허공에 피 묻은 붕대가 소용돌이치며 매달려 있는 것을 발견하고 흠칫 놀랐다.

그는 놀라서 이것을 뚫어지게 바라보았다. 그것은 빈 붕대였다. 제대로 묶여 있었지만 완전히 빈 붕대였다. 그는 붕대를 잡으려고 앞으로 나아가려 했지만, 어떤 감촉이 그를 방해했다. 아주 가까이에서 어떤 목소리가 그를 불렀다.

「켐프!」

「어?」 켐프는 놀라서 입을 딱 벌리고 말했다.

「겁먹지 마. 나는 투명 인간이야.」 〈목소리〉가 말했다.

켐프는 한동안 아무 대답도 하지 않고 그저 붕대만 바라보았다.

「투명 인간?」 그가 중얼거렸다.

「그래, 나는 투명 인간이야.」 〈목소리〉가 같은 말을 되풀이했다.

바로 그날 아침에 비웃었던 소문이 켐프의 머리를 스쳤다. 그 순간 그는 잔뜩 겁을 먹거나 크게 놀란 것 같지 않다. 깨달음은 나중에 찾아왔다.

「나는 그게 다 새빨간 거짓말인 줄 알았는데.」 그가 말했다. 그의 마음에 맨 먼저 떠오른 생각은 아침에 되풀이된 논쟁이었다. 「붕대를 감고 있나?」

「그래.」 투명 인간이 대답했다.

「세상에! 이건 말도 안 돼. 속임수가 분명해.」 켐프가 외쳤다. 그러고는 갑자기 앞으로 발을 내디뎠다. 붕대 쪽으로 뻗은 손이 보이지 않는 손가락과 마주쳤다.

그는 그 감촉에 놀라서 움찔했다. 그의 안색이 변했다.

「제발 가만히 있게, 켐프! 나는 도움이 필요해. 멈춰!」

손이 그의 팔을 움켜잡았다. 켐프는 그 손을 때렸다.

「켐프!」 〈목소리〉가 외쳤다. 「가만히 있으라니까!」 손이 팔을 더 단단히 움켜잡았다.

손아귀에서 벗어나고 싶은 욕망이 켐프를 사로잡았다. 붕대를 감은 팔의 손이 그의 어깨를 움켜잡았다. 그는 갑자기 비틀거리다가 침대에 나동그라졌다. 그는 소리를 지르려고 입을 벌렸지만, 침대 시트 귀퉁이가 윗니와 아랫니 사이로 밀려 들어왔다. 투명 인간은 그를 억세게 내리눌렀지만, 두 팔이 풀려난 켐프는 상대를 때리고 걷어차려 했다.

「내 말 좀 듣게.」 투명 인간이 갈비뼈를 얻어맞으면서도 그에게 달라붙은 채 말했다. 「제발 좀 가만히 있어! 자네 때문에 정말 미치겠군!」

그래도 켐프가 계속 버둥거리자 투명 인간은 켐프의 귀에 대고 고함을 질렀다.

「가만히 누워 있어, 이 멍청아!」

켐프는 잠시 더 버둥거리다가 잠잠해졌다.

「소리 지르면 얼굴을 때리겠어.」 투명 인간이 박사의 입에서 시트를 빼내면서 말했다. 「나는 투명 인간이야. 어리석은 장난도 아니고 마술도 아니야. 나는 정말로 눈에 보이지 않는 투명 인간이란 말이야. 그리고 자네 도움이 필요해. 자네를 해치고 싶지는 않지만, 자네가 미친 촌뜨기처럼 나오면 해칠 수밖에 없어. 나를 기억하지 못하겠나, 켐프? 유니버시티 칼리지의 그리핀을?」

「나를 일으켜 주게.」 켐프가 말했다. 「여기 그대로 있을 테니까, 잠시만 조용히 앉아 있게 해줘.」

그는 일어나 앉아서 목을 문질렀다.

「나는 유니버시티 칼리지의 그리핀이야. 내가 나 자신을 투명 인간으로 만들었어. 나는 자네가 알고 있는 보통 사람과 똑같지만, 눈에 보이지 않을 뿐이야.」

「그리핀?」 켐프가 물었다.

「그래, 그리핀.」 〈목소리〉가 대답했다. 「알비노[22]에 가까웠던 자네 동창 말이야. 키는 180센티미터가 넘고, 어깨가 딱 바라지고, 분홍빛이 감도는 하얀 얼굴에 눈이 불그스름하고,

22 선천성 색소 결핍증인 백색종에 걸린 사람. 이런 사람은 투명 인간이 되기가 더 쉬울 것이다.

화학에서 우등상을 받았지.」

「나는 뭐가 뭔지 모르겠어.」 켐프가 말했다. 「머리가 제멋대로 날뛰고 있어. 이게 그리핀과 무슨 관계가 있지?」

「내가 그리핀이라니까.」

켐프는 잠시 생각하다가 말했다.

「끔찍하군. 하지만 사람을 보이지 않게 만들려면 얼마나 극악무도한 마법이 일어나야 하지?」

「그건 절대로 극악무도한 마법이 아니라 지극히 건전하고 지성적으로만 이해할 수 있는 과정…….」

「끔찍해! 도대체 어떻게…….」

「그래, 정말 끔찍하지. 하지만 나는 다쳐서 고통스럽고 지쳤어. 제발 켐프! 자네는 사나이야. 진정하고, 나한테 먹을 것과 마실 것을 좀 갖다 주게. 그리고 여기 앉아 있게 해줘.」

켐프는 붕대가 방을 가로질러 움직이는 것을 바라보았다. 그리고 버들가지로 만든 안락의자가 마루를 가로질러 질질 끌려와서 침대 옆에 놓이는 것을 보았다. 의자가 삐걱거리고, 앉는 자리가 0.5센티미터쯤 내리눌렸다. 그는 눈을 비비고 다시 목을 문질렀다.

「이렇게 하면 귀신을 물리칠 수 있지.」 그가 말하고는 바보처럼 낄낄 웃었다.

「그게 낫군. 다행히 자네는 분별을 찾아 가고 있어!」

「아니면 어리석어지고 있든가.」 켐프는 말하고 두 눈을 주먹으로 문질렀다.

「위스키를 좀 주게. 나는 거의 죽을 지경이야.」

「그런 느낌은 들지 않는데? 지금 어디 있나? 내가 일어나면 자네와 부딪치려나? 아, 거기 있군! 좋아. 위스키를 달라고? 여기 있네. 그런데 위스키를 어디로 주면 되지?」

의자가 삐걱거렸고, 켐프는 술잔이 자기한테서 멀어지는 것을 느꼈다. 그는 간신히 술잔을 손에서 놓았다. 그의 본능은 거기에 저항했다. 술잔은 의자의 앞쪽 가장자리에서 위로 50센티미터쯤 떨어진 곳에 멈춘 채 허공에 떠 있었다. 켐프는 당혹스러운 얼굴로 그것을 뚫어지게 바라보았다.

「이건…… 이건 최면술이 분명해. 자네는 보이지 않는 투명 인간이라고 나한테 암시를 건 게 분명해.」

「당치 않은 소리.」

「미친 짓이야.」

「내 말 좀 들어 보게.」

「나는 오늘 아침에 결정적으로 입증했어. 투명 인간은…….」 켐프가 말하기 시작했다.

「자네가 입증한 건 아무래도 좋아. 나는 굶어 죽을 지경이야. 게다가 밤은…… 옷이 없는 사람에게는 너무 추워.」

「음식!」 켐프가 말했다.

위스키 잔이 기울어졌다.

「그래.」 투명 인간이 술잔을 가볍게 두드리면서 말했다. 「실내복이 있나?」

켐프는 낮은 목소리로 뭐라고 외쳤다. 그러고는 옷장으로 가서 칙칙한 진홍빛 실내복을 꺼냈다.

「이거면 되겠나?」 그가 물었다. 옷이 그에게서 멀어졌다.

옷은 잠시 축 늘어진 채 허공에 매달려 있다가 기묘하게 펄럭이더니, 똑바로 서서 단정하게 단추가 채워진 뒤 의자에 앉았다.

「속바지와 양말과 슬리퍼가 있으면 편안할 텐데.」 투명 인간이 퉁명스럽게 말했다. 「그리고 먹을 것.」

「뭐든지 다 주지. 하지만 내 평생 이보다 더 미친 짓은 본 적이 없어!」

그는 서랍에서 물건을 꺼낸 다음, 식료품실을 뒤지려고 아래층으로 내려갔다. 그는 차가운 커틀릿과 빵을 조금 가지고 올라온 다음, 작은 탁자를 끌어당겨 가져온 음식을 손님 앞에 차려 놓았다.

「나이프는 없어도 괜찮네.」 손님이 말했고, 커틀릿은 허공에 뜬 채 우적우적 씹는 소리만 들렸다.

「투명 인간이라고?」 켐프는 침실 의자에 털썩 주저앉으면서 말했다.

「나는 항상 먹기 전에 무언가를 몸에 걸치고 싶어 하지.」 투명 인간은 입에 음식을 가득 넣고 게걸스럽게 먹으면서 말했다. 「별난 취미야!」

「손목은 괜찮은 것 같군.」

「걱정하지 말게.」

「세상에는 이상하고 놀라운 일도 많지만, 하필이면…….」

「맞아. 하지만 내가 붕대를 얻으러 들어온 집이 하필이면 자네 집이라니 얼마나 기묘한 일인가. 이건 내 첫 번째 행운일세! 어쨌든 나는 오늘 밤 이 집에서 잘 작정이었어. 자네는 좀 참아 줘야 해! 피를 흘리는 내 몰골이 더럽고 불쾌하겠지? 저쪽에 미끈거리는 핏덩어리가 하나 있네. 피는 응고하면 눈에 보이게 되지. 나는 세 시간 전부터 이 집에 있었다네.」

「하지만 어떻게 된 거야?」 켐프가 안달이 난 어조로 말했다. 「젠장! 모든 게 처음부터 끝까지 불합리해.」

「아니, 지극히 합리적이야. 완벽하게 합리적이지.」

그는 손을 뻗어 위스키 병을 확보했다. 켐프는 게걸스럽게 먹고 있는 실내복을 뚫어지게 바라보았다. 왼쪽 어깨의 찢어진 부분으로 들어간 촛불 빛 한 줄기가 왼쪽 갈비뼈 밑에서 빛의 삼각형을 이루고 있었다.

「아까 그 총성은 뭐였나?」 그가 물었다. 「총격이 어떻게 시작됐지?」

「바보 같은 놈이 하나 있어서…… 내 동맹자라고 할 수 있는 녀석인데…… 나쁜 놈! 내 돈을 훔치려고 했어. 아니, 실제로 훔쳤지.」

「그 사람도 투명 인간인가?」

「아니.」

「그래서?」

「그걸 다 말하기 전에 음식을 좀 더 갖다 줄 수 없겠나? 나는 아직도 배가 고프고 아파. 그런 나한테 이야기를 해달라니!」

켐프는 일어섰다.

「그럼 자네는 총을 쏘지 않았나?」

「내가 쏜 게 아니야. 한 번도 본 적이 없는 어느 멍청이가 마구잡이로 총을 쏘아 댔어. 많은 사람이 겁을 먹었지. 모두 나를 두려워했어. 빌어먹을 놈들! 정말로 나는 먹을 게 더 필요해, 켐프.」

켐프는 아래층으로 내려가서 음식을 좀 더 가져왔다.

투명 인간은 잔뜩 먹은 다음, 시가를 달라고 요구했다. 그는 켐프가 시가 커터를 찾기도 전에 시가 끝을 이빨로 물어뜯었고, 바깥쪽 담뱃잎이 풀려 나오자 욕을 내뱉었다. 그가 담배를 피우는 모습은 정말 보기에 이상했다. 입과 목, 인두와 콧구멍이 마치 연기가 안에서 소용돌이치고 있는 일종의 거푸집처럼 보였다.

「흡연은 축복받은 선물이야!」 그는 힘차게 담배 연기를 내뿜었다. 「켐프, 자네를 만난 건 정말 행운이야. 나를 도와줘야 돼. 나는 지독한 곤경에 빠져 있어. 내가 미쳤던 것 같아. 그동안 내가 어떤 일들을 겪었는지! 하지만 우리는 아직 할 일이 있어. 내가 말해 주지.」

그는 위스키소다를 손수 만들어 마셨다. 켐프는 일어나서 주위를 둘러보고, 예비실로 술잔을 가지러 갔다.

「독한 술이지만, 나도 마실 수 있을 것 같군.」

「켐프, 자네는 지난 12년 동안 별로 변하지 않았어. 자네처럼 피부가 하얀 남자들은 대개 그렇지. 처음 실패한 뒤에도 냉정하고 체계적이야. 자네한테 말해 두어야 할 게 있는데, 우리는 함께 일하게 될 거야!」

「하지만 이게 다 어찌 된 일이지? 그리고 자네는 어떻게 이런 꼴이 됐나?」

「제발 잠시라도 내가 평화롭게 담배를 피우게 해줘. 그러고 나면 이야기를 시작할 테니까.」

하지만 그날 밤에는 이야기를 들려주지 않았다. 투명 인간은 손목이 아프기 시작했고, 열이 나고 기진맥진했다. 그의 마음은 자꾸만 지난 일로 돌아가서, 언덕 아래에서 벌어진 추적과 여인숙 주변에서 벌어진 몸싸움을 골똘히 생각하곤 했다. 그는 마블에 대해 단편적으로 이야기했고, 더 빠르게 담배를 피웠고, 목소리에는 점점 더 강한 분노가 담겼다. 켐프는 자기가 할 수 있는 일을 생각하려고 애썼다.

「녀석은 나를 두려워했어. 나는 녀석이 나를 두려워한다는 걸 알 있었지.」 투명 인간은 여러 번 되풀이해서 말했다. 「녀석은 나를 교묘히 따돌리고 달아날 작정이었어. 녀석은 늘 궁리하고 있었지. 나는 정말 바보였어! 개새끼! 놈을 죽여 버렸어야 하는 건데!」

「자네는 그 돈이 어디서 났나?」 켐프가 불쑥 물었다.

투명 인간은 잠시 입을 다물고 있다가 말했다.

「오늘 밤에는 말할 수 없어.」

그는 갑자기 신음 소리를 내며 몸을 앞으로 기울여, 보이지 않는 두 손으로 보이지 않는 머리를 받쳤다.

「켐프, 나는 거의 사흘 동안 한숨도 못 잤다네. 한 시간 동안 두세 번 꾸벅꾸벅 졸았을 뿐이야. 나는 빨리 자야 돼.」

「그럼 내 방을 쓰게. 이 방을 써.」

「하지만 내가 어떻게 잘 수 있겠나? 내가 잠들면 녀석은 달아날 거야. 우우! 하지만 상관없잖아?」

「총상은 어때?」 켐프가 불쑥 물었다.

「아무것도 아니야. 생채기가 나서 출혈이 심했을 뿐이지. 나는 정말 자고 싶어!」

「그런데 왜 안 자는 거야?」

투명 인간은 켐프를 빤히 바라보고 있는 것 같았다.

「나는 같은 인간들에게 붙잡히는 걸 특히 싫어하니까.」

켐프는 흠칫 놀랐다.

「나는 정말 바보야!」 투명 인간이 탁자를 힘껏 내리치면서 말했다. 「자네 머릿속에 그런 좋지 않은 생각을 넣어 주다니 말이야.」

제18장
투명 인간이 잠들다

투명 인간은 기진맥진한 데다 다치기까지 했지만, 그의 자유를 존중하겠다는 켐프의 말을 믿으려 하지 않았다. 그는 창문으로 달아날 수 있다는 켐프의 말을 확인하기 위해 침실의 창문 두 개를 점검하고, 블라인드를 끌어 올리고 창문을 열어 보았다. 밖은 조용하고 평온한 밤이었다. 초승달이 언덕 너머로 가라앉고 있었다. 이어서 그는 침실의 열쇠와 화장실의 문 두 개를 점검했다. 만약의 경우에는 이 문을 통해서도 자유를 확보할 수 있다는 것을 납득하기 위해서였다. 마침내 그는 만족감을 나타냈다. 켐프는 그가 벽난로 앞 깔개 위에 서서 하품하는 소리를 들었다.

「미안하네.」 투명 인간이 말했다. 「내가 오늘 밤에 한 일을 모두 말할 수 없어서 미안하지만, 나는 완전히 녹초가 되었다네. 확실히 기괴하고 끔찍한 일이지만, 정말일세. 그건 충분히 가능한 일이야. 나는 한 가지 발견을 했고, 그것을 나만의 비밀로 간직할 작정이었지만, 그럴 수가 없네. 내게는 동료가 필요해. 그리고 자네는, 아니 우리는 그런 일을 할 수 있어.

하지만 내일 하세. 지금은 잠을 자지 않으면 죽을 것 같아.」

켐프는 방 한복판에 서서 머리 없는 옷을 바라보다가 말했다.

「자네를 여기 두고 가야겠군. 그건 — 믿을 수 없어. 내 선입관을 모두 뒤엎는 일이 이런 식으로 세 가지만 일어나면 나는 미쳐 버릴 거야. 하지만 이건 현실이야! 내가 또 갖다 줄 건 없나?」

「잘 자라고 말해 주기만 하면 돼.」

「잘 자게.」 켐프는 보이지 않는 손과 악수를 했다. 그리고 문을 향해 비스듬히 걸어갔다.

갑자기 실내복이 빠른 걸음으로 그에게 다가왔다.

「내 말을 잘 새겨듣게. 나를 방해하거나 붙잡을 생각은 아예 하지도 말게! 그랬다가는…….」

켐프의 표정이 조금 바뀌었다.

「자네한테 약속한 줄 알았는데?」

켐프는 방에서 나와 조용히 문을 닫았다. 당장 열쇠 돌아가는 소리가 들렸다. 그가 놀란 표정을 지으며 서 있을 때, 화장실 문 쪽으로 빠르게 다가오는 발소리가 들리더니 그 문도 잠겼다. 켐프는 손으로 이마를 찰싹 때렸다.

「내가 꿈을 꾸고 있나? 세상이 미쳤나? 아니면 내가 미쳤나?」

그는 껄껄 웃고, 잠긴 문으로 손을 뻗었다.

「이렇게 터무니없는 이유로 침실에서 쫓겨나다니!」

층계 머리까지 걸어간 그는 돌아서서 잠긴 문들을 바라보았다. 그러고는 살짝 멍든 목에 손가락을 댔다.

「이건 사실이야. 부인할 수 없는 명백하고 엄연한 사실! 하지만…….」

그는 절망적으로 고개를 젓고 돌아서서 아래층으로 내려갔다.

식당의 램프를 켜고 시가를 꺼내 불을 붙인 다음 담배 연기를 내뿜으면서 식당을 돌아다니기 시작했다. 이따금 그는 자신과 논쟁을 벌이곤 했다.

「눈에 보이지 않는다고?

보이지 않는 동물이라는 게 존재할까? 바다에는 존재해. 수천 마리! 아니, 수백만 마리나 존재하지. 모든 유충, 모든 갑각류의 유생과 따개비의 유충, 모든 미생물, 해파리. 바다에는 눈에 보이는 것보다 보이지 않는 게 더 많아! 그런 생각은 이제껏 해본 적이 없어. 그리고 연못에도 보이지 않는 게 많지. 연못에 사는 그 작은 동물들 — 무색의 투명한 젤리 같은 동물들! 하지만 공중에는? 없어!

있을 턱이 없지.

하지만 결국 있으면 안 될 이유라도 있나? 안 될 것도 없잖아?

사람이 유리로 만들어져 있다 해도, 여전히 눈에 보일 거야.」

그의 명상은 심오해졌다. 시가 세 개비의 부피가 눈에 보이지 않는 연기로 변했거나 카펫 위에 떨어진 하얀 재로 흩어진 뒤에야 그는 다시 입을 열었다. 하지만 그것은 단순한 외침 소리에 불과했다. 그는 옆으로 돌아서서 방을 나가 진찰실로 들어가서 가스등을 켰다. 켐프 박사는 환자를 진료하여 살아가는 개업의가 아니었기 때문에 진찰실은 작았고, 그 방에는 그날의 신문이 놓여 있었다. 조간신문이 아무렇게나 펼쳐진 채 내던져져 있었다. 그는 그 신문을 집어 들고 페이지를 넘겨 〈아이핑에서 일어난 괴사건〉이라는 제목의 기사를 읽었다. 포트스토에서 선원이 마블 씨에게 그토록 힘들여 설명한 기사였다. 켐프는 그 기사를 재빨리 읽었다.

「온몸을 감싸고 있었나?」 켐프가 혼잣말로 말했다. 「위장하고 있었나? 그걸 감추고 있었나? 〈아무도 그의 불운을 알아차리지 못한 것 같다〉고 씌어 있군. 도대체 녀석은 어쩔 셈이지?」

그는 신문을 내려놓고 눈으로 무언가를 찾기 시작했다. 「아아!」 그는 감탄사를 외치고 「세인트 제임스 가제트」[23]를 집어 들었다. 이 신문은 배달되었을 때와 똑같이 접힌 채 놓여 있었다.

「이제 우리는 진실을 알게 될 거야.」 켐프는 중얼거리고 신문을 잡아 찢듯이 펼쳤다. 칼럼 두어 개가 눈에 띄었다. 〈서식스에서 마을 전체가 발광〉이라는 제목의 기사가 보였다. 「야단났군!」 켐프는 전날 오후에 아이핑에서 일어난 사건 — 이미 묘사된 사건 — 을 의심하는 듯한 기사를 열심히 읽으면서 말했다. 다음 지면에 조간신문에 실린 기사가 전재되어 있었다.

그는 그 기사를 다시 읽었다.

23 1880년부터 1905년까지 런던에서 발행된 신문. 정치적 성향은 보수파였고, 문학에 강한 관심을 보였다.

〈좌우에 있는 사람들을 때리면서 거리를 달려갔다. 재퍼스는 의식을 잃었다. 헉스터 씨는 심한 고통에 빠져, 아직도 자기가 본 것을 설명하지 못하고 있다. 교구 신부는 고통스러운 굴욕을 당했다. 공포에 질려 앓아누운 여자도 있다! 창문들이 박살 났다. 이 놀라운 이야기는 아마 거짓말이겠지만, 무시하기에는 아까워서 기사화했다 — 얼마간 할인해서!〉

그는 신문을 떨어뜨리고 앞을 멍하니 바라보았다.

「아마 거짓말이겠지만!」

그는 다시 신문을 집어 들고 기사 전체를 다시 한 번 읽었다.

「하지만 부랑자는 언제 등장하지? 도대체 왜 그는 부랑자를 쫓고 있었을까?」

그는 외과용 침대에 털썩 주저앉아서 말했다.

「그 녀석은 눈에 보이지 않을 뿐만 아니라 미치기까지 했어! 놈은 살인 경향이 있는 미치광이야!」

새벽이 와서 창백한 햇빛이 식당의 담배 연기와 등불 빛에 섞이기 시작했을 때에도 켐프는 여전히 믿을 수 없는 일을 이해하려고 애쓰면서 식당을 오락가락하고 있었다.

그는 너무 흥분해서 잠을 이루지 못했다. 졸린 얼굴로 내려온 하인들은 주인을 발견하고, 과도한 연구가 그에게 이런 해를 끼쳤다고 생각했다. 그는 전망대 서재에 아침 식사 2인분을 차려 놓고 그런 다음에는 지하층과 1층에만 머물러 있으라는 별난 지시를 내렸다. 이어서 그는 조간신문이 올 때까지 식당을 계속 오락가락했다. 신문은 할 말이 많았지만 새로 알려 줄 것은 거의 없었다. 전날 석간에 실린 기사를 확인하고, 포트버독에서 들려온 놀라운 소문을 아주 노골적으로 쓴 기사가 실렸을 뿐이었다. 이 기사를 읽고 켐프는 〈유쾌한 크리켓 선수들〉에서 일어난 사건의 요점과 마블이라는 이름을 알았다. 〈그 사람은 24시간 동안 나를 옆에 붙잡아 놓았다〉고 마블은 증언했다. 그 밖에 몇 가지 사소한 사실들이 아이핑 사건 기사에 추가되었다. 마을의 전깃줄이 절단된 것은 특히 주목할 만한 사실이었다. 하지만 투명 인간과 그 부랑자의 관계를 해명해 주는 것은 아무것도 없었다. 마블 씨는 공책 세 권이나 자기가 착복한 돈에 대해서는 전혀 발설하지 않았기 때문이다. 의심하는 듯한 논조는 사라졌고, 많은 기자와 조사원들이 벌써 원고를 공들여 다듬고 있었다.

켐프는 기사를 꼼꼼히 읽고, 조간신문을 모조리 구해 오라고 하녀를 내보냈다. 그리고 하녀가 구해 온 신문도 모두 탐독했다.

「그놈은 눈에 보이지 않아!」 그는 중얼거렸다. 「기사를 보면 분노가 광기로 악화되는 것 같아! 놈은 무슨 짓을 저지를지 몰라! 무슨 짓을 저지를지! 그런데 그놈이 지금 위층에 있어. 공기처럼 자유롭게. 도대체 나는 어떻게 해야 하지?

그건 배신행위가 될까? 예를 들어 내가……. 아, 아니야.」

그는 구석의 너저분한 책상으로 걸어가서 편지를 쓰기 시작했다. 그는 반쯤 쓴 이 편지를 찢어 버리고, 다른 편지를 썼다. 그리고 그 편지를 다시 읽으면서 생각에 잠겼다. 그런 다음 봉투를 꺼내 〈포트버독 경찰서, 애다이 서장 귀하〉라고 적었다.

켐프가 그러고 있을 때 투명 인간이 잠에서 깨어났다. 깨어났을 때 그는 기분이 좋지 않았다. 작은 소리에도 예민해진 켐프는 머리 위 침실에서 투명 인간이 갑자기 방을 가로질러 타닥타닥 달려가는 소리를 들었다. 이어서 의자 하나가 넘어지고, 세면대의 큰 컵이 박살 났다. 켐프는 서둘러 위층으로 올라가 문을 쾅쾅 두드렸다.

제19장
어느 제1원리

투명 인간이 문을 열어 주자 켐프가 물었다.

「무슨 일인가?」

「아무것도 아닐세.」 투명 인간이 대답했다.

「하지만 빌어먹을! 그 깨지는 소리는 뭐지?」

「성질이 나서 그랬어. 이 팔을 다친 걸 잊고 있었는데, 팔이 아파서 말이야.」

「자네는 그런 것에 좀 민감하군.」

「그래.」

켐프는 방을 질러가서 깨진 유리 조각을 주워 모았다.

「자네에 대해서는 모든 사실이 다 밝혀졌네.」 켐프가 유리 조각을 손에 들고 일어나면서 말했다. 「아이핑과 언덕 아래에서 일어난 일이 모두 드러났지. 눈에 보이지 않는 시민을 세상 사람이 모두 알게 됐어. 하지만 자네가 여기 있다는 건 아무도 몰라.」

투명 인간은 욕설을 뱉었다.

「비밀이 탄로 났어. 나는 그게 비밀이었다고 생각해. 자네 계획이 뭔지는 모르지만, 나는 자네를 돕고 싶네.」

투명 인간은 침대에 걸터앉았다.

「위층에 식사가 차려져 있네.」 켐프는 되도록 느긋하게 말했고, 이상한 손님이 기꺼이 일어난 것을 알고 기뻐했다. 켐프는 앞장서서 좁은 계단을 지나 서재로 올라갔다.

「우리가 다른 일을 하기 전에 나는 우선 자네의 투명성을 좀 더 알아야겠어.」 켐프가 말하고, 긴히 할 말이 있는 사람처럼 창밖을 힐끔 내다본 뒤 의자에 앉았다. 그리핀이 앉아 있는 식탁을 건너다본 순간, 이 모든 게 제정신인가 하는 의심이 문득 떠올랐다가 사라졌다. 머리도 없고 손도 없는 실내복이 초자연적으로 들어 올린 냅킨으로 눈에 보이지 않는 입술을 닦고 있었다.

「그건 아주 간단하고 충분히 설득력도 있지.」 그리핀은 냅킨을 옆에 내려놓으면서 말했다.

「자네한테는 물론 그렇겠지. 하지만 나는…….」 켐프는 소리 내어 웃었다.

「그래. 나한테는 확실히, 처음에는 굉장히 멋진 일로 여겨졌지. 하지만 지금은, 맙소사! 하지만 우리는 앞으로 굉장한 일을 하게 될 거야! 나는 체질스토에서 처음으로 그 물질을 찾아냈다네.」

「체질스토?」

「나는 런던을 떠난 뒤 거기로 갔어. 내가 의학 공부를 그만두고 물리학을 전공한 건 알고 있겠지? 모른다고? 나는 그랬어. 빛 — 나는 빛에 매료되었지.」

「아, 그렇군!」

「광학 농도! 이 분야는 수수께끼의 그물망이야. 해답이 그물눈 사이로 어렴풋이 보이지만 좀처럼 잡히지 않는 거야. 그런데 나는 겨우 스물두 살이었고 열정으로 가득 차 있었기 때문에 이렇게 말했지. 〈나는 여기에 평생을 바치겠다. 이건 그럴 만한 가치가 있다.〉 우리가 스물두 살 때 얼마나 바보인지는 자네도 알고 있겠지?」

「그때 바보였거나 아니면 지금 바보거나.」 켐프가 받았다.

「지식이 인간에게 만족을 줄 수 있기라도 한 것처럼!

하지만 나는 공부하러 갔네. 깜둥이처럼 고되게 공부했지. 그런데 내가 여섯 달 동안 열심히 공부하고 그 문제를 생각한 뒤에야 갑자기 그물눈 하나를 통해 빛이 비쳤네. 앞이 보이지 않을 만큼 눈부신 빛이었지. 나는 색소와 굴절[24]의 일반 원리를 발견했다네. 네 가지 차원[25]을 포함하는 기하학적 표현인 공식을 발견한 걸세. 바보나 보통 사람만이 아니라 평범한 수학자들도 어떤 일반 공식이 분자 물리학자에게 무엇을 의미할 수 있는지는 전혀 몰라. 공책 — 그 부랑자가 훔쳐

24 빛이 투명하거나 반투명한 매체로 들어가거나 거기에서 나올 때 경계면에서 구부러지는 현상. 굴절률은 빛이 직선에서 벗어난 정도. 그리핀의 설명은 물질 — 공기, 유리, 물 — 에 따라 굴절과 반사의 특성도 달라진다는 것을 보여 준다. 불가시성은 몸을 투명하게 만들어 반사에 강력히 저항하는 문제일 뿐만 아니라 신체의 굴절률을 공기의 굴절률과 같은 정도로 낮추는 문제이기도 하다.

25 세 가지 차원은 높이와 길이와 너비. 네 번째 차원은 「타임머신」 제1장에 나와 있듯이 〈시간〉이지만, 그리핀이 여기서 말하는 네 번째 차원이 시간을 의미하는지는 분명치 않다.

간 공책에는 놀랍고 경이로운 것들이 적혀 있지. 하지만 이건 방법론이 아니라 착상이었어. 물질의 빛깔을 제외한 다른 속성은 전혀 바꾸지 않고도 고체나 액체의 굴절률을 기체 수준까지 낮출 수 있는 방법에 대한 착상이었지.」

「휴우!」 켐프가 말했다. 「그건 정말 이상하군! 하지만 나는 잘 모르겠어. 자네가 그 방법으로 보석을 망칠 수 있다는 건 나도 이해할 수 있지만, 사람을 눈에 보이지 않게 만드는 건 그것과 엄청난 차이가 있어.」

「그래. 하지만 생각해 보게. 〈가시성〉은 빛에 대한 가시적 물체의 작용에 달려 있네. 물체가 빛을 흡수하느냐, 아니면 반사하거나 굴절시키느냐, 아니면 그 세 가지 작용을 다 하느냐. 물체가 빛을 반사하지도 않고 굴절시키지도 않고 흡수하지도 않는다면, 그 물체는 눈으로 볼 수 없어. 예를 들면 자네가 불투명한 붉은색 상자를 보는 것은 그 색깔이 빛의 일부만 흡수하고 나머지, 즉 빛의 붉은색 부분은 자네한테 반사하기 때문일세. 상자가 빛의 어떤 부분도 흡수하지 않고 모두 반사하면, 그것은 빛나는 하얀색 상자가 되겠지. 바로 은이야! 다이아몬드 상자는 빛을 많이 흡수하지도 않고 표면 전체에서 빛을 많이 반사하지도 않고, 여기저기 알맞은 표면에서만 빛을 반사하고 굴절시켜 반사광이 반짝반짝 빛나고 반투명한 눈부신 외관을 띠게 되지. 그건 말하자면 빛의 뼈대야. 유리 상자는 굴절과 반사가 다이아몬드보다 적을 테니까, 다이아몬드 상자만큼 화려하지도 않고 그만큼 분명히 눈에 띄지도 않을 거야. 그건 알겠지? 어떤 관점에서 보면 아주 또렷이 유리 상자를 꿰뚫어 볼 수 있네. 어떤 종류의 유리는 다른 유리보다 더 잘 보이지. 납유리 상자는 보통 창유리로 만든 상자보다 더 반짝거릴 거야. 아주 얇은 보통 유리로 만든 상자는 빛을 거의 흡수하지 않고 굴절과 반사도 조금밖에 하지 않으니까, 희미한 빛 속에서는 잘 보이지 않는다네. 보통의 하얀 유리를 물속에 집어넣으면, 또는 물보다 밀도가 높은 액체에 집어넣으면 그 유리는 거의 완전히 사라질 거야. 물에서 유리로 가는 빛은 거의 굴절되거나 반사되지 않고, 사실상 어떤 식으로도 영향을 받지 않으니까. 물속의 유리를 볼 수 없는 것은 공기 속에 섞여 있는 석탄 가스나 수소를 볼 수 없는 것과 거의 마찬가지라네. 게다가 정확히 같은 이유로!」

「그래.」 켐프가 말했다. 「그건 아주 간단하고 대수롭지 않은 일이로군.」

「그런데 여기 또 다른 사실이 있어. 이게 옳다는 걸 자네도 곧 알게 될 거야. 유리가 깨져서 가루로 박살이 나면, 공기 속에 있을 때는 훨씬 잘 보이게 되지. 마침내 불투명한 흰색 가루가 되는 거야. 가루가 되면 굴절과 반사가 일어나는 유리 표면이 늘어나기 때문이지. 유리판에는 표면이 두 개밖에 없어. 그런데 유리가 깨져서 가루가 되면 빛이 통과하는 모든 알갱이에서 반사나 굴절이 일어나고, 가루를 그대로 통과하는 빛은 거의 없다네. 하지만 하얀 가루가 된 유리를 물속에 넣으면 당장 사라져 버리지. 가루가 된 유리와 물은 거의 똑같은 굴절률을 갖게 되니까, 빛이 물에서 유리로 넘어갈 때 굴절이나 반사가 거의 일어나지 않는다네.

유리를 굴절률이 거의 같은 액체에 집어넣으면, 유리를 눈에 보이지 않게 할 수 있어. 투명한 물체는 거의 같은 굴절률을 가진 매체 속에 들어가면 보이지 않게 되니까. 1초만 생각해 봐도, 유리 가루의 굴절률을 공기와 같게 만들 수 있다면 유리 가루가 공중에서 사라지게 할 수도 있다는 걸 이해할 수 있을 거야. 굴절률이 같으면 빛이 유리에서 공기로 넘어갈 때 굴절이나 반사가 전혀 일어나지 않을 테니까.」

「그래그래.」 켐프가 말했다. 「하지만 인간은 박살 난 유리가 아니야!」

「그래. 인간은 박살 난 유리보다 더 투명하지.」

「말도 안 돼.」

「의사가 그런 말을 하다니! 망각도 심하군! 10년밖에 안 지났는데 벌써 물리학을 까맣게 잊어버렸나? 투명한 물체와 투명하지 않은 것처럼 보이는 물체를 모두 생각해 보게. 예를 들면 종이는 투명한 섬유질로 만든 것인데 불투명한 흰색을 띠는 것은 유리 가루가 불투명한 흰색을 띠는 것과 똑같은 이유라네. 하얀 기름종이는 입자 사이의 틈새를 기름으로 채워서 표면을 제하고는 더 이상 굴절이나 반사가 일어나지 않기 때문에 유리처럼 투명해지지. 종이만이 아니라 무명과 린넨, 양모, 목질, 그리고 뼈, 살, 머리털, 손톱과 신경, 피의 붉은 색소와 머리카락의 검은 색소를 제외하고 사실상 인간의 모든 신체 조직은 모두 무색투명한 조직으로 만들어져 있다네. 그것만으로도 우리를 서로 눈에 보이는 존재로 만들기에는 충분하지. 생물의 조직은 대부분 불투명하지 않아. 물이 불투명하지 않은 것처럼.」

「아아!」 켐프가 외쳤다. 「물론 그렇고말고! 나는 바로 어젯밤에 바다의 유충과 모든 해파리에 대해 생각했다네.」

「이제 내 말을 알아듣는군! 내가 런던을 떠난 지 1년 뒤, 그러니까 지금으로부터 6년 전에 그것을 모두 알고 마음속에 간직해 왔다네. 하지만 아무한테도 말하지 않았지. 나는 엄청나게 불리한 상황에서 연구를 진행해야 했어. 내 지도교수인 올리버는 어쩌다 과학자가 된 상놈이었고, 본능적으로 저널리스트였고, 남의 착상이나 훔치는 도둑놈이었지. 올리버는 항상 호기심을 가지고 내 연구를 엿보고 있었다네! 과학계의 악랄한 제도[26]는 자네도 알고 있겠지. 나는 내 착상을 발표하지 않으려 했어. 내 명성을 올리버 따위가 나누어 갖게 하고 싶지는 않았으니까. 나는 연구를 계속했고, 내 공식을 실험하고 실현할 날이 점점 다가왔지. 나는 아무한테도 말하지 않았어. 여봐란 듯이 세상에 과시하여 충격 효과를 줄 작정이었으니까. 단번에 유명해질 작정이었지. 나는 어떤 틈새를 메울 색소 문제를 연구하고 있었는데, 갑자기 — 의도적인 계획이 아니라 우연히 생리학에서 중요한 발견을 하게 됐다네.」

「그게 뭔데?」

「피가 붉은 색소를 갖고 있다는 건 자네도 알고 있겠지. 그

26 연구진의 선임 연구원이 연구 결과를 발표할 때 가장 많은 공적을 인정받는 제도.

런데 피가 가진 기능을 모두 그대로 유지한 채, 색만 하얗게, 무색으로 만들 수 있다네.」

켐프는 놀라서 도저히 믿을 수 없다는 표정으로 소리를 질렀다.

투명 인간은 일어나서 작은 서재를 오락가락하기 시작했다.

「소리를 지르는 것도 당연해. 나는 그날 밤을 기억하고 있지. 늦은 밤이었어. 낮에는 하품만 해대는 멍청한 학생들에게 신경을 써야 했지. 그래서 당시에는 새벽까지 연구할 때가 많았다네. 그때 갑자기 멋지고 완벽한 생각이 떠오른 거야. 나는 혼자였지. 연구실은 조용했고, 높은 곳에 매달린 등이 조용히 밝게 타오르고 있었어. 나는 나한테 중요한 순간에는 늘 혼자였다네. 〈동물을, 생체 조직을 투명하게 만들 수 있을지도 몰라! 동물을 눈에 안 보이게 할 수 있을지도 몰라! 색소만 빼고는 모든 조직을 투명하게 만들 수 있을 거야. 나는 투명 인간이 될 수 있어!〉 나는 선천성 색소 결핍증인 알비노 환자가 그런 지식을 갖는 게 무엇을 의미하는지를 갑자기 깨달았지. 그건 압도적이었어. 나는 하고 있던 여과 작업을 중단하고 창문으로 다가가서 창밖의 별들을 쳐다보았지. 〈나는 투명 인간이 될 수 있다!〉 나는 같은 말을 되풀이했다네.

나를 투명하게 만든다면 마술을 능가하겠지. 나는 마음에 어두운 그늘을 드리우는 한 점의 의혹도 없이 불가시성이 인간에게 의미할 수 있는 모든 것 — 비밀, 힘, 자유를 상상했어. 바람직하지 못한 결점은 하나도 찾아볼 수 없었지. 생각해 보게. 초라하고 가난에 찌든 내가, 지방 대학에서 바보들을 가르치며 시위대에 둘러싸여 있는 내가 갑자기 이렇게 될 수 있다니. 켐프, 자네라면 어떻게 했겠나? 사실은 누구라도 그 연구에 매달렸을 거야. 나는 3년 동안 연구에 몰두했고, 힘든 산을 간신히 정상까지 올라가면 그때마다 또 다른 산이 눈앞에 나타나곤 했지. 끝없이 나타나는 자질구레한 문제들! 그리고 나를 화나게 하는 교수, 끊임없이 내 동태를 살피는 지방 대학 교수. 〈자네는 이 연구를 언제 발표할 작정인가?〉 이게 그 교수가 되풀이하는 질문이었다네. 그리고 학생들, 궁색한 생활! 3년 동안 그런 생활을 견뎠다네.

비밀을 지키고 안달하면서 3년을 보낸 뒤, 나는 도저히 그 연구를 완성할 수 없다는 것, 완성하기는 불가능하다는 것을 깨달았네.」

「왜?」 켐프가 물었다.

「돈 때문이지.」 투명 인간은 대답하고 다시 창밖을 내다보러 갔다.

그러고는 창가에서 홱 돌아섰다.

「나는 노인한테 도둑질을 했다네. 아버지한테 돈을 훔쳤지. 하지만 그 돈은 아버지 돈이 아니었어. 아버지는 총으로 자살해 버렸지.」

제20장
그레이트포틀랜드 가의 집에서

켐프는 잠시 창가에 서 있는 머리 없는 형체의 등을 바라보며 말없이 앉아 있었다. 그러다가 문득 어떤 생각이 떠오르자 흠칫 놀라면서 벌떡 일어나 투명 인간의 팔을 잡고 전망대에서 돌려세웠다.

「자네는 지쳤어. 그런데 나는 앉아 있고 자네는 이리저리 걸어다니는군. 내 의자에 앉게.」

이렇게 말하고는 그리핀과 가장 가까운 창문 사이에 자리를 잡았다.

그리핀은 한동안 말없이 앉아 있다가 불쑥 입을 열었다.

「그 일이 일어났을 때 나는 이미 체질스토 칼리지를 떠난 뒤였다네. 그게 작년 12월이었어. 나는 런던에 방 하나를 얻었지. 그레이트포틀랜드 가[27] 근처에 있는 빈민가에 관리가 제대로 되지 않는 하숙집이 있었는데, 그곳에서 가구가 딸려 있지 않은 큰 방을 빌렸다네. 아버지한테 훔친 돈으로 사들

27 옥스퍼드 가에서 유스턴 로까지 북쪽으로 뻗어 있는 도로. 웰스는 런던의 실제 지명을 여기에 붙였다

인 기구가 그 방을 금세 가득 채웠지. 연구는 꾸준히 성공적으로 진행되어, 끝날 날이 가까워지고 있었어. 나는 덤불숲에서 나온 사람 같았지. 그때 갑자기 그 무의미한 비극이 일어난 거야. 나는 아버지를 매장하러 갔다네. 하지만 내 마음은 여전히 연구에 골몰해 있어서, 아버지의 평판을 구하기 위해 손가락 하나 까딱하지 않았어. 나는 그 장례식을 기억하고 있네. 싸구려 관, 허술한 장례식, 바람 불고 서리로 덮인 언덕 비탈, 그리고 기도문을 읽은 아버지의 대학 친구. 그 양반은 피부가 검고 허리가 굽은 초라한 노인인데, 코감기에 걸려 계속 코를 훌쩍이더군.

한때 시골 마을이었던 곳을 지나 빈집으로 걸어서 돌아가던 일이 생각나는군. 이제 그곳은 오래된 건물들을 건설업자들이 날림으로 대충 수리하거나 어설프게 땜질하여 도시를 꼴사납게 흉내 낸 곳으로 바뀌어 있었지. 사방으로 뚫린 길은 결국 신성을 빼앗긴 들판으로 이어지고, 길이 끝나는 곳에는 잡석이 무더기로 쌓여 있거나 잡초가 무성하게 우거져 있더군. 나는 수척하고 꾀죄죄한 몰골로 미끄럽고 번들거리는 인도를 따라 걸어갔지. 그 지역에서 행세깨나 한다는 한심한 명사들과 야비한 상업주의에 대해 묘하게 초연한 기분을 느꼈던 게 기억나는군.

아버지가 가엾다는 느낌은 전혀 없었어. 나한테 아버지는 어리석은 감상주의의 희생자에 지나지 않았지. 아버지 장례식에 참석한 것도 세간의 관습 때문에 그랬던 것이지만, 사실 장례식은 내가 알 바가 아니었네.

하지만 하이스트리트를 따라 걷는 동안 내 과거의 생활이 잠시 나에게 돌아왔네. 10년 전에 알고 지낸 여자를 우연히 만났거든. 그 여자와 눈이 마주쳤지.

무엇 때문인지 나는 돌아가서 그 여자한테 말을 걸었다네. 그 여자는 지극히 평범한 사람이었어.

옛날 살던 곳을 찾아간 그때의 일은 모두 꿈만 같았네. 그때는 내가 외롭다고 느끼지 않았어. 세상과 격리되어 쓸쓸하게 살고 있다는 느낌은 들지 않았지. 나는 동정심을 잃은 것을 충분히 인식했지만, 그것을 삶의 일반적인 허무함 탓으로 돌렸지. 내 방에 다시 들어가는 것은 현실을 되찾는 것처럼 느껴졌어. 그곳에는 내가 잘 알고 좋아하던 물건들이 있었지. 준비를 끝내고 실험이 시작되기만을 기다리는 기구도 있었네. 이제 세부 계획을 세우는 것을 제외하면 어려움은 별로 남아 있지 않았어.

복잡한 과정에 대해서는 조만간 모두 말해 주겠네. 하지만 지금은 그것까지 설명할 필요가 없어. 내가 기억하는 몇 군데 공백을 제외하면, 그 과정의 대부분은 부랑자가 훔쳐 간 공책에 암호로 적혀 있지. 우리는 그놈을 추적해서 잡아야 돼. 그 공책을 되찾아야 돼. 하지만 가장 중요한 단계는 굴절률이 낮아지는 투명한 물질을 일종의 에테르성 진동이 방사상으로 퍼져 나가는 두 개의 중심점 사이에 놓는 거였어. 여기에 대해서는 나중에 좀 더 자세히 설명해 줄게. 아니, 뢴트겐 진동[28]이 아니야. 내가 말하는 에테르성 진동은 아직까지 서술된 적이 없을 거야. 하지만 그건 아주 명백해. 나는 소형 발전기가 두 개 필요했고, 그것을 값싼 가스 엔진으로 작동시켰지. 처음에는 하얀 모직물로 실험해 봤어. 깜박거리는 부드럽고 하얀 섬광 속에서 깔개가 소용돌이치는 연기처럼 서서히 사라져 가는 모습을 지켜보는 것은 세상에 다시없이 기묘한 일이었다네.

나는 그 일을 해냈다는 것을 믿을 수가 없었지. 깔개가 사라진 곳에 손을 대 보니, 아무것도 보이지 않는 빈 공간에 질긴 깔개가 여전히 존재하고 있었어. 나는 어색하게 깔개를 만지다가 바닥에 던졌지. 바닥에 떨어진 깔개를 다시 찾는 데에는 좀 힘이 들었다네.

그러다가 묘한 경험을 하게 됐지. 내 뒤에서 야옹 하는 소리가 들리기에 뒤를 돌아보니, 비쩍 마르고 더럽기 짝이 없는 하얀 고양이 한 마리가 창밖의 물통 뚜껑 위에 앉아 있는 거야. 그 순간 어떤 생각이 떠올랐어. 〈너를 위해 모든 게 준비되어 있다.〉 나는 창가로 가서 창문을 열고 부드럽게 고양이를 불렀지. 그 가엾은 녀석은 많이 굶주려 있었기 때문에 가르랑거리면서 안으로 들어오더군. 나는 녀석에게 우유를 조금 주었네. 내가 먹는 음식은 모두 방구석의 찬장 속에 들어 있었지. 우유를 마신 다음 고양이는 방을 돌아다니며 냄새를 맡았어. 거기서 편안히 지낼 작정인 게 분명했지. 그런데 보이지 않는 깔개가 녀석을 조금 당황하게 한 모양이야. 녀석이 그 깔개를 향해 으르렁거리던 것을 자네도 보았어야 하는

28 빌헬름 콘라트 뢴트겐(1845～1923)은 1895년에 신비로운 형태의 방사선(오늘날 우리가 엑스레이라고 부르는 것)을 발견했다.

건데! 하지만 나는 바퀴 달린 침대의 베개 위에 녀석을 편안히 눕혔다네. 그리고 고양이가 몸을 씻도록 버터를 조금 주었지.[29]

「그 고양이를 처리했나?」

「처리했지. 하지만 고양이한테 약을 먹이는 건 결코 간단한 일이 아니야. 실험은 실패했다네.」

「실패했다고?」

「두 가지 점에서 실패했어. 고양이 눈의 뒤쪽 — 그게 뭐더라? — 거기에 있는 색소와 발톱이 문제였지. 그게 뭔지 아나?」

「휘판.」[30]

「그래, 맞아. 휘판. 그게 사라지지 않았어. 나는 피를 표백시키는 약을 고양이한테 먹이고 그 밖에 다른 처치를 한 뒤, 동물용 아편을 투약하고 고양이를 녀석이 누워 있는 베개까지 함께 장치 위에 올려놓았지. 그런데 다른 것은 모두 희미해져서 사라진 뒤에도 두 눈은 유령처럼 여전히 남아 있었다네.」

「정말 이상하군!」

「이유는 나도 설명할 수가 없어. 물론 나는 고양이를 붕대로 싸고 꼼짝 못 하게 고정해 놓았지. 그러니까 고양이가 도망칠 염려는 없었어. 하지만 고양이는 아직 흐릿할 때 마취에서 깨어나 야옹야옹 울기 시작했고, 그때 누군가가 와서

29 민간에서는 고양이한테 버터를 주어 발을 씻게 하면 고양이를 머물게 할 수 있다고 믿었다.

30 고양이 눈은 이 휘판(輝板) 때문에 빛을 반사한다. 빛이 수정체를 통해 굴절되고 각막과 홍채가 불투명해야만 사물을 볼 수 있다. 그리핀이 사물을 보기 위해서는 다른 사람들도 그의 눈을 볼 수 있어야 한다.

문을 두드렸다네. 아래층에 사는 노파였는데, 내가 생체 해부를 하고 있는 게 아닐까 의심했지. 술에 찌든 그 노파가 신경을 쓰는 건 세상에서 그 고양이뿐이었거든. 나는 얼른 클로로포름[31]을 꺼내서 고양이를 마취시킨 다음 문을 열었다네. 〈고양이 울음소리가 나던데, 혹시 내 고양이 아니야?〉 노파가 묻더군. 나는 아니라고 공손히 대답했지만, 노파는 의심스러운 표정을 지으면서 내 어깨 너머로 방을 들여다보려고 했지. 노파에게는 내 방이 확실히 기묘해 보였을 거야. 아무것도 없는 빈 벽, 커튼을 치지 않은 창문, 바퀴 달린 침대, 진동하는 가스 엔진, 공기 속에 희미하게 감도는 클로로포름 냄새. 노파는 마침내 만족하고 가버렸네.」

「시간은 얼마나 걸렸나?」 켐프가 물었다.

「고양이는 서너 시간 걸렸지. 뼈와 힘줄과 지방이 마지막으로 사라졌고, 색깔이 있는 털끝도 사라질 때까지는 꽤 시간이 걸렸다네. 그런데 눈의 뒷부분, 질긴 홍채는 아예 사라지려 하지 않았어.

일이 끝나기 오래전에 밖은 밤이 되어 있었지. 고양이는 이제 희미한 눈과 발톱밖에는 아무것도 보이지 않았어. 나는 가스 엔진을 끄고, 아직 감각이 없는 고양이를 더듬어 찾아서 손으로 어루만지고, 녀석을 묶은 끈을 풀어 주었다네. 그러고 나서 나는 피곤했기 때문에, 보이지 않는 베개 위에서 자고 있는 고양이를 그냥 내버려 둔 채 침대로 기어들었

31 1846년에 마취제로 처음 사용되었다.

지. 그런데 좀처럼 잠이 오지 않았어. 나는 침대에 누운 채 이런저런 생각을 하고, 내 실험을 되풀이 검토하고, 내 주위의 사물이 희미해지다가 결국 사라지는 것을 열렬히 꿈꾸었지. 그래서 나중에는 모든 것이 사라지고, 심지어는 내가 발을 딛고 서 있는 땅까지 사라져서 내가 끝없이 아래로 추락하는 악몽까지 꾸었다네. 밤 2시쯤 고양이가 울면서 방을 돌아다니기 시작했네. 나는 녀석에게 말을 걸어서 조용하게 하려고 애썼고, 고양이가 조용해지면 밖으로 내보내기로 마음먹었지. 불을 켰을 때 받은 충격을 나는 지금도 기억하고 있네. 방에 있는 것은 초록색으로 빛나는 둥근 눈뿐이었고, 눈 주위에는 아무것도 없었으니까. 우유가 있으면 주었겠지만, 우유는 전혀 없었네. 고양이는 울음을 그치려 하지 않고 문 앞에 앉아서 야옹야옹 울기만 했지. 나는 녀석을 붙잡아 창문으로 내보내려고 했지만, 녀석은 좀처럼 잡히려 하지 않고 그냥 사라져 버렸다네. 그러다가 방 여기저기서 또다시 야옹야옹 울기 시작했어. 결국 나는 창문을 열고, 빨리 나가라고 부산을 떨었지. 녀석은 결국 밖으로 나갔을 거야. 그 후로는 보지 못했으니까.

그 후 나는 — 무엇 때문인지 모르지만 — 날이 밝을 때까지 아버지 장례식과 바람이 휘몰아치는 황량한 언덕을 다시 생각하기 시작했다네. 나는 이제 잠들기는 틀렸다고 체념하고, 밖으로 나와서 문을 잠그고 아침 거리를 돌아다녔지.」

「설마 눈에 보이지 않는 고양이가 아직도 잡히지 않고 멋대로 돌아다닌다고 말할 작정은 아니겠지?」 켐프가 말했다.

「그 고양이가 죽지 않았다면 지금도 그러고 다니겠지. 왜 그러면 안 되나?」

「왜 안 되냐고? 아니, 계속하게. 자네 말을 방해할 생각은 없었어.」

「그 고양이는 아마 살해되었을 거야. 나흘 뒤에도 살아 있었다는 것은 알고 있어. 그레이트티치필드 가의 쇠창살 밑에 있었지. 사람들이 그곳에 둥글게 모여서 고양이 울음소리가 어디서 나는지 알아내려고 애쓰는 걸 보았으니까.」

투명 인간은 1분 동안 아무 말도 하지 않았다. 그러다가 다시 불쑥 입을 열었다.

「나는 변화가 일어나기 전의 그날 아침을 아주 생생히 기억하고 있다네. 그때 나는 그레이트포틀랜드 가를 걸어 올라간 게 분명해. 올버니 가의 기병대 막사도 생각나고, 기병들이 거기서 나오던 것도 생각나. 마침내 정신을 차리고 보니 프림로즈 언덕의 양지바른 곳에 앉아서 몹시 불쾌하고 이상한 기분을 느끼고 있더군. 1월의 맑은 날이었어. 올해 눈이 내리기 전에 찾아온 그 맑고 추운 날들 가운데 하나였지. 내 지친 두뇌는 행동 계획을 세우기 위해 나의 현재 위치를 명확히 파악하려고 애썼다네.

목적물은 이제 손이 닿는 곳에 있는데, 그것을 정말로 손에 넣을 수 있을지 어떨지는 확실치 않아 보인다는 것을 알고 나는 놀랐네. 사실 나는 지쳐 있었어. 거의 4년 동안 계속된 연구로 말미암은 스트레스 때문에 어떤 감정을 느낄 힘도 남아 있지 않았네. 나는 무감정했고, 처음 연구를 시작할 때의 열정, 새로운 발견에 대한 열정, 늙은 아버지를 파멸시키는 것도 마다하지 않을 수 있었던 그 열정을 되찾으려고 애썼지만 소용이 없었지. 아무것도 중요해 보이지 않았어. 나는 이게 과로와 수면 부족으로 말미암은 일시적인 기분이고, 약을 먹거나 휴식을 취하면 활력을 되찾을 수 있으리라는 것을 분명히 알았지.

내가 분명히 생각할 수 있는 것은 연구를 끝내야 한다는 것뿐이었어. 그 고정 관념이 여전히 나를 지배하고 있었지. 게다가 가진 돈이 바닥났기 때문에 연구를 빨리 끝내야 했어. 나는 주위를 둘러보았네. 언덕 비탈에서 아이들이 놀고 있고, 아낙네들이 그 아이들을 지켜보고 있더군. 나는 투명인간이 세상에서 누릴 수 있는 환상적인 이점을 모두 생각해 내려고 애썼네. 잠시 후 나는 기다시피 집으로 돌아와서 음식을 조금 먹고 스트리키닌[32]을 복용한 뒤, 정돈되지도 않은 침대에서 옷을 입은 채 잠들었지. 스트리키닌은 인간에게서 무기력증을 없애 주는 대단한 강장제야.」

「스트리키닌은 악마야.」 켐프가 말했다. 「병에 든 구석기시대 유물이지.」

「잠에서 깨어났을 때 나는 활력이 넘치고 좀 흥분한 상태였어. 자네도 알겠지?」

「그 약은 나도 알고 있어.」

「그런데 누군가가 문을 두드리고 있더군. 하숙집 주인이

32 쥐를 잡는 데 쓰는 독약. 하지만 소량을 투여하면 인간의 신경계를 자극하는 흥분제가 된다.

었어. 폴란드계 유대인인 주인 영감은 긴 코트 차림에 때가 묻어 번들거리는 슬리퍼를 신고 있었는데, 내 방에 온 건 나를 협박하고 따지기 위해서였지. 영감은 내가 밤중에 고양이를 학대했다고 확신했어. 노파가 혀를 부지런히 놀린 모양이야. 영감은 거기에 대해 진상을 다 알고 있다면서, 이 나라에선 생체 해부를 엄격히 금지하고 있기 때문에 그 책임을 하숙집 주인이 져야 할지도 모른다는 거야. 내가 고양이를 괴롭힌 적이 없다고 반박하자, 영감은 소형 가스 엔진의 진동을 집 전체에서 느낄 수 있다고 하더군. 그건 사실이었어. 주인은 내 옆을 지나서 방으로 들어오더니, 독일제 은테[33]안경을 두리번거리며 방을 자세히 살펴보았어. 영감이 내 비밀을 눈치챌지도 모른다는 생각이 들자 덜컥 겁이 나더군. 나는 준비해 둔 농축기와 영감 사이에 끼어들어 노인네가 그 장치를 보지 못하게 하려고 애썼지만, 그건 오히려 영감의 호기심만 부추겼지. 자네는 뭘 하고 있었나? 왜 항상 혼자 있고, 늘 비밀주의인가? 그건 합법적인 일인가? 위험하지는 않나? 자네는 통상적인 방세밖에는 내지 않았다. 우리 집은 평판이 안 좋은 이 동네에서 가장 점잖은 집이다. 하숙집 주인의 말을 듣다 보니 갑자기 짜증이 나더군. 나는 영감한테 나가라고 말했어. 그랬더니 영감은 화를 내면서, 자기는 내 방에 들어올 권리가 있다고 꽥꽥 소리를 질러 댔지. 순간 나는 영감의 멱살을 잡았어. 무언가가 찢어졌고, 영감은 빙글빙글 돌

33 독일제 은은 니켈과 아연과 구리의 합금이다.

면서 복도로 나갔지. 나는 문을 쾅 닫고 빗장을 건 다음, 부들부들 떨면서 주저앉았다네.

주인 영감은 밖에서 야단법석을 떨었지만 나는 무시했고, 얼마 후 영감은 가버렸지.

하지만 이 일 때문에 위기가 닥쳐왔어. 나는 영감이 뭘 하려는지도 몰랐고, 무엇을 할 힘이 있는지도 알지 못했다네. 이사를 하면 연구가 지연되었을 거야. 나에게 남은 돈은 탈탈 털어도 20파운드밖에 안 됐어. 돈은 대부분 은행에 있었고, 그 돈을 쓸 수는 없었지. 사라진다! 그것은 저항할 수 없는 유혹이었네. 내가 사라지면 조사가 이루어질 테고, 내 방도 송두리째 빼앗기고 말겠지.

내 연구가 절정에 다다른 이 시점에서 연구가 노출되거나 중단될 수도 있다고 생각하자, 너무 화가 나서 가만히 있을 수가 없었어. 나는 비망록 세 권과 수표책 — 지금은 그 부랑자가 모두 갖고 있다네 — 을 들고 급히 밖으로 나가서, 가장 가까운 우체국으로 갔어. 그리고 그레이트포틀랜드 가에서 여행자를 위해 편지와 소포를 맡아 주는 집으로 그걸 보냈지. 나는 소리 없이 나가려고 애썼다네. 집으로 들어간 나는 주인 영감이 조용히 위층으로 올라가고 있는 걸 보았지. 아마 문이 닫히는 소리를 들은 모양이야. 내가 맹렬한 기세로 계단을 올라가자 영감은 층계참에서 옆으로 펄쩍 뛰어 몸을 피하더군. 자네가 그 꼴을 보았다면 한참 웃었을 거야. 영감은 옆을 지나가는 나를 노려보았고, 나는 집 전체가 진동할 만큼 방문을 쾅 닫았지. 영감이 발을 질질 끌면서 내 방이 있는 층으로 올라와 잠시 망설이다가 다시 내려가는 소리가 들리더군. 나는 당장 사라질 준비를 시작했지.

일은 그날 저녁과 밤에 모두 끝났네. 내가 피를 탈색하는 약 때문에 구역질과 졸음에 시달리며 앉아 있을 때, 계속 문을 두드리는 소리가 나더군. 이윽고 그 소리가 그치더니, 발소리가 멀어졌다가 다시 돌아오고, 노크 소리가 다시 시작되었지. 그 사람은 문 밑으로 푸른색 종이 한 장을 밀어 넣으려 했어. 짜증이 난 나는 벌떡 일어나 문으로 다가가서 문을 활짝 열고 말했지. 〈무슨 일입니까?〉

그건 하숙집 주인이었어. 퇴거 통지서인지 뭔지를 손에 들고 있더군. 영감은 그것을 나한테 내밀었는데, 그때는 벌써 내 손에 변화가 일어나기 시작했나 봐. 주인 영감은 내 손이 이상해진 것을 보고, 눈을 들어 내 얼굴을 쳐다보았지.

주인은 잠시 입을 벌리고 멍하니 넋을 잃고 있더군. 그러다가 분명치 않은 외침 소리를 지르고는 촛불과 통지서를 함께 떨어뜨리고 허둥지둥 어두운 복도를 지나 계단으로 달려갔다네. 나는 문을 닫고 빗장을 걸고 거울로 다가갔지. 그제야 나는 주인 영감이 공포에 질린 이유를 알았다네. 내 얼굴이 새하얗더군. 납석처럼.

하지만 그건 정말 끔찍했다네. 그렇게 고통스러울 줄 몰랐어. 심한 통증과 구역질과 현기증이 밤새 계속되었지. 이를 악물었지만, 살은 곧 타는 듯이 뜨거워졌고 온몸이 펄펄 끓었지. 그래도 나는 거기에 누워서 필사적으로 버텼어. 그 고양이가 클로로포름으로 마취될 때까지 왜 그렇게 울부짖었는지를 그제야 이해했지. 내가 돌봐 주는 사람도 없이 혼자 살았던 게 다행이었어. 나는 때로는 흐느끼고 신음하고 헛소리를 했지. 하지만 끝까지 버텼어. 의식을 잃었다가 깨어 보니 어둠 속에 축 늘어져 있더군.

고통은 지나갔어. 이건 자살 행위나 마찬가지라고 생각했지만, 나는 개의치 않았어. 그날 새벽은 영원히 잊지 못할 거야. 내 손이 흐릿한 유리처럼 변한 것을 보고, 시간이 갈수록 그 젖빛 유리가 점점 맑아지고 엷어지는 것을 지켜보는 그 야릇한 공포를 어찌 잊을 수 있겠나. 결국에는 투명해진 눈꺼풀을 닫았는데도 그 눈꺼풀을 통해 난잡하게 어질러진 내 방을 볼 수 있었지. 내 팔다리가 흐릿해지고, 뼈와 동맥이 희미해지다가 사라지고, 가느다란 하얀색 신경이 마지막으로 사라지더군. 나는 이를 갈면서 끝까지 남아 있었어. 마침내 하얗게 죽은 손톱 끝과 어떤 산이 내 손가락에 남긴 갈색 얼룩만 남게 되었지.

나는 간신히 일어났어. 처음에는 강보에 싸인 젖먹이처럼 무력했어. 나는 보이지 않는 다리로 천천히 걸음을 옮겼다네. 기운이 없고 배가 몹시 고팠지. 나는 세면대에 걸려 있는 거울로 다가가서 들여다보았지만, 아무것도 보이지 않았어. 내 눈의 망막 뒤에 아직 색소가 남아 있었지만, 그 색소도 묽어져서 안개보다 더 희미했다네. 나는 탁자에 몸을 기대고 거울에 이마를 눌러 대야 했지.

그런 몸을 끌고 실험 기구로 돌아가서 변화 과정을 끝내는 데에는 정말이지 광적인 의지력이 필요했다네.

나는 햇빛을 막으려고 침대 시트를 눈 위로 끌어 올려 오전 내내 잠을 잤고, 정오 무렵에 다시 문 두드리는 소리에 깨어났다네. 잠을 잔 덕분에 기력이 돌아와 있었지. 침대에 일어나 앉아서 귀를 기울이자 속삭이는 소리가 들리더군. 나는 벌떡 일어나 소리 없이 내 실험 기구를 해체하여 방 곳곳에 뿌려 놓기 시작했네. 내 계획을 알려 주는 증거를 없애기 위해서였지. 곧 노크 소리가 다시 들렸고, 처음에는 하숙집 주인이 나를 부르더니 곧이어 다른 두 사람이 나를 부르더군. 나는 시간을 벌기 위해 대답을 하고, 눈에 보이지 않는 깔개와 베개를 집어 들었지. 그러고는 창문을 열고 그것을 물탱크 뚜껑 위로 내던졌어. 창문이 열리자, 문에서 요란한 소리가 나더군. 누군가가 빗장을 부수려고 문을 공격한 거야. 하지만 내가 며칠 전에 나사못으로 고정시킨 탓에 빗장은 꿈쩍도 하지 않았지. 하지만 나는 깜짝 놀라고 화가 났어. 나는 부들부들 떨면서 일을 서두르기 시작했지.

나는 종이와 짚, 포장지 따위를 방 한복판에 던지고 가스를 틀었어. 세찬 공격이 문에 빗발치듯 쏟아지기 시작했지. 나는 성냥을 찾을 수가 없었어. 화가 나서 두 손으로 벽을 때리다가 다시 가스를 끄고 창문을 통해 물탱크 뚜껑 위로 나와서 창문을 조용히 내리고, 상황을 지켜보기 위해 거기에 앉았지. 나는 아무한테도 보이지 않으니까 안전했지만, 분노로 부들부들 떨고 있었어. 나는 문짝 하나가 쪼개지는 걸 보았지. 다음 순간, 그들은 빗장을 부수고 문을 열었어. 열린 문간에 서 있는 것은 하숙집 주인 영감과 두 아들이었지. 아들들은 둘 다 스물서너 살쯤 된 건장한 젊은이였어. 그들 뒤에서는 아래층에서 올라온 노파가 신경질적인 표정으로 서성거리고 있더군.

방이 비어 있는 것을 보고 그들이 얼마나 놀랐을지는 자네도 상상할 수 있을 거야. 젊은이 하나가 당장 창가로 달려와서 창문을 밀어 올리고 밖을 내다보더군. 부릅뜬 눈과 두꺼운 입술과 수염 난 얼굴이 내 얼굴에서 30센티미터 떨어진 곳까지 다가왔지. 나는 그 바보 같은 상판대기를 후려갈길까 생각했지만, 부르쥔 주먹을 억눌렀다네. 녀석은 투명한 내 몸을 뚫고 똑바로 앞을 바라보았어. 다른 사람들도 창가로 와서 내 몸을 통해 어둠 속을 노려보았지. 주인 영감은 돌아가서 침대 밑을 들여다보았고, 이어서 그들은 모두 벽장으로 달려갔어. 그들은 이디시어와 코크니[34]로 한참 논쟁을 벌여야 했지. 결국 그들은, 문을 두드렸을 때 실은 내가 아무 응답도 하지 않았으며, 내 대답을 들었다고 상상한 것은 착각이었다는 결론을 내렸다네. 창밖에 앉아서 그들을 지켜보던 나는 분노가 가라앉고 기분이 우쭐해지는 것을 느꼈지. 노파는 의심스러운 듯 고양이처럼 주위를 힐끔거리며, 내 행동의 수수께끼를 풀려고 애쓰더군.

주인 영감은 내가 생체 해부자라는 노파의 말에 동의했다

34 이디시어는 독일어와 헤브라이어를 혼합한 언어로, 중부 유럽의 유대인들이 사용했다. 코크니는 엄밀히 말하면 런던 시내의 메릴러본 교회 종소리가 들리는 범위 안에서 태어난 런던내기와 그들이 쓰는 사투리를 말한다. 여기서 웰스는 이스트런던의 독특한 〈사투리〉를 가리키고 있다.

네. 두 아들은 내가 전기 기술자라고 주장하면서, 발전기와 방사기를 증거로 제시했다네. 나는 그들이 현관문에 빗장을 채운 것을 나중에 알았지만, 그들은 내가 돌아오지나 않을까 하고 모두 걱정하고 있었지. 노파는 벽장과 침대 밑을 들여다보았고, 젊은이 하나는 난로의 통풍 조절판을 밀어 올리고 굴뚝을 조사했지. 푸주한과 함께 내 맞은편 방을 쓰고 있는 하숙인은 과일 따위를 팔러 다니는 행상이었는데, 그가 층계참에 나타나자 주인네 가족은 그를 내 방으로 불러들여 앞뒤가 안 맞는 이야기를 늘어놓더군.

방사기가 좋은 교육을 받은 예민한 사람의 손에 들어가면 나에 대해 너무 많은 것을 알려 줄 거라는 생각이 문득 떠올랐다네. 그래서 나는 기회를 보아 내 방에 들어가서 큰 발전기 위에 놓여 있는 작은 발전기를 넘어뜨리고 둘 다 박살을 냈지. 그런 다음, 그들이 발전기가 갑자기 부서진 이유를 설명하려고 애쓰는 동안, 재빨리 방에서 빠져나와 조용히 아래층으로 내려갔다네.

나는 거실로 들어가 그들이 내려올 때까지 기다렸지. 그들은 여전히 추측하고 논쟁하면서 내려왔지만, 〈무서운 것〉을 전혀 찾지 못한 데 모두 조금 실망했고, 나에 대해 어떤 태도를 취해야 좋을지 몰라서 당황하고 있더군. 나는 성냥갑을 들고 다시 위층으로 올라가서 방에 쌓아 둔 종이와 쓰레기에 불을 붙이고, 의자와 이불을 그 근처에 놓아두고, 고무관을 이용하여 가스를 그곳까지 끌고 간 다음, 손을 흔들어 내 방에 작별을 고하고 영원히 그곳을 떠났다네.」

「집에 불을 질렀군!」 캠프가 외쳤다.

「그래, 집에 불을 질렀지. 행적을 감추려면 그럴 수밖에 없었어. 그리고 분명히 그 집은 보험에 들었을 거야. 나는 현관문 빗장을 조용히 열고 거리로 나왔네. 나는 보이지 않는 인간이었고, 그것의 놀라운 이점을 이제 막 깨닫기 시작했을 뿐이었지. 이젠 아무리 엉뚱하고 놀라운 일을 저질러도 벌을 받을 염려가 없었기 때문에, 내 머리는 벌써 온갖 터무니없는 짓을 할 계획으로 가득 차 있었다네.」

제21장
옥스퍼드 가에서

「처음 아래층으로 내려갈 때는 발이 보이지 않아서 뜻밖의 어려움을 겪었다네. 사실은 발이 두 번 걸려 비틀거렸고, 빗장을 잡을 때도 손놀림이 서투르고 어색했지. 하지만 아래를 내려다보지 않으니까 그런대로 걸을 수 있더군.

내 기분은 의기양양했어. 눈이 보이는 사람이 발바닥에 쿠션을 대고 소리가 나지 않는 옷을 입고 장님들의 도시에 들어간 듯한 기분이었지. 나는 장난을 치고 싶은 충동을 느꼈다네. 사람들을 깜짝 놀라게 해주고 싶었어. 그래서 사람들의 등을 찰싹 때리고, 모자를 빼앗아 던지고, 내 특별한 이점을 마음껏 즐기고 싶었다네.

하지만 그레이트포틀랜드 가로 나가자마자(내 하숙집은 그곳에 있는 커다란 포목점 근처에 있었지), 요란한 소리와 함께 뒤에서 무언가가 나한테 세게 부딪쳤다네. 뒤를 돌아보니 소다수 병이 가득 담긴 바구니를 든 남자가 깜짝 놀라서 제 짐을 내려다보고 있더군. 그것과 부딪친 나는 정말로 아팠지만, 그 놀란 표정이 너무 우스워서 그만 참지 못하고 큰 소리로 웃어 버렸지. 나는 〈바구니 속에 악마가 있다〉고 말하고 바구니를 홱 낚아챘다네. 그는 당장 바구니를 놓았고, 나는 바구니를 통째로 공중에서 휘둘렀지.

하지만 어떤 바보 같은 마부 녀석이 선술집 밖에 서 있다가 이것을 보고는 급히 달려와서 팔을 뻗었는데, 그 손가락이 내 귀 밑을 아프게 찔렀다네. 나는 바구니를 떨어뜨렸는데, 그게 마부한테 정통으로 맞았어. 그러자 주위에서 외치는 소리와 타닥거리는 발소리가 나고, 사람들이 가게에서 몰려나오고 마차들이 멈춰 섰지. 그제서야 나는 내가 한 짓을 깨닫고 내 어리석음을 저주하면서 진열창을 등지고 뒷걸음쳤다네. 그러면서 혼란 속에서 재빨리 빠져나갈 준비를 했지. 거기서 빠져나가려면 잠깐이지만 군중 속으로 들어가야 하고, 그러면 당연히 들킬 위험이 있었어. 나는 푸줏간에서 일하는 아이를 밀어 젖혔지만, 그 아이가 무엇이 자기를 밀쳤는지 보려고 고개를 돌리지 않은 게 다행이었지. 나는 사륜마차 뒤로 몸을 피했네. 그들이 일을 어떻게 해결했는지는 나도 몰라. 나는 서둘러 길을 건넜네. 다행히 길에는 장애물이 없었어. 나는 그 사건 때문에 사람들한테 들킬까 겁이 나서 어느 쪽으로 갈지도 생각지 않고 오후의 혼잡한 옥스퍼드 가로 뛰어들었지.

나는 인파 속으로 들어가려 했지만, 내가 끼어들기에는 사람이 너무 빽빽했어. 사람들이 내 발꿈치를 밟을 만큼 바싹 뒤를 따라왔지. 나는 차도와 인도 사이의 도랑으로 들어갔는데, 너무 울퉁불퉁해서 발이 아프더군. 게다가 천천히 나아가는 이륜마차의 끌채가 당장 내 견갑골 아래로 파고들어서, 내가 이미 심하게 멍들었다는 것을 생각나게 해주었지. 나는 비틀거리며 마차가 다니는 길에서 벗어났고, 발작적인 몸놀림으로 유모차를 피하고 보니 이륜마차 뒤에 서 있더군. 그때 떠오른 묘안이 나를 구해 주었어. 나는 내 모험이 엉뚱한 방향으로 전개되는 데 놀라 오들오들 떨면서, 천천히 굴러 가는 이륜마차 뒤에 바싹 붙어서 따라갔지. 내가 몸을 떤 것은 걱정과 불안 때문만이 아니라 추위 때문이기도 했다네. 맑은 날이었지만 한겨울인 1월이었고, 나는 실오라기 하나 걸치지 않은 알몸이었으니까. 길을 뒤덮은 얇은 진흙층은 얼어 있었어. 지금은 어리석게 여겨지지만, 투명하든 않든 간에 나는 여전히 날씨와 그 모든 결과에 순종해야 한다는 것을 그때는 미처 생각지 못했다네.

그때 갑자기 멋진 생각이 떠올랐지. 나는 마차 뒤를 빙 돌아서 마차에 올라탔다네. 그래서 나는 불안과 추위에 오들오들 떨면서, 감기의 초기 증세로 코를 훌쩍거리며 천천히 옥스퍼드 가를 달렸지. 등허리에 생긴 멍이 점점 아팠지만, 내가 탄 마차는 토튼햄코트 가를 지나갔네. 내 기분은 10분 전에 힘차게 밖으로 나왔을 때와는 상상할 수도 없을 만큼 달라져 있었지. 이 불가시성이란 정말! 나는 오로지 이 궁지에서 어떻게 빠져나갈 것인가 하는 생각밖에 하지 않았다네.

내가 탄 마차가 뮤디 서점[35] 앞을 지났을 때, 노란 라벨이

35 인기 있는 중산층 소설을 대여해 준 옥스퍼드 가의 도서 대여점.

붙은 책을 대여섯 권 들고 있는 키 큰 여자가 마차를 불러 세우더군. 나는 그 여자를 피해 마차에서 뛰어내리다가 하마터면 철도마차[36]에 치일 뻔했다네. 나는 박물관[37]을 지나 북쪽으로 가서 한적한 지역으로 들어가려고 블룸즈버리 광장으로 이어지는 길을 서둘러 올라갔지. 이제 나는 심하게 추위를 느꼈고, 내 상황이 너무 이상한 데 당황한 나머지 달리면서 흐느껴 울었다네. 광장의 서쪽 모퉁이에 다다랐을 때, 제약 협회 사무실에서 작은 하얀색 강아지가 달려 나오더니 당장 코를 땅에 대고 내 쪽으로 다가오더군.

나는 몰랐는데, 개의 코는 인간의 눈이나 마찬가지야. 사람이 눈으로 사물을 감지하듯 개들은 움직이는 사람의 냄새를 감지하지. 이 개가 펄쩍펄쩍 뛰어오르며 짖어 대기 시작하는 거야. 그 몸짓이 내 존재를 알아차렸다는 것을 너무나 분명히 보여 주는 것 같더군. 나는 어깨 너머로 녀석을 돌아보며 그레이트러셀 가를 건넌 다음, 몬태규 가를 따라 조금 걸어간 뒤에야 비로소 내가 어느 쪽으로 달리고 있는지를 깨달았지.

그때 갑자기 음악 소리가 들렸어. 앞쪽을 바라보니, 붉은 셔츠 차림의 많은 사람들이 구세군[38] 깃발을 앞세우고 러셀 광장에서 나오고 있더군. 차도에서는 사람들이 노래를 부르

36 철도 선로 위에 있는 차량을 말이 끄는 수송 기관. 1836년 미국 뉴욕에서 처음 나타났으나 20세기 초기에 거의 자취를 감추었다.

37 1753년에 설립된 영국 박물관.

38 1878년에 윌리엄 부스(1829~1912)가 창설한 복음주의 기독교 단체. 특히 런던의 이스트엔드에서 빈민과 실업자와 노숙자를 구제하기 위해 활동했다.

며 행진하고 인도에서는 또 많은 군중이 그들을 비웃고 있고, 이런 와중에 그 인파 속으로 뚫고 들어갈 수는 없는 노릇, 그렇다고 발길을 돌려 또다시 집에서 멀리 가기는 두려웠기 때문에, 나는 충동적으로 결단을 내려 박물관 철책 맞은편에 있는 집의 하얀 계단을 뛰어올라 군중이 지나갈 때까지 거기에 서 있었다네. 다행히 개도 악단의 소음 때문에 걸음을 멈추고 머뭇거리다가 돌아서서, 다시 블룸즈버리 광장 쪽으로 달려가 버리더군.

악단이 〈우리는 언제 그분의 얼굴을 보게 될까요?〉라는 찬송가를 큰 소리로 연주하면서 지나갔다네. 무의식중에 얄궂은 노래를 고른 셈이었지. 인파가 내 옆의 인도를 물결치며 지나가는 시간이 끝없이 길게 느껴졌네. 쿵, 쿵, 쿵. 진동과 함께 북이 다가왔고, 잠시 나는 두 개구쟁이가 내 맞은편 철책 앞에 멈춰 선 것을 알아차리지 못했네. 〈저것 봐.〉 한 아이가 말하더군. 〈뭘 보라는 거야?〉 다른 아이가 물었지. 〈저 발자국 말이야. 맨발이야. 진흙에 빠졌을 때 생기는 발자국 같아.〉

아래를 내려다본 나는 두 아이가 멈춰 서서 새로 하얗게 칠한 계단에 내가 남긴 진흙투성이 발자국을 보면서 입을 딱 벌리고 있는 것을 알았다네. 지나가던 사람들이 두 아이를 팔꿈치로 찌르고 거칠게 떠밀었지만, 영리한 아이들은 어리둥절한 얼굴로 발자국에서 눈을 떼지 않았지. 〈쿵, 쿵, 쿵, 언제, 쿵, 우리는, 쿵, 그분의 얼굴을, 쿵, 보게 될까요, 쿵, 쿵.〉 찬송가 사이로 한 아이의 말소리가 들리더군. 〈맨발로 저 계단을 올라간 사람이 있는 것 같은데, 어떻게 된 일인지 모르

겠어. 게다가 그 사람은 다시 내려오지 않았고, 그 사람 발에서는 피가 나고 있었어.〉

군중은 대부분 지나간 뒤였지. 〈저것 봐, 테드.〉 두 꼬마 탐정 가운데 더 어려 보이는 아이가 날카롭게 소리를 지르며 내 발을 똑바로 가리켰다네. 나는 발을 내려다보고, 진흙이 튀긴 자국 속에 내 발의 윤곽이 희미하게 그려져 있는 것을 당장 알아차렸지. 순간 나는 몸이 마비되어 버렸다네.

〈이상한데. 정말 이상해. 발 유령 같지 않아?〉 나이 많은 쪽 아이가 말하고는, 잠시 망설이다가 손을 내밀고 다가왔다네. 아이가 뭘 잡으려 하는지 보려고 한 남자가 우뚝 멈춰 섰고, 이어서 젊은 여자도 멈춰 섰네. 한 걸음만 더 다가오면 아이의 손이 내 몸에 닿았을 거야. 그때 나는 어떻게 해야 할지 깨달았네. 나는 걸음을 떼어 놓았고, 아이는 놀라서 소리를 지르며 펄쩍 뛰어 물러섰지. 나는 잽싸게 이웃집 현관으로 넘어갔네. 하지만 아이는 그 움직임을 놓치지 않을 만큼 눈이 날카로웠어. 내가 이웃집 계단을 따라 인도로 내려가기도 진에 그 아이는 순간적인 놀라움에서 회복되어, 발이 담을 넘어갔다고 소리를 지르고 있었지.

그들은 이웃집으로 달려와서, 내 발자국이 아래 계단과 인도에 갑자기 나타나는 것을 보았네. 〈무슨 일이야?〉 누군가가 묻더군. 〈발이야! 저것 봐! 발이 달리고 있어!〉 길에 있던 사람들은, 나를 추적하는 세 사람을 빼고는 모두 구세군을 따라 물밀듯이 몰려가고 있었네. 이 물결은 나만이 아니라 세 추적자에게도 방해가 되었지. 놀람과 질문의 소용돌이가 일어났네. 나는 한 젊은이와 부딪쳐 그를 넘어뜨리고 그곳을 빠져나가, 다음 순간에는 러셀 광장 주위를 미친 듯이 달리고 있었지. 예닐곱 명이 놀란 얼굴로 내 발자국을 따라 광장을 빙글빙글 돌고 있더군. 설명할 시간은 없었네. 설명했다면 군중 전체가 나를 뒤쫓았겠지.

나는 두 번 모퉁이에서 급선회하여 왔던 방향으로 되돌아 달렸고, 세 번 길을 건너 내가 남긴 발자국으로 돌아왔네. 그러자 내 발바닥이 뜨거워지고 진흙도 말라 버렸기 때문에, 축축한 발자국이 희미해지기 시작했지. 마침내 숨 돌릴 여유를 얻은 나는 두 손으로 발을 문질러 진흙을 털어 내고 달아났다네. 내가 본 마지막 추적자는 여남은 명으로 이루어진 소규모 추격대였어. 그들은 태비스톡 광장에서 흙탕물 속에 들어갔기 때문에 생긴 내 발자국이 서서히 말라 가는 것을 꽤나 당혹스러운 눈으로 살펴보고 있더군. 그들에게는 그 발자국이 로빈슨 크루소의 발견[39]만큼이나 불가사의하게 여겨졌을 거야.

이 달리기 덕분에 몸이 상당히 따뜻해졌고, 나는 더욱 용기를 내어 그 부근에 여기저기 뻗어 있는 한적한 길들의 미로를 돌아다녔네. 내 등은 이제 뻣뻣해졌고 몹시 아팠네. 내 편도선은 마부의 손가락에 찔려서 아팠고, 목은 마부의 손톱에 긁혀서 살갗이 벗겨져 있었지. 발바닥은 몹시 아팠고, 한쪽 발에는 베인 상처가 생겨서 절뚝거렸다네. 나는 장님 하나가 나한테 다가오는 것을 제때에 알아보았고, 장님의 미묘한 직

39 대니얼 디포가 쓴 『로빈슨 크루소』(1719)에서 주인공이 해변에 찍혀 있는 단 하나의 발자국을 발견한 것.

관력이 두려웠기 때문에 다리를 절뚝거리며 잽싸게 달아났지. 한두 번 사람들과 우연히 부딪치는 사고가 일어났고, 설명할 수 없는 욕설이 그들의 귓속에서 울려 퍼지면 그들은 놀라고 어리둥절해했다네. 나는 놀란 그들을 남겨 두고 잽싸게 달아나곤 했지.

그때 무언가가 조용히 내 얼굴에 부딪쳤어. 천천히 내리는 눈송이가 광장을 가로질러 얇은 베일을 드리웠지. 나는 감기에 걸려서 이따금 재채기가 나오는 것을 피할 수 없었네. 시야에 들어온 개들, 냄새로 내 존재를 알아차리고 호기심에 가득 차서 코를 킁킁거리는 개들은 모두 내게는 공포의 대상이었지.

그때 남자와 아이들이 달려왔다네. 한 사람이 앞장서고 다른 사람들이 그 뒤를 따랐네. 그들은 달리면서 소리를 지르고 있었지. 불이야! 그들은 내 하숙집 쪽으로 달려갔네. 뒤를 돌아보니, 거대한 검은 연기가 지붕과 전화선 너머로 흐르고 있는 것이 보이더군. 내 하숙집이 불타고 있었네. 내 옷, 내 장비, 사실상 내 전 재산이 거기에 있었지. 이제 나에게 남은 것은 그레이트포틀랜드 가에서 나를 기다리고 있는 수표책과 세 권의 공책뿐. 나는 타고 돌아갈 배들을 불태우고 배수진을 친 셈이지. 옛날에 어떤 사람이 써먹은 수법이긴 하지만! 집이 불타고 있었어.」

투명 인간은 입을 다물고 생각에 잠겼다. 켐프는 신경질적으로 창밖을 힐끔거리다가 말했다.

「그래서? 계속하게.」

제22장

백화점에서

「그래서 지난 1월 눈보라가 시작되었을 때, 춥고 지치고 아프고 뭐라고 표현할 수 없을 만큼 비참한 나는, 내가 보이지 않는다는 사실이 아직도 믿기지 않았지만, 나에게 주어진 새로운 삶을 시작했다네. 나는 비바람을 피할 집도 없고, 실험 기구도 없고, 비밀을 털어놓을 수 있는 믿을 만한 사람도 없었지. 내 비밀을 털어놓는 것은 내 정체를 드러내는 거나 마찬가지였을 거야. 그것은 나를 단순한 구경거리와 희귀한 존재로 만드는 것이었지. 그런데도 지나가는 사람에게 다가가서 말을 붙이고 그 사람의 자비에 매달려 볼까 하는 생각도 들더군. 하지만 내 접근이 불러일으킬 공포와 야만적인 잔인성을 나는 너무나 분명히 알고 있었지. 그래서 길거리에서는 어떤 계획도 세우지 않았네. 내 유일한 목적은 눈보라를 피할 수 있는 곳을 찾는 것, 몸을 감싸서 따뜻하게 보호하는 것이었어. 그러고 나면 뭔가 계획을 세울 수도 있겠지. 하지만 투명 인간인 나에게도 런던의 집들은 빗장과 자물쇠가 채워진 난공불락의 요새였다네.

내가 분명히 예상할 수 있었던 것은 눈보라 속에서 추위에 떨며 비참한 밤을 보내게 되리라는 것뿐이었지.

그때 문득 멋진 생각이 떠올랐다네. 나는 고어 가에서 토튼햄코트 가로 이어지는 길을 따라 내려갔지. 얼마 후 나는 옴니엄스[40] 백화점 밖에 이르렀어. 자네도 알고 있겠지만, 그 백화점은 어떤 물건이든 살 수 있는 큰 상점이야. 고기, 식료품, 린넨, 가구, 옷, 심지어는 그림까지 팔고 있지. 하나의 상점이라기보다 여러 가게들이 모여서 이루는 거대한 미로야. 나는 백화점 문이 열려 있을 줄 알았는데 닫혀 있더군. 내가 넓은 입구에 서 있을 때, 마차 한 대가 밖에 멈춰 서더니 제복 차림의 남자가 백화점 문을 활짝 열었어. 〈옴니엄〉이라는 글자가 새겨진 모자를 쓴 사람 말이야. 나는 용케 안으로 들어가서 복도를 걸어갔지. 그곳은 리본과 장갑, 스타킹 따위를 팔고 있는 매장이었어. 좀 더 걸어가자, 피크닉용 바구니와 고리버들로 만든 가구를 파는 널찍한 구역에 이르렀지.

하지만 거기서는 안전하다는 느낌이 들지 않았어. 사람들이 오가고 있었거든. 나는 불안하게 이리저리 돌아다니다가 위층에서 수백 개의 침대가 진열되어 있는 넓은 구역을 발견했고, 그 너머에서 마침내 쉴 곳을 찾아냈다네. 털 부스러기를 채운 매트리스가 수북이 쌓여 있는 곳이었어. 그곳에는 벌

40 가공의 백화점. 1860년대에 파리의 봉 마르셰 백화점과 1870년대에 미국 상점들이 팽창한 데 이어 런던에서도 1890년대에 나이츠브리지의 해로즈와 옥스퍼드 가의 존 루이스 같은 가게들이 영역을 확대하면서 백화점이 등장했다.

써 불이 환하게 켜져 있고 기분 좋게 따뜻하더군. 나는 침대 매장을 돌아다니는 두세 명의 손님과 그들을 응대하는 점원들을 경계하면서 폐점 시간까지 그곳에 머물기로 마음먹었다네. 백화점 문이 닫히면, 음식을 훔쳐 먹고 옷을 훔쳐서 변장하고 백화점을 샅샅이 돌아다니며 상품을 살펴보고, 어쩌면 침대에서 잠을 잘 수도 있을 거라고 생각했지. 그것은 그런대로 괜찮은 계획 같았어. 훔친 옷으로 내 몸을 단단히 감싸서 그런대로 받아들일 만한 모습으로 꾸미고 돈을 구한 다음, 나를 기다리고 있는 비망록과 꾸러미를 되찾고, 어딘가에 하숙집을 정하고, 내 불가시성이 나에게 준 이점(나는 아직도 내가 남의 눈에 보이지 않아서 다른 사람들보다 유리하다고 상상했지)을 완전히 현실화할 계획을 마무리할 생각이었지.

금방 폐점 시간이 되었어. 내가 매트리스 위에 자리를 잡은 지 기껏해야 한 시간이나 지났을까. 나는 창문에 블라인드가 쳐지고 손님들이 출입문 쪽으로 몰려가는 것을 알아차렸지. 이어서 팔팔한 젊은이들이 아직 어수선하게 흩어져 있는 물건들을 놀랄 만큼 재빠르게 정리하기 시작했네. 사람이 줄어들자 나는 은신처를 떠나 덜 황량한 구역으로 조심스럽게 들어갔지. 젊은 남녀들이 낮 동안 팔려고 진열해 둔 물건들을 재빠르게 치우는 것을 보고 나는 정말 놀랐다네. 상품을 담은 상자들, 높은 곳에 걸려 있는 직물, 레이스로 만든 꽃 줄 장식, 식료품 매장의 사탕 상자, 이런저런 진열품을 재빨리 끌어내리고 접어서 작은 용기 속에 착착 집어넣고, 끌어 내리거나 해체하여 치울 수 없는 물건은 모두 마대 자루 같은 거친 헝겊으로 덮어 버렸네. 마지막으로 의자를 모두 계산대에 거꾸로 얹어 놓아 바닥을 깨끗이 비웠지. 점원들은 각자 일을 마치자마자 당장 문으로 향했네. 그 많은 젊은 이들의 표정은 내가 이제껏 가게 점원한테서는 본 적이 없는 활기로 가득 차 있더군. 이어서 많은 젊은이들이 톱밥을 뿌리면서 양동이와 빗자루를 들고 몰려왔네. 나는 방해가 되지 않도록 몸을 피해야 했지. 그런데 사방에 톱밥이 뿌려져 있어서 발목이 톱밥에 찔렸다네. 한동안 나는 천에 휘감기고 어두워진 백화점 안을 헤매 다니며 젊은이들이 비로 바닥을 쓰는 소리를 들을 수 있었지. 그리고 백화점 문이 닫힌 지 한 시간이 넘게 지났을 때, 마침내 문을 잠그는 소리가 나더군. 사방이 조용해졌고, 문득 정신을 차리고 보니 나는 거대하고 복잡한 가게와 회랑과 진열실을 혼자 정처 없이 헤매고 있었지. 그곳은 정말 조용했어. 한번은 토튼햄코트 가로 난 입구 근처를 지나면서 행인의 구두 뒤꿈치가 또닥거리는 소리에 귀를 기울인 게 생각나는군.

내가 처음 찾아간 곳은 양말과 장갑을 파는 매장이었어. 가게가 어두워서 한참 성냥을 찾아다닌 끝에 작은 계산대 서랍에서 겨우 성냥을 발견했지. 그다음에는 양초를 구해야 했어. 나는 포장지를 찢고 수많은 상자와 서랍을 뒤져야 했지만, 마침내 내가 찾던 것을 발견했지. 상자에는 양모로 지은 속바지와 셔츠라고 씌어 있더군. 이어서 양말과 털실로 짠 목도리를 찾은 다음, 옷 가게로 가서 바지와 재킷, 코트와 슬라우치 해트를 구했지. 이 모자는 테가 아래쪽으로 접혀 있는 성직자용 모자였어. 나는 다시 인간이 된 기분을 느끼기 시작했고, 다음에 떠오른 생각은 음식이었지.

위층은 식당이었어. 거기서 나는 냉장 가공육을 구했고, 커피 주전자에는 아직 커피가 남아 있더군. 나는 가스에 불을 켜서 커피를 데웠지. 식사는 그리 나쁘지 않았어. 식사가 끝난 뒤, 담요를 찾아 백화점을 돌아다녔지만 결국 오리털을 넣은 누비이불로 참아야 했지. 나는 식료품 매장에서 많은 초콜릿과 설탕에 절인 과일을 발견했어. 내게는 정말 더할 나위 없이 좋은 음식이었지. 게다가 부르고뉴산 백포도주도 발견했다네. 그 근처에 장난감 매장이 있었는데, 그것을 보자 문득 멋진 생각이 떠올랐지. 나는 인조 코를 발견했고, 가짜 코 말일세. 검은 색안경도 생각했지만, 옴니엄스 백화점에는 안경점이 없더군. 가짜 코는 색깔이 너무 화려해서 문제였지. 나는 페인트를 칠하기로 마음먹었어. 하지만 내 마음은 가발과 마스크 따위를 찾는 데 사로잡혔지. 마침내 나는 아주 따뜻하고 편안한 오리털 누비이불 더미에서 잠을 자러 갔다네.

잠들기 전에 내가 마지막으로 생각한 것은 투명 인간으로 변한 뒤 가장 유쾌한 생각이었어. 나는 육체적으로 평온한 상태에 있었고, 그것이 마음에 반영된 거겠지. 아침에 옷을 입고, 훔친 하얀 목도리로 얼굴을 감싸면 들키지 않고 슬며시 백화점을 빠져나갈 수 있을 테고, 그러면 훔친 돈으로 안경 따위를 사서 변장을 완성할 수 있을 거라고 생각했다네.

나는 혼란스러운 꿈속으로 빠져들었고, 지난 며칠 동안 일어난 온갖 환상적인 사건들을 꿈속에서 보았지. 꿈속에서 나는 집주인인 작달막하고 못생긴 유대인이 자기 방에서 고함을 지르고 있는 것을 보았네. 그의 두 아들이 깜짝 놀라는 모습도 보았고, 제 고양이를 찾으러 온 노파의 쭈글쭈글한 얼굴도 보았지. 헝겊이 사라지는 것을 보는 야릇한 느낌을 다시 경험했고, 그래서 나는 바람 부는 언덕 비탈로 돌아가 코를 킁킁거리는 늙은 신부가 〈티끌은 티끌로, 흙은 흙으로〉[41]라고 중얼거리는 것을 다시 들었고 아버지의 열린 무덤을 다시 보았네.

〈너도 들어가라.〉 어떤 목소리가 말하고는 나를 갑자기 무덤 쪽으로 밀어붙였다네. 나는 발버둥 치며 소리를 지르고 장례식에 참석한 사람들에게 하소연했지만, 그들은 돌처럼 무표정하게 장례식을 계속했지. 늙은 신부도 장례식 내내 코를 킁킁거리며 단조로운 목소리로 의식을 거행했다네. 나는 그들의 눈에 보이지도 않고 그들의 귀에 들리지도 않는다는 것, 압도적인 힘이 나를 움켜잡았다는 것을 깨달았지. 나는 몸부림치고 아우성쳤지만 아무 소용이 없었고, 강제로 관속으로 떨어졌다네. 내가 떨어지자 관이 공허하게 울리더군. 내 뒤를 이어 삽으로 퍼 넣는 자갈이 무덤 속으로 계속 날아들었네. 아무도 나한테 주의를 기울이지 않았고, 아무도 내 존재를 알아차리지 못했다네. 나는 발작적으로 몸부림치다

41 기도서에 실려 있는 장례식 기도 〈흙은 흙으로, 재는 재로, 티끌은 티끌로〉에서 인용한 것.

가 잠에서 깨어났지.

런던의 창백한 새벽이 다가왔고, 백화점은 창문의 블라인드 가장자리로 스며든 쌀쌀한 회색 햇빛으로 가득 찼지. 나는 일어나 앉았지만, 계산대가 있고 둘둘 말린 피륙이 쌓여 있고 누비이불과 쿠션이 무더기로 쌓여 있고 쇠기둥이 늘어서 있는 그 넓은 건물이 어디인지 생각나지 않아서 잠시 멍해 있었어. 그러다가 기억이 돌아왔는데, 그때 대화를 나누는 사람들의 목소리가 들렸지.

이미 블라인드를 올린 매장의 밝은 빛 속에서 두 남자가 다가오는 게 보였어. 나는 간신히 일어나 주위를 둘러보며 달아날 길을 찾았지. 그때 내가 움직이는 기척을 듣고 그들이 내 존재를 알아차렸어. 그들은 어떤 형체가 조용히 잽싸게 달아나는 것을 보았을 뿐일 거야. 한 사람이 〈저게 누구지?〉 하고 외쳤고, 다른 사람은 〈거기 서라!〉 하고 외쳤지. 나는 모퉁이를 돌아서 열다섯 살쯤 된 말라깽이 소년과 정통으로 부딪쳤다네. 얼굴도 없는 형체가 느닷없이 와서 부딪쳤으니, 소년은 고함을 질렀고 나는 소년을 넘어뜨리고 쏜살같이 그 옆을 지나 또 다른 모퉁이를 돌았지. 그리고 마침 적절한 영감이 떠올라서 계산대 뒤에 납작 엎드렸다네. 다음 순간, 내 앞을 지나 달려가는 발들이 보이고 사람들의 목소리가 들리더군. 〈모두 문으로 가!〉 하고 외치는 소리, 〈무슨 일이야?〉 하고 묻는 소리, 나를 붙잡을 방법에 대해 의논하는 소리.

나는 바닥에 납작 엎드린 채, 겁이 나서 꼼짝도 못 했다네.

하지만 그 순간, 이상하게 들릴지 몰라도, 옷을 벗는다는 생각은 머리에 떠오르지 않았네. 사실은 마땅히 옷을 벗었어야 했는데 말이야. 무엇에 사로잡혔는지 모르지만, 나는 옷을 입은 채 달아나기로 마음먹었고, 그때 계산대 통로 끝에서 〈저기 있다!〉 하는 고함 소리가 들렸네.

나는 벌떡 일어나 계산대 의자 하나를 낚아채어 고함을 지른 녀석한테 내던지고, 홱 돌아서서 모퉁이를 돌았지만, 다른 녀석과 정통으로 부딪쳤지. 나는 그 녀석을 비틀거리게 하고 계단을 뛰어올라갔네. 녀석은 넘어지지 않고 균형을 찾은 뒤, 〈저기 있다!〉 하고 외치면서 계단을 뛰어올라 나를 바싹 따라왔네. 계단 위에는 화려한 색깔의 항아리가 잔뜩 쌓여 있었는데, 그게 뭐지?」

「예술 단지.」 켐프가 말했다.

「그래! 예술 단지. 나는 계단 꼭대기에서 홱 방향을 돌려 항아리 무더기에서 항아리 하나를 낚아채서는 나에게 다가오는 녀석의 머리를 힘껏 내리쳤지. 항아리 더미가 와르르 무너졌고, 사방에서 외침 소리와 달려오는 발소리가 들렸네. 나는 식당으로 미친 듯이 돌진했지만, 거기서도 흰옷 차림의 요리사인 듯한 남자가 추적에 가담했다네. 필사적으로 마지막 모퉁이를 돌자, 램프와 철물 따위를 파는 매장에 들어와 있더군. 나는 그 매장의 계산대 뒤로 돌아가서 요리사가 다가오기를 기다렸지. 이윽고 요리사가 추격대의 선두에 서서 뛰어 들어오자, 나는 램프로 녀석을 내리쳤어. 녀석은 너무 고통스러워서 몸을 거의 둘로 꺾고 넘어졌지. 나는 카운터 뒤에 웅크리고 앉아서 옷을 최대한 빨리 벗어 던지기 시작했네. 코트, 재킷, 바지, 구두는 문제가 없었지만, 양모 셔츠는 피부처럼 몸에 찰싹 달라붙더군. 사람들이 달려오는 소리가 들렸고, 요리사는 기절했거나 겁이 나서 찍소리도 못 하고 계산대 너머에 조용히 누워 있었고, 나는 사냥꾼에게 잡힌 토끼가 장작더미 위에서 달아나듯 계산대 반대쪽으로 또다시 돌진해야 했지.

〈순경 나리, 이쪽입니다!〉 누군가가 외치는 소리가 들렸네. 나는 다시 침대를 쌓아 둔 창고에 들어가 있었는데, 그 끝에 많은 옷장들이 널려 있더군. 나는 옷장 사이로 달려가 납작 엎드려서 한참 버둥거린 끝에 겨우 셔츠에서 벗어나 다시 자유인이 되었지. 경찰과 점원 셋이 모퉁이를 돌아왔을 때 나는 숨을 헐떡거리며 겁을 먹고 서 있었네. 그들은 셔츠와 속바지를 향해 돌진했고, 바지를 손에 쥐고 있더군. 〈놈이 훔친 물건을 떨어뜨리고 있어. 그놈은 분명 여기 어딘가에 있을 거야.〉 젊은 점원 하나가 말했네.

하지만 그래도 그들은 나를 찾지 못했다네.

나는 거기에 서서, 여기저기 나를 찾아다니는 그들을 한동안 지켜보며 옷을 잃은 내 불운을 저주했지. 그러다가 식당으로 들어가서 우유를 찾아 마시고, 내가 지금 놓여 있는 상황을 생각해 보려고 난롯가에 앉았네.

잠시 후 점원 둘이 들어와서 몹시 흥분한 태도로 이 사건에 대해 이야기하기 시작했네. 정말 머저리 같은 놈들이었지. 그들은 내 절도 행위를 터무니없이 과장해서 이야기했고, 내가 지금 어디 있는가에 대해서도 엉뚱한 추측을 늘어놓더군. 그 이야기를 듣고 나는 다시 계획을 세우기 시작했지. 백화점에서 훔친 물건을 가지고 나가기는 어려웠어. 더구나 지금은 백화점이 경계 태세에 들어가 있기 때문에 더욱 어려웠지. 나는 꾸러미를 싸서 수화물로 발송할 수 있는 가능성이 있나 보려고 창고로 내려갔지만, 수화물에 물표를 붙여 발송하는 절차를 이해할 수가 없더군. 11시쯤 눈이 녹았고 날씨가 전날보다 맑아지고 조금 따뜻해졌기 때문에, 나는 백화점에서 필요한 물건을 구할 가망은 없다고 체념하고 다시 밖으로 나왔네. 성공하지 못해서 몹시 화가 나 있었고, 앞으로 어떻게 할 것인지에 대해서도 지극히 막연한 계획밖에 세우지 못한 상태였다네.」

제23장

드루리레인에서

「하지만 이젠 자네도 깨닫기 시작했을 거야. 내 상황이 얼마나 불리한지 말이야. 나는 집도 없고 옷도 없었어. 옷을 입으면 투명 인간의 이점을 모두 포기하고 무서운 괴물이 되어야 했지. 나는 굶주리고 있었어. 음식을 먹어서 내 몸과 동화되지 않은 물질로 내 몸을 채우면, 그것만 눈에 보여서 다시 기괴한 꼴이 될 테니까.」

「그건 생각해 본 적도 없네.」 켐프가 말했다.

「나도 마찬가지야. 그리고 눈은 나한테 또 다른 위험을 경고했지. 눈이 내릴 때는 밖에 나갈 수 없었어. 눈이 몸에 내려앉으면 내 존재가 드러날 테니까. 빗물도 내 몸의 윤곽을 따라 흘러내리니까, 비를 맞으면 나는 반짝반짝 빛나는 사람 형태의 거품처럼 보일 걸세. 그리고 안개 — 안개 속에서는 내가 안개보다 더 희미한 거품처럼, 사람 모양으로 희미하게 번들거리는 표면처럼 보일 거야. 게다가 밖에 나가면, 특히 런던의 탁한 공기 속에서는 발목 주위에 진흙과 먼지 따위가 묻을 테고 떠다니는 검댕과 티끌이 피부에 내려앉을 거야. 그래서 남들 눈에 다시 보이게 될 건 뻔한데, 그때까지 시간이 얼마나 걸릴지는 알 수 없었지. 하지만 그렇게 오래 걸리지 않을 것은 분명했어.」

「어쨌든 런던에서는 그렇겠지.」

「나는 빈민가로 들어가 그레이트포틀랜드 가 쪽으로 걸어갔고, 문득 정신을 차리고 보니 하숙집이 있는 길 끝에 와 있더군. 하지만 길 중간쯤에 사람들이 모여 있었기 때문에 나는 그 길로 가지 않았어. 내가 불 지른 하숙집은 잿더미가 되었고, 아직도 연기가 피어오르고 있는 그 잿더미 건너편에 사람들이 모여 있더군. 나에게 가장 시급한 문제는 옷을 구하는 것이었어. 얼굴을 어떻게 하느냐 하는 문제도 나를 괴롭혔지. 그러다가 어느 잡화점, 그러니까 신문, 과자, 장난감, 문방구, 때늦은 크리스마스 장식 따위를 파는 가게에 가면과 가짜 코가 진열되어 있는 것을 보았어. 나는 문제가 해결된 것을 깨달았지. 당장 행동 방침을 결정했다네. 그리고 돌아서서, 더 이상 헤매지 않고 목적지를 향해 걸어갔네. 붐비는 길을 피하기 위해 길을 돌아서 스트랜드 가 북쪽의 뒷골목을 향해 걸었지. 확실히 어딘지는 기억나지 않았지만, 그 동네에 연극용 무대 의상을 팔거나 빌려 주는 가게들이 있었던 게 생각났거든.

그날은 추웠고, 북쪽으로 뻗은 길을 따라 살을 에는 바람이 휘몰아쳤어. 나는 바람을 피해 빠른 걸음으로 걸어갔다네. 모든 교차로는 위험했고, 모든 행인은 주의 깊게 지켜봐야 할 대상이었지. 베드퍼드 가 끝에서 어떤 사람을 막 지나쳐 가려는데, 그가 갑자기 내 쪽으로 돌아서는 바람에 나와 부딪치고 말았어. 나는 차도로 밀려 나가 하마터면 지나가는 이륜마차 바퀴에 깔릴 뻔했지. 줄지어 늘어선 마차들이 내린 결론은 그 사람이 모종의 발작을 일으켰다는 것이었네. 나는 그 일로 완전히 당황하여 코번트가든 시장으로 들어가, 제비꽃을 파는 노점 옆의 조용한 모퉁이에 앉아서 숨을 헐떡거리며 덜덜 떨고 있었지. 나는 다시 감기에 걸린 것을 알았고, 재채기로 사람들의 주의를 끌기 전에 빨리 밖으로 나가야 했네.

마침내 나는 목적지에 도착했지. 드루리레인 극장 근처의 으슥한 골목길에 있는 더럽고 구더기가 들끓는 작은 가게였지만, 진열창은 황금빛으로 번쩍이는 옷과 가짜 보석, 가발, 슬리퍼, 도미노,[42] 연극 사진으로 가득 차 있었네. 가게는 구식이고 천장이 낮고 어두웠지. 이 가게 위에 있는 살림집은 4층이었지만, 그곳도 어둡고 음침하더군. 나는 창문으로 가게 안을 들여다보고, 안에 아무도 없는 것을 확인한 뒤 안으로 들어갔지. 문을 열자 문에 달린 종이 딸랑딸랑 울리더군. 나는 문을 열어 둔 채 비어 있는 무대 의상 옷걸이를 빙 돌아서 전신 거울 뒤쪽의 구석으로 들어갔네. 1~2분 동안 아무도 오지 않았지만, 이윽고 무거운 발걸음이 성큼성큼 방을 가로지르는 소리가 들리더니 한 남자가 가게에 나타났다네.

내 계획은 이제 완전히 정해져 있었지. 나는 집으로 들어가 위층에 숨어서 기회를 기다리다가, 사방이 조용해지면 가

42 두건과 가면이 달린 가장용 망토.

게를 뒤져서 가발과 가면, 안경과 의상을 찾아내어 좀 기괴하긴 하겠지만 그래도 인간다운 모습으로 세상에 나갈 작정이었다네. 그리고 말이 난 김에 말이지만, 물론 그 집에 현금이 있다면 그것도 훔칠 작정이었지.

가게에 들어온 남자는 작달막하고 구부정하고 굵은 눈썹이 튀어나오고 팔은 긴데 다리는 아주 짧고 바깥쪽으로 굽은 안짱다리더군. 내가 그의 식사를 방해한 게 분명했네. 그는 기대에 찬 표정으로 가게를 둘러보았지만, 가게에 아무도 없는 것을 보고 그 표정은 곧 놀라움으로 바뀌었고, 이어서 분노로 바뀌었지.

〈빌어먹을 꼬마 녀석들!〉 그는 욕설을 내뱉고 거리를 살펴보러 갔네. 그리고 잠시 후 다시 가게로 들어와서는 발로 심술궂게 문을 걷어차고, 뭐라고 투덜거리면서 살림집으로 통하는 문으로 걸어갔다네.

나는 그를 따라 집으로 들어가려고 앞으로 나왔는데, 내가 움직이는 기척을 듣고 그가 우뚝 멈춰 섰네. 나도 그의 귀가 밝은 데 놀라서 얼른 멈춰 섰지. 그 사람은 집으로 들어가 내 코앞에서 문을 쾅 닫았네.

나는 어떻게 할까 망설이며 서 있었지. 그때 갑자기 그가 빠른 걸음으로 돌아오는 소리가 들리더니, 문이 다시 열렸네. 그는 아직 만족하지 못한 것처럼 다시 가게를 둘러보더군. 그러다가 혼잣말로 중얼거리면서 계산대 뒤쪽을 살펴보고 가구 뒤를 들여다본 다음, 미심쩍은 얼굴로 서 있었네. 그가 살림집으로 통하는 문을 열어 두었기 때문에, 나는 내실로 슬며시 들어갔지.

그것은 작고 이상한 방이었어. 가구는 거의 없고, 구석에 커다란 가면이 잔뜩 쌓여 있더군. 탁자 위에는 그가 먹고 있었던 때늦은 아침 식사가 차려져 있었지. 그가 방에 들어와서 다시 식사하는 것을 지켜보며 커피 냄새를 맡아야 하는 것은 정말 분통 터지는 일이었다네. 게다가 그놈의 식사 예절은 나를 더 화나게 했어. 그 작은 방에는 문이 세 개 있었는데, 하나는 위층으로 올라가는 문이고 또 하나는 아래층으로 내려가는 문이었지만 둘 다 닫혀 있었지. 그가 방에 있는 동안은 나도 그 방에서 나갈 수 없었고, 그가 방심하지 않고 경계 태세를 취하고 있어서 나는 거의 움직일 수도 없었다네. 내 뒤에는 통풍 장치가 있어서 바람이 들어왔고, 나는 두 번이나 재채기가 나올 뻔한 것을 간신히 참았지.

내 감각 기능의 극적인 성질은 기묘하고 참신했지만, 그래도 나는 그가 식사를 끝내기 오래전에 이미 지치고 화가 나 있었네. 하지만 마침내 그는 식사를 끝냈고, 보잘것없는 식기를 찻주전자가 놓여 있는 양철 쟁반에 올려놓고, 음식 부스러기를 겨자 얼룩이 묻은 식탁보에 모두 모아서 쟁반과 함께 뒤쪽으로 가져갔네. 그런데 짐이 없었다면 문을 닫았겠지만, 두 손으로 쟁반을 들고 있어서 문을 닫을 수가 없었지. 문 닫는 것을 그렇게 좋아하는 사람은 이제껏 본 적이 없네. 나는 그를 따라서 지저분한 지하 부엌과 식기실로 들어갔지. 나는 그가 설거지를 시작하는 것을 보고, 지하실에 계속 있어 봤자 전혀 좋을 게 없다는 것을 알았지. 게다가 벽돌 바닥이 내 발에 너무 차가웠기 때문에, 나는 위층으로 돌아가서 난롯가에 놓인 의자에 앉았다네. 그런데 난롯불이 너무 약한 것을 보고, 무심코 석탄을 난로에 조금 넣었지. 이 소리에 그는 당장 위층으로 올라와서 눈을 부릅뜨고 방을 노려보며 서 있더군. 그가 방을 여기저기 들여다볼 때, 하마터면 내 몸에 닿을 뻔했어. 그렇게 방을 샅샅이 조사한 뒤에도 그는 만족한 것 같지 않더군. 그는 문간에 서서 마지막으로 방을 점검한 뒤에야 지하실로 내려갔네.

나는 그 작은 방에서 오랫동안 기다렸네. 마침내 그가 올라와서 위층으로 통하는 문을 열었지. 나는 용케 그 사람 옆을 빠져나갔네.

계단에서 그가 갑자기 멈춰 서는 바람에 나는 하마터면 부딪칠 뻔했어. 그는 고개를 돌려 내 얼굴을 똑바로 들여다보면서 귀를 기울이더군. 〈틀림없어. 맹세할 수도 있어.〉 하고 그 사람은 말했지. 그리고 털투성이의 긴 손으로 제 아랫입술을 잡아당기며 계단을 위아래로 훑어본 다음, 투덜거리며 다시 위로 올라갔지.

위층에 이르자 그는 문손잡이를 잡았지만, 또다시 당혹감과 분노가 뒤섞인 표정을 지으며 우뚝 멈춰 서더군. 내가 움직일 때 내는 희미한 소리를 알아차리기 시작한 거야. 악마처럼 예민한 청각을 가진 게 분명해. 그가 갑자기 화를 내며 소리를 지르더군. 〈만약 이 집에 누군가가 있다면…….〉 그는 더러운 욕설과 함께 외쳤지만, 그 협박을 마무리하지 않고 중단했네. 그는 손을 주머니에 집어넣었지만 원하는 것을 찾지 못하자, 금방이라도 싸울 것 같은 기세로 내 옆을 지나 쿵쾅거리며 아래층으로 내려가더군. 하지만 나는 따라가지 않았어. 그가 돌아올 때까지 계단 꼭대기에 앉아 있었지.

그는 여전히 투덜거리면서 곧 다시 올라왔네. 그리고 문을 열었지만, 내가 미처 안으로 들어가기도 전에 내 코앞에서 문을 쾅 닫아 버렸지.

나는 집 안을 둘러보기로 마음먹고, 최대한 소리를 내지 않고 집 안 곳곳을 돌아다니며 시간을 보냈다네. 그 집은 아주 낡아서 금방 무너질 것처럼 황폐했고, 눅눅해서 다락방 벽지가 벗겨질 정도였고, 쥐가 들끓고 있더군. 문손잡이는 일부가 잘 돌아가지 않고 빽빽해서 손잡이를 돌리기가 겁이 날 정도였지. 내가 조사한 방들 중에는 가구가 전혀 없는 방도 몇 개 있었고, 나머지 방들에는 고물상에서 구입한 게 분명한 연극 소품 같은 잡동사니가 흩어져 있더군. 그의 방과 붙어 있는 옆방에서 나는 낡은 옷을 많이 발견했지. 그래서 옷을 뒤지기 시작했는데, 이 일에 너무 열중한 나머지 그의 귀가 예민하다는 것을 또 깜박했다네. 몰래 다가오는 발소리를 듣고 고개를 들어 보니, 그가 구식 권총을 손에 쥔 채 무너진 옷 더미를 들여다보고 있더군. 그가 입을 헤벌리고 의심스러운 눈으로 여기저기 살피는 동안, 나는 꼼짝도 않고 가만히 서 있었다네. 〈그년이 한 짓이 분명해! 망할 년!〉 그가 천천히 말하더군.

그러고는 조용히 문을 닫았고, 곧이어 자물쇠 안에서 열쇠가 돌아가는 소리가 들리더군. 그의 발소리가 멀어졌네. 나는 방에 갇혔다는 것을 갑자기 깨달았지. 한동안은 어떻게 해야 좋을지 알 수가 없었네. 나는 문에서 창문으로 걸어갔다가 다시 문으로 돌아가서, 어쩔 줄 모르고 멍하니 서 있었지. 격렬한 분노가 나를 덮쳤네. 하지만 무엇보다 먼저 옷을 조사하기로 마음먹고, 선반에 쌓인 옷을 내리려고 했지. 그런데 그 소리를 듣고 그가 아까보다 더 심술궂은 태도로 돌아왔다네. 이번에는 그의 손이 실제로 나한테 닿았지. 그는 깜짝 놀라 뒤로 펄쩍 물러서더니 방 한복판에 놀란 얼굴로 서 있었네.

하지만 곧 마음을 가라앉히더군. 〈쥐새끼들이야.〉 그는 손가락을 입술에 대고 낮은 소리로 말했네. 조금 겁을 먹은 게 분명했지. 나는 조금씩 옆으로 걸어서 조용히 방을 나갔지만, 널빤지 하나가 삐걱거렸다네. 그러자 그 악마 같은 놈은 권총을 들고 집 안 곳곳을 뛰어다니며 모든 문을 잠그고 열쇠를 주머니에 집어넣기 시작했지. 그가 무슨 꿍꿍이를 꾸미고 있는지 깨닫고 나는 격렬한 분노에 사로잡혔네. 나 자신을 억제할 수가 없어서 좋은 기회를 기다릴 수가 없었지. 이때쯤에는 집 안에 그밖에 없다는 것을 알았기 때문에, 나는 더 이상 소동을 일으키지 않고 그놈의 머리를 때렸다네.」

「머리를 때렸다고?」 켐프가 외쳤다.

「그래. 놈을 기절시켰지. 그가 아래층으로 내려가고 있을 때. 층계참에 있던 의자로 뒤통수를 때렸어. 그놈은 낡은 장화를 넣은 자루처럼 아래층으로 굴러떨어졌지.」

「하지만! 이봐! 보통 사람들의 관습은…….」

「보통 사람들에게는 좋지만, 문제는 내가 변장하고 그놈 몰래 그 집에서 나가야 한다는 것이었어. 다른 방법은 생각해 낼 수가 없었지. 나는 그놈을 기절시킨 다음, 루이 14세[43] 시대에 유행한 조끼로 재갈을 물리고 시트로 몸을 꽁꽁 싸맸다네.」

「시트로 싸맸다고?」

「시트로 일종의 자루를 만들었지. 그 멍청이가 겁을 먹고 조용히 있게 하려면 그게 꽤 좋은 생각이었어. 머리가 자루를 묶은 끈과는 반대 방향에 있었으니까, 거기서 빠져나오려면 무진 애를 먹었을 거야. 내가 살인자라도 되는 양 거기 그렇게 앉아서 나를 노려보아도 소용없어. 나는 그렇게 할 수밖에 없었으니까. 그놈은 권총을 갖고 있었어. 게다가 변장한 나를 보면 내 인상착의를 묘사할 수 있을 테고…….」

「하지만 그래도. 오늘날 영국에서는…… 게다가 그 사람은 자기 집에 있었고, 자네는…… 말하자면 강도 짓을 하고 있었어.」

「강도 짓? 이런 젠장! 다음엔 나를 도둑놈이라고 부르겠군! 설마 자네가 그런 낡은 악기에 맞춰 춤을 출 만큼 바보는 아니겠지. 내 처지를 모르겠나?」

「그 사람의 처지도 이해하지.」

투명 인간은 벌떡 일어났다.

「도대체 무슨 말을 하려는 거야?」

43 프랑스의 〈태양왕〉 루이 14세(1638~1715).

켐프의 얼굴이 조금 굳어졌다. 그는 말을 하려다가 그만두고, 갑자기 태도를 바꾸어 말했다.

「역시 그렇게 할 수밖에 없었겠지. 곤경에 빠져 있었으니까. 하지만 그래도…….」

「물론 나는 곤경에 빠져 있었어. 그것도 아주 지독한 곤경이었지. 그리고 내가 거칠게 행동한 건 그놈 탓이기도 해. 나를 잡으려고 집 안을 돌아다니고, 권총을 함부로 휘두르고, 문을 잠갔다 열었다 하고……. 정말 짜증 나는 놈이었어. 나를 탓하는 건 아니겠지? 설마 나를 나무라진 않겠지?」

「나는 아무도 책망하지 않아. 그건 내 방식이 아니야. 그래서 다음에는 어떻게 했나?」

「나는 배가 고팠어. 아래층에서 나는 빵 덩어리와 고약한 냄새가 코를 찌르는 치즈를 발견했지. 허기를 채우기에는 충분하고도 남았어. 나는 물을 탄 브랜디를 조금 마신 다음, 즉석 자루 옆을 지나 — 그놈은 조용히 누워 있었지 — 낡은 옷이 있는 방으로 갔다네. 이 방에서는 길거리가 내다보였고, 때가 묻어 갈색을 띤 레이스 커튼 두 장이 창문을 가리고 있더군. 나는 창가로 다가가서 커튼 틈새로 밖을 내다보았네. 바깥은 환했어. 내가 들어와 있는 음침한 집 안의 어둠과는 대조적으로 눈부시게 밝았지. 마차와 사람들이 활기차게 오가고 있었어. 과일 수레, 이륜마차, 상자를 가득 실은 사륜마차, 생선 장수의 수레. 뒤에 있는 그늘진 가구로 눈길을 돌리자, 눈앞에서 울긋불긋한 반점들이 헤엄을 치더군. 흥분이 가라앉자, 내 처지를 차츰 이해할 수 있었지. 방은 희미한 벤졸린[44] 냄새로 가득 차 있었는데, 옷을 세탁할 때 벤졸린을 쓴 것 같더군.

나는 그곳을 체계적으로 수색하기 시작했지. 그 꼽추는 한동안 그 집에서 혼자 살았던 것 같아. 정말 이상한 놈이었어. 나는 나한테 유용한 물건은 모두 옷 방에 모아 놓은 다음, 꼭 필요한 것만 신중하게 골라냈다네. 나는 알맞은 손가방을 찾아냈고, 가루분과 입술연지와 반창고도 찾아냈지.

나는 얼굴과 옷 밖으로 드러난 부분에 물감을 칠하고 분을 바를 생각이었어. 나를 남들 눈에 보이게 하기 위해서였지. 하지만 다시 사라지려면 테레빈유와 여러 가지 기구와 상당한 시간이 필요하다는 사실이 문제였어. 결국 나는 가면을 쓰기로 했네. 좀 괴상하긴 하지만, 그보다 더 괴상하게 생긴 사람도 많으니까. 나는 그런대로 괜찮은 가면과 검은 색안경, 회색 구레나룻과 가발을 골랐네. 속옷은 찾을 수 없었지만 그건 나중에 살 수 있을 테고, 당분간은 캘리코 도미노와 하얀 캐시미어 스카프로 몸을 감쌌지. 양말도 찾을 수 없었지만, 꼽추의 장화는 내 발에 좀 헐렁하게 맞았으니까 그것으로 충분했네. 가게의 책상 속에는 금화 세 닢과 은화 30실링 정도가 들어 있었고, 내실에서 자물쇠가 잠긴 벽장문을 억지로 열어 보니 금화로 8파운드가 있더군. 이제 나는 다시 장비를 갖추고 세상으로 나갈 수 있었네.

그런데 그때 기묘한 망설임이 찾아왔지. 내 겉모습은 정

44 석유에서 추출한 솔벤트(용제)의 상품명. 직물에서 얼룩을 빼는 데 쓰였다.

말로 — 설득력이 있나? 나는 침실의 작은 거울에 내 모습을 비추어 보면서, 내가 깜박 잊은 허점을 발견하려고 모든 관점에서 나를 살펴보았지만, 모두 완벽한 것 같더군. 나는 부자연스러울 만큼 괴상했고, 연극에 등장하는 수전노 같았지만, 물리적으로 도저히 있을 수 없는 존재는 아니었어. 자신감을 얻은 나는 안경을 쓰고 가게로 내려가서 블라인드를 내리고, 구석에 있는 전신 거울의 도움을 얻어 모든 각도에서 나를 살펴보았지.

나는 몇 분 동안 용기를 쥐어짠 다음, 가게 문을 열고 거리로 나갔네. 가게 주인은 자기가 원할 때 다시 시트 밖으로 나오도록 내버려 두었지. 무대 의상 가게를 나온 지 5분도 지나기 전에 나는 여남은 개의 모퉁이를 돌았는데, 아무도 나를 주목하는 것 같지 않더군. 내 마지막 난관도 돌파한 것 같았지.」

그는 다시 말을 끊었다.

「꼽추에 대해서는 더 이상 걱정하지 않았나?」 켐프가 물었다.

「그래.」 투명 인간이 대답했다. 「그놈이 어떻게 되었는지도 듣지 못했어. 결박을 풀었거나 자루를 박차고 나왔겠지. 끈은 아주 단단히 잡아매 두었지만.」

그는 입을 다물고 창가로 걸어가서 밖을 내다보았다.

「스트랜드 가로 나갔을 때는 무슨 일이 일어났나?」

「오오! 또다시 환멸이었네. 나는 고생이 끝난 줄 알았어. 사실 나는 하고 싶은 일은 뭐든지 해도 된다고 생각했지. 내 비밀을 폭로하는 짓만 빼고는 무슨 짓을 해도 벌을 받지 않을 거라고 생각했어. 내가 무슨 짓을 하든, 그 결과가 어떻든, 나하고는 상관없는 일이었지. 나는 옷을 벗어 던지고 사라지면 그만이었어. 아무도 나를 잡을 수 없었으니까. 아무 데서나 돈이 눈에 띄면 마음대로 차지할 수 있었어. 나는 진수성찬을 즐긴 다음 좋은 호텔에 묵고 새 의상을 모으기로 마음먹었지. 나는 놀랄 만큼 자신만만했어. 내가 바보였다는 사실을 회고하는 건 별로 유쾌한 일이 아니야. 어떤 식당에 들어가서 점심을 주문하고 있을 때, 투명한 내 얼굴을 드러내지 않고는 음식을 먹을 수 없다는 생각이 문득 떠올랐지. 나는 식사 주문을 마치고, 10분 뒤에 돌아오겠다고 말하고는 화가 나서 밖으로 나왔네. 자네도 식욕을 채우지 못해서 낙담한 적이 있는지 모르겠군.」

「그렇게 지독한 경험은 없지만, 상상할 수는 있네.」 켐프가 말했다.

「식욕을 채울 수만 있다면 악마들을 후려갈길 수도 있었을 거야. 마침내 나는 맛있는 음식을 먹고 싶은 욕망으로 현기증이 나서, 다른 식당에 들어가 독방을 요구했네. 〈나는 얼굴이 추하게 손상되었습니다. 아주 심하게〉 하고 말했지. 사람들은 호기심에 찬 눈으로 나를 바라보았지만, 물론 그것은 그들이 상관할 일이 아니었네. 그래서 마침내 나는 점심을 먹을 수 있었다네. 별로 맛은 없었지만 그 정도면 충분했어. 점심을 먹은 뒤, 나는 시가를 피우면서 행동 방침을 세우려고 애썼지. 그때 밖에서는 눈보라가 시작되고 있었어.

생각하면 할수록, 춥고 더러운 날씨와 북적거리는 문명사회의 도시에서 투명 인간이 되는 것이 얼마나 부자유스럽고 어리석은 짓인지를 더욱 절실히 깨달았다네. 이 미친 실험을 하기 전에는 수많은 이점을 꿈꾸었지. 그런데 그날 오후에는 완전히 기대에 어긋난 것처럼 여겨졌다네. 나는 사람이 원하는 것들을 꼽아 보았네. 눈에 보이지 않으면 확실히 그것들을 손에 넣을 수는 있겠지만, 손에 넣은 것을 즐길 수는 없어. 높은 자리에 올라도, 거기에 나타날 수 없다면 그게 무슨 소용이 있겠나? 여자의 이름이 들릴라[45]일 수밖에 없다면, 그 여자의 사랑을 얻은들 무슨 소용이 있겠나? 나는 정치에는 전혀 취미가 없고, 유명한 망나니짓이나 자선 활동이나 스포츠에도 전혀 취미가 없네. 나는 어떻게 하면 좋았을까? 그 때문에 나는 몸을 완전히 감싼 수수께끼, 몸을 감싸고 붕대로 감은 인간 캐리커처가 되어 버렸어!」

그는 말을 끊었다. 그의 태도로 보아, 눈이 이리저리 헤매다가 창문 쪽을 힐끔힐끔 바라보는 것 같았다.

「하지만 아이핑에는 어떻게 가게 됐나?」 켐프는 손님이 계속 이야기에 열중하도록 하고 싶어서 말했다.

「그곳엔 일하러 갔어. 나는 한 가지 희망을 갖고 있었지. 아직 여물지 않은 불완전한 착상이었어. 나는 아직도 그걸 갖고 있는데, 지금은 완전한 착상이 되었지. 그건 바로 되돌아가는 방법이야. 내가 한 일을 원래 상태로 되돌리는 방법. 내가 원할 때. 내가 투명 인간으로서 하고 싶은 일을 모두 한

45 성서에 나오는 전설(「판관기」 16장)에서 삼손을 배신한 여자.

다음에. 지금 내가 자네한테 주로 말하고 싶은 것은 바로 그 거라네.」

「아이핑으로 곧장 갔나?」

「그래. 비망록 세 권과 수표책, 수화물과 속옷을 챙기고, 나의 이 착상을 실현하는 데 필요한 화학 약품을 주문한 뒤에 출발했지. 비망록을 되찾으면 계산 결과를 보여 줄게. 어이쿠! 지금도 그때의 눈보라가 생각나는군. 판지로 만든 가짜 코가 눈에 젖지 않도록 하는 게 얼마나 성가시고 귀찮은 일이었는지도 생각나.」

「결국…… 그저께 사람들한테 들켰을 때, 신문 기사로 판단하면 자네는…….」

「그래. 좀 그랬지. 그 바보 같은 순경은 죽었나?」

「아니. 다행히 회복될 것 같아.」

「그럼 그 순경은 운이 좋았군. 나는 완전히 냉정을 잃었네. 그 바보들! 왜 나를 가만 내버려 두지 못했을까? 그리고 그 식료품 가게의 무지렁이는 어때?」

「아무도 죽지는 않을 것 같네.」 켐프가 말했다.

「그 부랑자가 어떻게 되었는지는 나도 몰라.」 투명 인간이 불쾌하게 웃으면서 말했다. 「켐프, 진정한 분노가 뭔지 자네는 몰라! 몇 년 동안 연구에 몰두했고 계획을 세웠는데, 서투른 짓을 하는 멍청이가 끼어들어 진로를 방해하다니! 세상에 창조된 온갖 어리석은 생물들, 우리가 상상할 수 있는 어리석은 생물들이 모두 나를 방해하도록 보내졌다네.

더 이상 이런 일을 당하면 나는 미쳐 버릴 거야. 광란에 빠져서 놈들을 닥치는 대로 쓰러뜨리기 시작할 거야.

그 바보들 때문에 일이 천배나 더 어려워졌어.」

「정말 분통이 터지겠군.」 켐프가 차갑게 대꾸했다.

제24장
실패한 계획

「하지만 이제 우리는 어떡하지?」 켐프가 창밖을 곁눈질하면서 물었다.

이렇게 말하면서 그는 언덕길을 올라오고 있는 세 남자가 손님의 눈에 보이지 않도록 손님 가까이로 이동했다. 켐프에게는 세 남자가 참을 수 없을 만큼 느릿느릿 다가오는 것처럼 보였다.

「포트버독으로 가고 있을 때는 어떻게 할 계획이었나? 계획이 있긴 있었나?」

「이 나라를 떠날 작정이었네. 하지만 자네를 만난 뒤 그 계획을 바꾸었지. 남쪽은 날씨가 더워서 알몸으로도 살 수 있으니까, 남쪽으로 가는 게 좋을 거라고 생각했다네. 특히나 여기서는 내 비밀이 알려져 있어서, 모든 사람이 가면을 쓰고 머플러를 두른 남자를 경계할 테니까. 여기서 프랑스로 가는 정기 연락선이 있어. 항해의 위험을 무릅쓰고 그 배를 탈 생각이었지. 그런 다음 기차를 타고 스페인으로 가거나, 아니면 알제로 갈 수도 있어. 그건 어렵지 않을 거야. 거기서는 늘 눈에 보이지 않는 투명 인간으로 지낼 수도 있고, 그래도 충분히 살 수 있어. 게다가 일도 할 수 있지. 나는 그 부랑자를 돈과 겸 짐꾼으로 쓰고 있었어. 내 앞으로 보낸 그 비망록과 그 밖의 물건을 어떻게 손에 넣을 것인가를 결정할 때까지.」

「그건 그래.」

「그런데 그 더러운 자식이 내 것을 훔치려 한 게 분명해! 녀석은 내 비망록을 감추었네. 내 비망록을 숨겼어! 놈을 잡을 수만 있다면!」

「우선 비망록을 되찾을 계획을 세우는 게 상책이야.」

「그런데 놈은 지금 어디 있지? 자네는 아나?」

「읍내 경찰서에 갇혀 있어. 그놈이 그렇게 해달라고 요구했지. 경찰서 유치장에서 가장 견고한 감방에 갇혀 있다네.」

「망할 자식!」

「하지만 그 때문에 자네 계획이 조금 지연되겠군.」

「그 비망록을 찾아야 돼. 그건 아주 중요하고 꼭 필요한 거야.」

「물론이지.」 켐프는 밖에서 발소리가 나는 게 아닐까 생각하면서 다소 신경질적으로 말했다. 「물론 그 비망록을 손에 넣어야 돼. 하지만 그건 어렵지 않을 거야. 그게 자네한테 얼마나 중요한지를 그 녀석이 모른다면.」

「그래.」 투명 인간이 말하고 생각에 잠겼다.

켐프는 이야기가 계속 이어지도록 화제를 생각해 내려고 애썼지만, 투명 인간이 자발적으로 이야기를 다시 시작했다.

「자네 집에 잘못 들어온 덕분에 내 계획이 모두 바뀌었어.

자네는 나를 이해할 수 있는 사람이니까 말이야. 지금까지 일어난 일에도 불구하고, 이 사건이 이렇게 널리 알려지고 내가 비망록을 잃어버리고 온갖 고통을 겪었는데도 불구하고, 가능성은 여전히 남아 있네. 아주 큰 가능성이…….」 그는 말을 하다 말고 갑자기 퉁명스럽게 물었다. 「내가 여기 있다는 말은 아무한테도 안 했겠지?」

켐프는 머뭇거리다가 대답했다.

「그야 당연하지.」

「아무한테도?」 그리핀은 확실한 대답을 요구했다.

「아무한테도 말하지 않았어.」

「아아! 그런데…….」 투명 인간은 말하다 말고 벌떡 일어나더니, 두 팔을 구부려 손을 허리에 대고 서재를 오락가락하기 시작했다.

「내가 실수를 했어, 켐프. 이 일을 혼자 해내려 한 건 아주 큰 실수였어. 나는 힘과 시간과 기회를 낭비했네. 혼자 해내려 하다니! 사람이 혼자 해낼 수 있는 일이 얼마나 적은지는 정말 놀랄 만하다네! 조금 강탈하고, 조금 상처를 입히고, 그게 끝이야.

나에게 필요한 건 골키퍼, 조수, 그리고 은신처라네, 켐프. 그것만 갖추어지면 나는 의심받지 않고 편안히 먹고 자고 쉴 수 있어. 나는 동맹자를 가져야 돼. 동맹자가 있으면, 음식을 먹고 휴식을 취할 수 있으면, 수많은 일을 해낼 수 있지.

지금까지 내 방침은 막연하고 불확실했어. 우리는 불가시성이 의미하는 것과 의미하지 않는 것을 모두 생각해야 해.

남의 눈에 보이지 않는 것은 남의 말을 엿듣거나 할 때는 거의 이점이 되지 않네. 눈에 보이지는 않아도 소리는 내니까. 남의 집에 침입하거나 할 때도 별로 도움이 되지 않아. 그래도 아마 조금은 도움이 되겠지. 일단 자네가 나를 붙잡으면, 나를 감옥에 넣기는 쉬울 거야. 하지만 다른 한편으로는 나를 붙잡기가 그리 쉬운 일은 아니지. 사실 이 불가시성은 두 가지 경우에만 도움이 된다네. 도망칠 때 쓸모가 있고, 남한테 접근할 때 유용하지. 따라서 사람을 죽일 때 특히 쓸모가 있어. 나는 상대가 어떤 무기를 갖고 있든 간에 그 사람을 간단히 이길 수 있어. 목표를 선택하고, 내 마음대로 공격할 수 있지. 내 마음대로 피할 수 있고, 내 마음대로 달아날 수 있어.」

켐프의 손이 콧수염으로 올라갔다. 그건 아래층에서 사람이 움직이는 소리였나?

「그런데 우리가 해야 할 일은 살인이야, 켐프.」

「우리가 해야 할 일은 살인이라고?」 켐프가 되풀이했다. 「이봐, 그리핀. 나는 자네 계획을 듣고 있을 뿐, 동의하는 건 아니야. 그 점을 명심하게. 그런데 왜 살인을 해야 하지?」

「악의적이고 무자비한 살인이 아니라, 현명하고 신중한 살해일세. 문제는 투명 인간이 존재한다는 것을 우리만이 아니라 다른 사람들도 알고 있다는 거야. 그리고 그 투명 인간은 지금 〈공포 정치〉[46]를 확립해야 해. 그래, 물론 깜짝 놀랄

46 1793년부터 1794년까지의 프랑스 혁명 시대. 이 시대에 막시밀리앙 로베스피에르(1758～1794)가 지배하는 공안 위원회가 수천 명을 체포하여 처형했다.

만한 일이지. 하지만 나는 진심으로 말하는 거야. 공포 정치. 투명 인간은 버독 같은 도시를 점령해서 사람들을 겁먹게 하고 지배해야 돼. 그리고 명령을 내려야 해. 명령을 내릴 수 있는 방법은 수천 가지나 되지. 종이쪽지를 문 밑으로 밀어 넣기만 해도 충분할 거야. 명령에 따르지 않는 사람은 모조리 죽여야 해. 명령에 따르지 않는 사람을 보호하려 하는 자도 모조리 죽여야 해.」

「흥!」 켐프는 더 이상 그리핀의 말을 듣지 않고, 집 현관문이 열렸다가 닫히는 소리에 귀를 기울이면서 말했다.

「이보게, 그리핀.」 켐프는 제 주의가 다른 데 쏠려 있는 것을 은폐하려고 말했다. 「자네 동맹자는 어려운 처지에 놓일 것 같군.」

「그 사람이 투명 인간의 동맹자라는 건 아무도 모를 거야.」 투명 인간은 열심히 말했다. 그러다가 갑자기 「쉿! 아래층에서 나는 저 소리는 뭐지?」 하고 물었다.

「아무것도 아니야.」 켐프는 대답하고, 갑자기 큰 소리로 빠르게 말하기 시작했다. 「나는 그 계획에 동의하지 않네, 그리핀. 나를 이해해 주게. 나는 그 계획에 동의하지 않아. 왜 인류와 맞서 싸울 꿈을 꾸고 있나? 그러면서 어떻게 행복을 얻기를 바랄 수 있겠나? 외로운 늑대가 되지는 말게. 자네의 연구 결과를 발표하게. 세계에, 적어도 이 나라에만이라도 자네의 비밀을 털어놓게. 수백만 명이 도와주면 어떤 일을 할 수 있을지 생각해 보게……」

투명 인간이 켐프의 말을 가로막았다.

「위층으로 올라오는 발소리가 들리는군.」 그가 낮은 목소리로 말했다.

「당치 않은 소리.」 켐프가 말했다.

「어디 보세.」 투명 인간은 팔을 뻗으면서 문으로 다가갔다.

켐프는 잠시 망설이다가 그를 가로막으러 갔다. 투명 인간은 놀라서 우뚝 멈춰 섰다. 「배신자!」 하고 〈목소리〉가 외치더니, 갑자기 실내복 앞자락이 열리고, 투명 인간은 앉아서 옷을 벗기 시작했다. 켐프는 빠른 걸음으로 세 걸음 만에 문에 이르렀고, 투명 인간 — 그의 다리는 이미 사라지고 없었다 — 은 당장 소리를 지르며 벌떡 일어났다. 켐프는 문을 활짝 열었다.

문이 열리자, 아래층에서 서둘러 달려오는 발소리와 목소리가 들렸다.

켐프는 재빨리 투명 인간을 뒤로 떠밀고, 옆으로 펄쩍 뛰어 밖으로 나와서 문을 쾅 닫았다. 열쇠는 밖에 준비되어 있었다. 잠시 후면 그리핀은 서재에 혼자 갇혀 있게 될 것이나. 한 가지 사소한 문제만 아니었다면 그렇게 되었을 테지만, 열쇠는 그날 아침에 서둘러 열쇠 구멍에 꽂아 둔 것이었다. 켐프가 문을 쾅 닫자 열쇠가 덜컥 소리를 내며 카펫 위에 떨어졌다.

켐프의 얼굴이 창백해졌다. 그는 두 손으로 문손잡이를 잡으려고 했다. 잠시 그는 문을 힘껏 잡아당기며 서 있었다. 그러다가 문이 15센티미터쯤 열렸다. 하지만 켐프는 문을 잡아당겨 다시 닫았다. 두 번째에는 문이 30센티미터쯤 열렸다. 실내복이 열린 문틈으로 끼어들었다. 보이지 않는 손가락이 켐프의 멱살을 잡았다. 켐프는 자신을 방어하려고 손잡이에서 손을 떼었다. 그 바람에 뒤로 홱 밀쳐져 비틀거리다가 층계참 구석에 쓰러졌다. 빈 실내복이 그의 몸 위에 내던져졌다.

켐프의 편지를 받은 버독 경찰서장 애다이가 계단을 반쯤 올라왔다. 켐프가 갑자기 층계참에 나타나고 뒤이어 빈 옷이 공중에 던져지는 이상한 광경을 보고, 서장은 놀라서 간담이 서늘해졌다. 서장은 켐프가 넘어졌다가 간신히 일어나는 것을 보았다. 켐프가 비틀거리며 앞으로 돌진했다가 다시 내려와 황소처럼 육중하게 쓰러지는 것도 보았다.

그때 갑자기 무언가가 서장을 난폭하게 때렸다. 아무것도 없는데 얻어맞았다. 엄청나게 무거운 것이 그에게 덤벼든 것 같았다. 누군가가 그의 멱살을 움켜잡고 사타구니에 무릎을 대고는 계단 아래를 향해 거꾸로 내던졌다. 눈에 보이지 않는 발이 그의 등을 짓밟았고, 타닥거리는 희미한 발소리가 아래층을 지나갔다. 두 경찰관이 현관홀에서 소리를 지르며 달려가는 소리가 들렸다. 현관문이 쾅 소리를 내며 난폭하게 닫혔다.

그는 몸을 굴려 일어나 앉아서 주위를 둘러보았다. 머리가 헝클어지고 몸이 먼지투성이가 된 켐프가 비틀거리며 계단을 내려오는 것이 보였다. 켐프의 얼굴 한쪽은 맞아서 창백해졌고, 입술에서 피가 나고 있었다. 켐프는 분홍색 실내복과 속옷을 팔에 안고 있었다.

「이런 젠장!」 켐프가 외쳤다. 「다 끝났어요! 놈은 가버렸어요!」

제25장
투명 인간 사냥

켐프는 방금 일어난 갑작스러운 일들을 애다이에게 이해시키려 했지만, 한동안은 발음이 분명치 않았다. 두 남자는 층계참에 서 있었다. 켐프는 그리핀의 괴상한 옷을 여전히 팔에 안은 채 빠른 말씨로 이야기하고 있었다. 하지만 곧 애다이는 상황을 어느 정도 파악하기 시작했다.

「놈은 미쳤습니다.」 켐프가 말했다. 「무자비하고, 완전히 이기적이에요. 자신의 이익과 안전밖에는 생각지 않아요. 오늘 아침에 지독히 자기중심적인 이야기를 들었습니다! 놈은 사람들을 해쳤어요. 우리가 막지 않으면 사람들을 죽일 겁니다. 놈은 공황 상태를 만들어 낼 거예요. 아무것도 놈을 막을 수 없습니다. 놈은 지금 격분하여 거리로 나가고 있습니다!」

「놈을 잡아야 합니다.」 애다이가 말했다. 「그건 확실합니다.」

「하지만 어떻게요?」 켐프가 외쳤다. 그러다가 갑자기 그의 머리가 멋진 생각으로 가득 찼다. 「당장 시작해야 합니다. 동원할 수 있는 인력을 총동원해야 합니다. 놈이 이 지역을 떠나는 것을 막아야 합니다. 일단 여기서 달아나면, 놈은 마음대로 시골을 돌아다니면서 사람들을 죽이고 불구로 만들 겁니다. 놈은 공포 정치를 꿈꾸고 있어요! 공포 정치 말입니다. 열차와 도로와 선박을 감시해야 합니다. 수비대의 협력을 얻어야 합니다. 전보를 쳐서 도움을 청해야 합니다. 놈을 여기 묶어 둘 수 있는 것은 놈이 아주 귀중하게 여기는 비망록을 되찾을 수 있다는 기대뿐입니다. 거기에 대해 말씀드리죠. 경찰서에 마블이라는 사람이 갇혀 있을 텐데…….」

「나도 알고 있습니다. 나도 알아요. 그 비망록…… 예.」 애다이가 받았다.

「그리고 놈이 먹거나 자지 못하게 해야 합니다. 사람들이 밤낮없이 계속 움직여야 합니다. 모든 음식은 자물쇠를 채워 안전하게 보관해야 합니다. 그러면 놈은 음식을 얻기 위해 자물쇠를 부수어야 할 겁니다. 집집마다 놈이 침입하지 못하게 문단속을 철저히 해야 합니다. 하늘이 우리에게 추운 밤과 비를 보내 주고 있습니다! 모두가 사냥에 나서서 놈이 잡힐 때까지 계속해야 합니다. 분명히 말하지만, 놈은 위험합니다. 재앙이에요. 놈을 꼼짝 못 하게 잡아서 단단히 가두지 않으면, 무슨 일이 일어날지 생각만 해도 끔찍합니다.」

「우리가 할 수 있는 일이 또 뭡니까?」 애다이가 말했다. 「나는 당장 내려가서 수색대를 조직해야겠어요. 하지만 같이 가시는 게 어떨까요? 그래요, 박사님도 같이 갑시다! 그리고 우리는 일종의 작전 회의를 열어야 합니다. 홉스의 도움을 받기로 하죠. 그리고 철도 회사 경영자들. 어이쿠, 이런! 시간이 별로 없어요. 갑시다. 가면서 말해 주세요. 우리가 할 수 있는 일이 그것 말고 또 뭐가 있죠? 그 실내복은 내려놓으세요.」

다음 순간, 애다이는 아래층으로 앞장서서 내려가고 있었다. 그들은 현관문이 열려 있고, 경찰관들이 밖에 서서 허공을 뚫어지게 바라보고 있는 것을 발견했다.

「놈이 달아났습니다, 서장님.」 한 경찰관이 말했다.

「우리는 당장 중앙 경찰서로 가야 돼.」 애다이가 말했다. 「자네들 가운데 한 사람이 내려가서 마차를 잡고, 마부한테 여기로 올라와서 우리를 데려가라고 말해 주게. 빨리. 박사님, 또 뭘 하면 됩니까?」

「개.」 켐프가 말했다. 「개들을 데려오세요. 개는 놈을 보지 않고 냄새로 찾아냅니다. 개들을 데려오세요.」

「좋습니다.」 애다이가 말했다. 「널리 알려져 있지는 않지만, 핼스테드[47]의 교도관들이 후각이 예민한 사냥개 블러드하운드들을 키우는 남자를 알고 있지요. 개들을 데려오고, 그 밖에 우리가 할 수 있는 일이 또 뭐가 있을까요?」

「기억해 두세요.」 켐프가 말했다. 「놈이 먹은 음식은 우리 눈에도 보입니다. 음식을 먹은 뒤, 완전히 소화 흡수될 때까지는 음식이 보이죠. 그래서 놈도 음식을 먹은 뒤에는 숨어 있어야 합니다. 그럴 때 놈을 은신처에서 계속 몰아내야 합니다. 모든 덤불과 모퉁이를 모조리 뒤져야 합니다. 그리고 무기는 모두 치워 놓으세요. 무기만이 아니라 무기가 될 수

47 실제 핼스테드도 존재하지만, 이것은 160킬로미터나 떨어진 에식스에 있다. 핼스테드에는 1782년부터 1841년까지 교도소가 있었다

있는 도구도 모두 치우세요. 놈은 그런 것들을 오랫동안 지니고 다닐 수 없습니다. 그리고 놈이 낚아채어 사람을 공격할 수 있는 도구는 잘 감추어야 합니다.」

「그것도 좋습니다.」 애다이가 말했다. 「우리는 머지않아 놈을 잡을 겁니다!」

「그리고 길바닥에다…….」 켐프가 운만 떼어 놓고 잠시 머뭇거렸다.

「뭡니까?」 애다이가 재촉했다.

「잘게 부서진 유리 조각을 뿌려 놓는 겁니다. 잔인한 짓이라는 건 나도 알고 있습니다. 하지만 놈이 무슨 짓을 할 수 있는지 생각해 보세요.」

애다이는 윗니와 아랫니 사이로 날카롭게 공기를 들이마셨다.

「그건 스포츠맨답지 않군요. 잘 모르겠습니다. 하지만 잘게 부서진 유리 조각을 준비하라고 이르겠습니다. 놈이 지나치게 극단적인 짓을 하면…….」

「분명히 말하지만 놈은 인간성을 잃고 무자비해졌어요. 놈은 틀림없이 공포 정치를 확립할 겁니다. 이 도망자의 감정을 극복한 것만큼 빨리. 나는 그것을 확신하기 때문에 서장님께 말하고 있는 거예요. 우리가 놈을 이기려면 선수를 쳐야 합니다. 그러지 않으면 승산이 없어요. 놈은 인간과의 관계를 단절했습니다. 놈의 불행은 자업자득이지요.」

제26장
윅스티드 살인 사건

투명 인간은 맹목적인 분노에 사로잡힌 상태로 켐프의 집에서 뛰쳐나간 것 같다. 켐프의 집 근처에서 놀고 있던 어린아이를 난폭하게 붙잡아 옆으로 내동댕이쳤기 때문에, 아이의 발목이 부러졌다. 그 후 몇 시간 동안 투명 인간의 행방은 묘연했다. 그가 어디에 갔는지, 무엇을 했는지는 아무도 모른다. 하지만 자신의 참을 수 없는 운명에 분노하고 절망하면서 6월의 뜨거운 오후 햇볕을 뚫고 서둘러 언덕을 올라가 포트버독 뒤쪽의 탁 트인 초원 구릉으로 가서, 힌턴딘의 잡목림 속에서 마침내 더위와 피로에 지친 몸을 숨길 피난처를 찾아, 산산조각 난 반인류적 계획을 다시 이어 맞추려고 애썼으리라는 것은 충분히 상상할 수 있다. 그는 힌턴딘에서 피난처를 찾았을 가능성이 가장 큰 것 같다. 오후 2시쯤 그가 잔인하고 비극적으로 자기 존재를 다시 드러낸 곳이 힌턴딘이었기 때문이다.

사람들은 그때 그의 정신 상태가 어땠을지, 그가 어떤 계획을 세웠을지 궁금해한다. 그가 켐프의 배신 때문에 제정신을 잃을 만큼 격분한 것은 분명하다. 우리는 켐프가 그런 속임수를 쓰게 된 동기를 이해할 수 있지만, 켐프가 시도한 기습이 불러일으켰을 분노를 상상할 수 있고 조금은 동감할 수도 있다. 어쩌면 옥스퍼드 가에서 겪은 충격과 놀라움이 다소 되살아났을지도 모른다. 그는 세계를 공포 정치로 지배하겠다는 터무니없는 꿈을 이루도록 켐프가 협조해 주리라고 믿은 게 분명하기 때문이다. 어쨌든 그는 정오 무렵 인간의 시야에서 사라졌고, 2시 30분까지 그가 무엇을 했는지는 아무도 모른다. 그것은 아마 인류에게는 다행이었을 것이다. 하지만 그 두어 시간 동안 아무 활동도 하지 않은 것이 투명인간에게는 치명적이었다.

그 시간 동안 점점 많은 사람들이 곳곳에 널리 흩어졌다. 그는 오전에는 여전히 전설이고 공포였지만, 오후에는 주로 켐프의 냉정한 게시문 덕분에 실제로 존재하는 유형의 적, 상처를 입힐 수도 있고 붙잡을 수도 있고 이길 수도 있는 적으로 보이게 되었다. 시골 사람들은 상상도 할 수 없을 만큼 빠른 속도로 수색대를 조직했다. 2시까지는 투명 인간도 열차를 타고 그 지역을 빠져나갈 수 있었겠지만, 2시 이후에는 그것도 불가능해졌다. 사우샘프턴과 윈체스터, 브라이턴과 호섬 사이의 평행 사변형을 연결하는 여객 열차들은 모두 문을 잠그고 달렸고, 화물 열차는 아예 운행을 중지했다. 그리고 포트버독을 중심으로 한 반경 30킬로미터의 커다란 원 안에서는 총과 곤봉으로 무장한 남자들이 서너 명씩 짝을 지어 사냥개를 데리고 도로와 들판을 수색하기 위해 출발하고 있었다.

기마경찰들은 시골길을 따라 달리면서 모든 집에 들러, 문단속을 철저히 하라고, 외출할 때에는 반드시 무장을 갖추라고 사람들에게 경고했다. 초등학교들은 늦어도 3시까지는 수업을 마쳤고, 겁먹은 아이들은 무리를 지어 서둘러 집으로 돌아갔다. 애다이 경찰서장의 서명이 들어간 켐프의 게시문은 오후 4시나 5시까지는 거의 모든 지역에 나붙었다. 이 게시문은 투명 인간과 맞붙어 싸울 때 벌어질 수 있는 모든 상황, 투명 인간이 먹거나 자는 것을 막아야 할 필요성, 끊임없이 경계하고 투명 인간이 움직인 증거에 즉각 주의를 기울여야 할 필요성을 짧지만 분명히 제시했다. 그리고 당국의 조치가 워낙 신속하고 단호했을 뿐만 아니라, 투명 인간이라는 이상한 존재를 거의 모든 사람이 당장 믿어 주었기 때문에, 어두워지기 전에 수백 평방킬로미터에 이르는 지역이 엄중하게 포위되었다. 그리고 어두워지기 전에 오싹한 공포의 전율이 신경을 곤두세우고 경계 태세를 취하고 있는 모든 사람들을 꿰뚫었다. 윅스티드 씨가 살해되었다는 소문이 속닥거리는 입에서 입으로 전달되어 주 전역에 빠르고 확실하게 퍼져 나간 것이다.

투명 인간의 피난처가 힌턴딘의 잡목림이었을 거라는 우리의 가정이 옳다면, 오후 일찍 무기를 사용할 필요가 있는 어떤 계획을 세우고 다시 은신처에서 나왔을 거라고 가정해야 한다. 그 계획이 어떤 것이었는지는 알 수 없지만, 그가 윅스티드 씨를 만나기 전에 이미 손에 쇠막대기를 쥐고 있었다는 증거는 적어도 나에게는 압도적이다.

그 만남의 세부에 대해서는 전혀 알 수 없다. 만남은 버독 경의 저택 정문에서 2백 미터도 채 떨어지지 않은 자갈 구덩이 가장자리에서 일어났다. 모든 증거가 필사적인 격투가 벌어졌음을 보여 준다. 짓밟힌 땅, 윅스티드 씨가 입은 수많은 상처, 쪼개진 그의 지팡이. 하지만 그를 공격한 이유는 — 흉악한 광기를 제외하면 — 상상할 수도 없다. 실제로 그것이 광기에서 비롯된 짓이라는 추측은 거의 피할 수 없다. 버독 경의 집사인 윅스티드 씨는 마흔대여섯 살쯤 되었고 성질과 외모가 전혀 남의 눈에 거슬리지 않는 사람이어서, 그런 무서운 적을 화나게 할 가능성은 전혀 없었다. 투명 인간은 부서진 울타리에서 뽑아낸 쇠막대기를 그에게 휘두른 듯하다. 투명 인간은 점심을 먹으러 조용히 집으로 가고 있는 이 점잖은 남자를 가로막고 공격하여 그의 무기력한 방어를 제압한 뒤, 팔을 부러뜨리고 땅바닥에 쓰러뜨리고 머리를 곤죽이 되도록 때렸다.

그는 희생자를 만나기 전에 울타리에서 이 쇠막대기를 빼낸 게 분명하다. 쇠막대기를 손에 쥐고 다녔을 것이다. 이미 말한 것 이외에 두 가지 세부만 이 사건과 관계가 있는 것 같다. 하나는 자갈 구덩이가 윅스티드 씨의 집으로 가는 길에 있지 않고, 그가 늘 다니는 길에서 2백 미터나 벗어난 거리에 있었다는 상황이다. 또 하나는 오후 수업을 들으러 학교에 가다가 피살자가 밭을 가로질러 자갈 구덩이 쪽으로 이상하게 〈종종걸음〉을 치고 있는 것을 보았다는 어린 소녀의 주장이다. 소녀가 흉내 낸 그의 행동은 땅에서 움직이는 무언가를 따라가면서 이따금 지팡이로 그것을 때리는 것 같았다. 소녀는 그가 살아 있는 것을 본 마지막 목격자였다. 그는 소녀의 시야에서 벗어나 죽음을 맞았고, 사이에 너도밤나무가 우거져 있고 땅이 약간 우묵하게 들어가 있어서 그가 싸우는 장면은 소녀에게 보이지 않았다.

이것은 이 살인 사건을 완전히 악의에 의한 범죄의 영역에서 끌어올린다. 적어도 이 글을 쓰고 있는 필자가 생각하기에는 그렇다. 그리핀은 무기로 쓰려고 쇠막대기를 손에 들었지만 그것을 사용하여 사람을 죽이려는 고의적인 의도는 없었다고 상상할 수 있다. 윅스티드 씨는 지나가다가 이 쇠막대기가 허공에서 이상하게 움직이는 것을 알아차렸을지도 모른다. 투명 인간에 대해서는 전혀 생각지 않고 — 포트버독은 거기에서 15킬로미터나 떨어져 있다 — 윅스티드 씨는 그 쇠막대기를 따라갔을 것이다. 그가 투명 인간의 소문을 듣지 못했을 거라고 생각할 수도 있다. 그렇다면 우리는 투명 인간이 — 그 동네에서 자신의 존재가 알려지는 것을 피하려고 조용히 — 달아나고 있었는데, 흥분과 호기심에 사로잡힌 윅스티드 씨가 묘하게 움직이는 물체를 따라가다가 마침내 그것을 공격했다고 상상할 수도 있다.

투명 인간은 보통 상황이라면 중년의 추적자를 쉽게 따돌릴 수 있었겠지만, 윅스티드 씨의 시체가 발견된 위치로 보아 그는 불운하게도 따끔거리는 쐐기풀과 자갈 구덩이 사이의 모퉁이로 사냥감을 몰아넣은 것 같다. 투명 인간이 유별나게 성마르고 화를 잘 낸다는 것을 충분히 인식하고 있는 사람들은 그 만남이 그 후 어떻게 진행되었을지 쉽게 상상할 수 있을 것이다.

하지만 이것은 순전한 가설이다. 부인할 수 없는 사실은 — 아이들이 하는 이야기는 믿을 수 없는 경우가 많기 때문에 — 살해된 윅스티드 씨의 시체와 쐐기풀 사이에 버려진 피 묻은 쇠막대기가 발견되었다는 것뿐이다. 그리핀이 쇠막대기를 버린 것은, 이 사건으로 흥분한 그리핀이 애당초 쇠막대기를 손에 넣은 목적 — 그에게 목적이 있었다면 말이지만 — 을 포기했다는 것을 암시한다. 그는 확실히 이기적이고 냉담한 남자지만, 그의 첫 희생자가 피투성이로 비참하게 쓰러져 있는 것을 보고는 오랫동안 갇혀 있던 후회의 샘물이 홍수처럼 쏟아져 나와 그가 세운 행동 계획을 잠시 삼켜 버렸는지도 모른다.

윅스티드 씨를 죽인 뒤, 그는 나라를 종단하여 남쪽의 초원 구릉지로 내려간 것 같다. 해 질 녘에 펀바텀 근처의 들판에서 두세 명이 어떤 목소리를 들었다는 소문이 있다. 그 목소리는 울부짖고 웃고 흐느끼고 신음하고 이따금 소리를 질렀다. 그것은 기묘하게 들렸을 게 분명하다. 그 목소리는 클로버 밭 한가운데를 가로질러 언덕 쪽으로 사라졌다.

그날 오후 투명 인간은 자기가 털어놓은 비밀을 켐프가 재빨리 이용한 것을 알아차렸을 것이다. 그는 집집마다 문을 단단히 잠가서 문단속을 한 것을 알았을 것이다. 그는 기차역 주위를 돌아다니고 여인숙 주위를 배회했을지도 모른다. 그는 여기저기 나붙은 게시문을 읽고 자신을 잡기 위한 조직적인 작전의 성격을 알았을 게 분명하다. 저녁이 다가오자, 들판에는 서너 명씩 짝을 지은 사람들이 여기저기 흩어졌고 개들이 짖는 소리가 요란했다. 이 인간 사냥꾼들은 투명 인간과 마주쳤을 때 서로 돕는 방법에 대해 특별한 지시를 받았다. 그는 그 사냥꾼들을 모두 피했다. 우리는 그의 분노를 다소는 이해할 수 있다. 그 자신이 제공한 정보가 그토록 무자비하게 그의 목을 조르는 식으로 이용되었기 때문에, 더욱 화가 날 수도 있었을 것이다. 적어도 그날 그는 의기소침했다. 윅스티드 씨에게 덤벼들었을 때를 제외하고 거의 24시간 동안 그는 사냥꾼들에게 쫓기고 있었다. 밤에 그는 음식을 먹고 잠을 잤을 게 분명하다. 아침에는 다시 정상으로 돌아와 활기와 기력을 되찾고, 분노와 악의에 가득 차서 세상과의 마지막 싸움을 준비하고 있었기 때문이다.

제27장
켐프의 집을 포위하다

켐프는 기름으로 더럽혀진 종이에 연필로 쓴 기묘한 편지를 받았다.

편지에는 이렇게 씌어 있었다.

〈자네는 놀랄 만큼 정력적이고 약삭빨랐다. 하지만 그것으로 자네가 무엇을 얻을지, 나는 상상도 할 수 없다. 자네는 나를 배신했다. 꼬박 하루 동안 자네는 나를 추적했고, 하룻밤의 휴식을 나에게서 빼앗으려 했다. 하지만 나는 자네의 방해 공작에도 불구하고 음식을 먹었고, 자네의 방해 공작에도 불구하고 잠을 잤다. 그리고 게임은 이제 막 시작되었을 뿐이다. 게임은 이제 막 시작되었다. 공포 정치를 시작하는 수밖에는 다른 방도가 없다. 이것은 공포 정치의 첫날을 알리는 글이다. 포트버독은 이제 더 이상 여왕의 통치를 받지 않는다. 경찰서장과 나머지 사람들에게 그렇게 전하라. 포트버독은 나의 지배를 받는다. 공포 정치의 지배를 받는다! 오늘은 새 시대, 즉 투명 인간의 시대가 시작되는 원년의 첫날이다. 나는 제1대 투명 인간이다. 통치부터 시작하는 것은 쉬울 것이다. 첫날은 본보기로 한 사람을 처형할 것이다. 바로 켐프라는 자이다. 오늘부터 그에게는 죽음이 시작된다. 그는 문을 꽁꽁 닫아걸 수도 있고, 어딘가에 숨을 수도 있고, 주위에 경호원을 둘 수도 있고, 원한다면 갑옷을 입을 수도 있다. 죽음, 보이지 않는 죽음이 다가오고 있다. 그가 대책을 강구하게 하자. 그것은 내 백성에게 강한 인상을 심어 줄 것이다. 죽음은 정오에 우편함에서 시작된다. 우편배달부가 편지를 우편함에 떨어뜨리고 떠날 것이다! 게임이 시작된다. 죽음이 시작된다. 나의 백성들이여, 그를 돕지 마라. 그를 도우면 당신들에게도 죽음이 닥칠 것이다. 오늘 켐프는 죽을 것이다.〉

켐프는 이 편지를 두 번 읽었다.

「장난 편지가 아니야. 이건 그의 목소리이고, 진정으로 하는 말이야.」

그는 접은 종이를 뒤집어서, 주소를 쓴 면에 힌턴딘의 소인이 찍혀 있고 〈2페니 미불〉이라는 산문적인 글귀가 적혀 있는 것을 보았다.

그는 점심 식사도 끝내지 않은 채 — 편지는 1시에 우편으로 왔다 — 일어나서 서재로 들어갔다. 그는 종을 울려 가정부를 불러서, 당장 집 안을 돌아다니며 창문의 잠금장치를 모두 점검하고 덧문을 모두 닫으라고 일렀다. 그리고 서재의 덧문은 손수 닫았다. 침실의 잠긴 서랍에서 권총을 꺼내 주의 깊게 점검한 뒤, 재킷 주머니에 넣었다. 그는 애다이 서장을 비롯하여 많은 사람에게 짤막한 편지를 써서 하녀에게 건네주고, 집에서 나가는 방법을 명확하게 지시했다.

「전혀 위험하지 않아.」 그는 이렇게 말한 뒤, 정신적 단서를 덧붙였다. 「적어도 너한테는.」

이런 일을 끝낸 뒤에도 그는 한동안 깊은 생각에 잠겨 있다가, 식어 가고 있는 점심 식사로 돌아갔다.

그는 이따금 식사를 중단하고 생각에 잠겼다. 마침내 그는 격렬하게 식탁을 두드리며 말했다.

「우리는 놈을 잡을 거야. 나는 놈을 잡기 위한 미끼야. 놈은 너무 멀리까지 들어올 거야.」

그는 서재로 올라가면서 문을 지날 때마다 주의 깊게 문을 잠갔다.

「이건 게임이야. 기묘한 게임이지만, 승산은 나한테 있어. 그리핀, 너는 눈에 보이지 않는다는 이점을 갖고 있지만, 그래도 내가 이길 거다. 너는 전 세계를 적으로 삼고 있어. 극단적으로 세상과 싸우고 있어!」

그는 창가에 서서 뜨거운 언덕 비탈을 바라보았다.

「놈은 날마다 먹을 것을 구해야 돼. 나는 놈이 조금도 부럽지 않아. 놈은 어젯밤에 정말로 잠을 잤을까? 사람들과 부딪치지 않을 외딴 곳에서 노숙했을까? 날씨를 우리 마음대로 택할 수 있다면 좋으련만. 더위 대신 춥고 비가 내렸으면 좋겠어.

지금 놈은 나를 지켜보고 있을지도 몰라.」

그는 창문으로 가까이 다가갔다. 무언가가 창틀 위의 벽돌을 세차게 때렸기 때문에 그는 놀라서 펄쩍 뛰었다.

「내가 신경과민이 되고 있군.」 하지만 5분이 지난 뒤에야 다시 창가로 갔다. 「참새였던 게 분명해.」

그는 곧 현관문의 초인종이 울리는 소리를 듣고 서둘러 아래층으로 내려갔다. 그는 현관문의 빗장을 벗기고 자물쇠를 열고 체인을 점검한 뒤 체인을 걸고, 제 모습을 드러내지 않은 채 조심스럽게 현관문을 열었다. 귀에 익은 목소리가 그에게 인사를 했다. 애다이였다.

「박사님 댁 하녀가 공격을 당했습니다.」 애다이가 문 뒤에서 말했다.

「뭐라고요?」 켐프가 외쳤다.

「놈이 박사님의 편지를 하녀한테서 빼앗았어요. 놈은 이 근처에 있습니다. 나를 들여보내 주세요.」

켐프는 체인을 벗기고 애다이가 간신히 통과할 수 있을 만큼만 문을 열었다. 그 좁은 틈새로 들어온 애다이는 현관홀에 서서, 문을 다시 잠그는 켐프를 안심한 표정으로 바라보았다.

「놈은 하녀의 손에서 편지를 억지로 낚아챘습니다. 하녀에게 잔뜩 겁을 주었지요. 하녀는 지금 경찰서에 있는데, 완전히 히스테리를 일으킨 상태랍니다. 놈은 이 근처에 있습니다. 편지는 무슨 내용이었습니까?」

켐프는 입에 올리기 부끄러운 욕설을 내뱉고 나서 말했다.

「나는 정말 바보였어요. 잠깐만 생각해 보면 알 수도 있었을 텐데. 힌턴딘에서 여기까지는 걸어와도 한 시간이 채 걸리지 않아요. 그러니까 놈은 벌써 여기 왔을 겁니다!」

「도대체 무슨 일입니까?」 애다이가 물었다.

「보여 드리죠.」

켐프가 말하고는 애다이를 서재로 안내하여 투명 인간의 편지를 건네주었다. 애다이는 그것을 읽고 나서 낮게 휘파람을 불었다.

「그래서 박사님은……?」

「덫을 놓을 계획이었어요. 바보같이. 그리고 하녀를 시켜서 내 계획이 적힌 쪽지를 사람들에게 보냈는데, 결국 놈에게 내 계획을 고스란히 알려 준 꼴이 됐어요.」

애다이도 켐프처럼 신성 모독적인 욕설을 뱉었다.

「놈은 도망칠 겁니다.」

「그놈은 그러지 않아요.」 켐프가 말했다.

유리창 깨지는 소리가 위층에서 울려 퍼졌다. 애다이는 은빛으로 빛나는 권총이 켐프의 주머니에서 반쯤 빠져나오는 것을 얼핏 보았다.

「위층 창문이에요!」 켐프가 말하고 앞장서서 계단을 올라갔다. 그들이 아직 계단에 있을 때, 두 번째 유리가 박살 나는 소리가 들려왔다. 서재에 도착한 그들은 유리창 세 개 가운데 두 개가 박살 나고, 방의 절반에 깨진 유리 조각이 흩어져 있고, 책상 위에는 커다란 부싯돌이 하나 놓여 있는 것을 보았다. 두 남자는 문간에 서서 난장판이 된 현장을 유심히 살펴보았다. 켐프가 다시 욕설을 뱉었다. 그때 세 번째 창문이 권총처럼 탕 하는 소리를 내고, 별을 흩뿌린 듯한 상태로 잠시 창틀에 매달려 있다가, 깔쭉깔쭉하게 부서진 세모꼴이 되어 방 안으로 무너져 내렸다.

「왜 이러는 거죠?」 애다이이가 물었다.
「이건 시작이에요.」 켐프가 말했다.
「여기로 올라오는 길은 없지요?」
「고양이도 올라올 수 없습니다.」
「덧문은 없습니까?」
「여기는 없습니다. 아래층 방들은 모두…… 아니, 이런!」
쨍그랑하는 소리에 이어 널빤지를 세게 때리는 소리가 아래층에서 들려왔다.
「빌어먹을 놈!」 켐프가 말했다. 「저건 틀림없이 — 그래요 — 저건 침실입니다. 놈은 이 집을 모조리 때려 부술 겁니다. 하지만 놈은 바보예요. 덧문을 올리면 유리가 바깥쪽으로 떨어질 겁니다. 그러면 놈은 발을 다치겠죠.」
또 다른 창문이 깨지는 소리가 났다. 두 남자는 어쩔 줄 모르고 층계참에 서 있었다.
「알았다!」 애다이이가 말했다. 「막대기든 뭐든 무기가 될 만한 걸 주세요. 경찰서로 가서 사냥개들을 동원하겠습니다. 그러면 놈을 꼼짝 못 하게 할 수 있어요. 사냥개들은 바로 가까이에 있으니까, 10분도 걸리지 않을…….」
그때 또 다른 창문이 다른 창문들과 같은 길을 걸었다.
「권총은 없습니까?」 애다이이가 물었다.
켐프는 주머니 쪽으로 손을 움직였다. 그러다가 망설였다.
「권총은 없습니다. 어쨌든 여분은 없어요.」
「다시 가져오겠습니다. 박사님은 여기 있으면 안전할 겁니다.」

켐프는 그에게 무기를 건네주었다.

「이제 문으로 가겠습니다.」 애다이가 말했다.

그들이 현관홀에 서서 망설이고 있는 동안, 1층 침실 창문이 또 하나 깨지는 소리가 났다. 켐프는 현관문으로 가서 되도록 조용히 빗장을 열기 시작했다. 그의 얼굴은 여느 때보다 조금 창백해져 있었다.

「곧장 밖으로 나가셔야 합니다.」 켐프가 말했다. 다음 순간 애다이는 현관문 앞 계단에 있었고, 빗장은 다시 멈춤쇠 속으로 떨어지고 있었다. 애다이는 현관문을 등지고 있는 것이 더 안전하게 느껴져서 잠시 머뭇거렸다. 그러다가 몸을 똑바로 세우고 당당한 걸음으로 계단을 내려갔다. 그는 잔디밭을 가로질러 대문으로 다가갔다. 가벼운 산들바람이 풀 위에 잔물결을 일으키는 것 같았다. 무언가가 가까이에서 움직였다.

「잠깐 멈춰.」 〈목소리〉가 말했다.

애다이는 멈춰 섰다. 그의 손이 권총을 움켜잡았다.

「뭐야?」 하얗게 질린 애다이가 무뚝뚝하게 말했다. 모든 신경이 팽팽하게 긴장했다.

「집으로 돌아가 주면 고맙겠는데.」 애다이만큼 긴장한 〈목소리〉가 무뚝뚝하게 말했다.

「미안하지만 안 되겠어.」 애다이는 좀 쉰 〈목소리〉로 말하고, 혀로 입술을 축였다. 〈목소리〉는 그의 왼쪽 앞에 있는 것 같았다. 그쪽으로 권총을 쏘아서 운을 시험해 보면 어떨까?

「어디에 뭐하러 가는데?」 〈목소리〉가 물었다. 두 사람이 재빨리 움직였다. 애다이의 주머니에서 나온 햇살이 섬광처럼 번득였다.

애다이는 권총을 포기하고 잠시 생각했다.

「내가 어딜 가든, 네가 상관할 일이 아니야.」 그가 천천히 말했다. 그 말이 그의 입에서 채 떨어지기도 전에 팔이 그의 목을 휘감았다. 그는 등에 누군가의 무릎이 닿는 것을 느끼고, 뒤로 벌렁 나동그라졌다. 그는 꼴사납게 권총을 빼내어 아무렇게나 발사했다. 다음 순간, 그는 입을 얻어맞고 권총을 빼앗겼다. 그는 잡기 어려운 팔다리를 움켜잡으려 했지만 허사였고, 일어나려고 애썼지만 다시 넘어졌다.

「빌어먹을!」 애다이가 말했다. 〈목소리〉가 웃었다.

「총알 하나를 낭비하는 게 아니라면 지금 너를 죽일 텐데.」 〈목소리〉가 말했다. 애다이는 권총이 2미터쯤 떨어진 허공에 떠서 자신을 겨누고 있는 것을 보았다.

「뭐야?」 애다이가 일어나 앉으면서 말했다.

「일어나.」 〈목소리〉가 말했다.

애다이는 일어섰다.

「차렷.」 〈목소리〉가 말하고는 격렬하게 말을 이었다. 「무슨 꾀를 쓸 생각은 아예 하지도 마. 너는 내 얼굴을 볼 수 없지만 나는 네 얼굴을 볼 수 있다는 걸 명심해. 너는 이제 저 집으로 돌아가야 돼.」

「켐프가 들여보내 주지 않을걸?」 애다이가 말했다.

「그거 안됐군.」 투명 인간이 말했다. 「너하고는 말다툼할 이유가 없어.」

애다이는 다시 입술을 축였다. 그리고 권총의 총신에서 눈길을 돌려, 멀리 떨어진 바다를 보았다. 바다는 한낮의 태양 아래에서 짙푸르고 어두워 보였다. 매끄러운 초록빛 언덕, 벼랑 끝의 하얀 절벽, 다양한 요소로 이루어진 도시를 바라보던 그는 삶이 정말 아름답다는 것을 불현듯 깨달았다. 그의 눈은 2미터쯤 떨어진 하늘과 땅 사이에 매달려 있는 그 작은 금속으로 돌아왔다.

「내가 어떻게 하면 되지?」 그는 무뚝뚝하게 물었다.

「그럼 〈나〉는 어떻게 해야 하지?」 투명 인간이 되물었다. 「너는 가서 도움을 얻어. 유일한 문제는 네가 돌아가는 거야.」

「해볼게. 켐프가 나를 들여보내 주면, 문으로 돌진하지 않겠다고 약속해 주겠나?」

「너하고는 말다툼할 이유가 없어.」 〈목소리〉가 말했다.

켐프는 애다이를 내보낸 뒤 서둘러 위층으로 올라갔고, 지금은 깨진 유리 조각들 사이에 웅크리고 앉아서 서재의 창턱 너머로 밖을 조심스럽게 내다보다가 애다이가 〈보이지 않는 존재〉와 이야기를 나누고 있는 것을 보았다. 「왜 총을 안 쏘지?」 켐프는 혼잣말로 속삭였다. 그때 권총이 조금 움직이더니 햇빛이 섬광처럼 켐프의 눈 속에서 번득였다. 그는 눈 위에 차양을 만들어, 그 눈부신 빛의 근원을 보려고 애썼다.

「애다이가 권총을 넘겨준 모양이군.」 켐프가 말했다.

「문으로 돌진하지 않겠다고 약속해.」 애다이가 말하고 있었다. 「이기고 있는 게임을 너무 지나치게 밀어붙이지 마. 사람한테 기회를 줘.」

「집으로 돌아가. 분명히 말하지만 나는 아무것도 약속하지 않겠어.」

애다이는 갑자기 결심한 것 같았다. 그는 집 쪽으로 돌아서서 뒷짐을 지고 천천히 걸어왔다. 켐프는 어리둥절하여 그를 지켜보았다. 권총이 사라졌다가, 다시 시야에 잠깐 나타났다가 다시 사라졌다. 좀 더 자세히 살펴보니 권총은 애다이를 따라오고 있는 작고 검은 물체라는 게 분명해졌다. 그러다가 여러 가지 일이 아주 빠르게 일어났다. 애다이가 뒤로 펄쩍 뛰더니 홱 돌아서서 그 작은 물체를 움켜잡으려 했고, 그것을 놓쳤고, 두 손을 번쩍 들었고, 푸른색 연기를 공중에 남기며 앞으로 고꾸라졌다. 켐프는 총소리를 듣지 못했다. 애다이는 몸을 뒤틀다가 한 손으로 땅을 짚고 몸을 일으켰지만, 다시 앞으로 쓰러져 꼼짝도 않고 누워 있었다.

켐프는 조용히 무심하게 누워 있는 애다이의 자세를 잠시 바라보았다. 오후는 무덥고 바람 한 점 없이 잔잔했다. 집과 대문 사이의 관목 숲에서 서로 쫓고 쫓기며 술래잡기를 하고 있는 노란 나비 한 쌍을 제외하면 세상에서 움직이는 거라고는 아무것도 없는 것 같았다. 애다이는 대문 옆 잔디밭에 누워 있었다. 언덕길 아래쪽에 있는 집들은 블라인드를 모두 내렸지만, 작은 초록색 정자 안에 하얀 형체가 하나 누워 있었다. 노인이 낮잠을 자고 있는 게 분명했다. 켐프는 집 주위를 유심히 살피며 권총을 찾았지만, 권총은 흔적도 없이 사라졌다. 그의 눈이 애다이한테 돌아갔다. 게임이 시작되고 있었다.

그때 현관문에서 초인종 소리와 노크 소리가 들렸다. 마지막에는 요란하게 문을 두드렸지만, 하인들은 켐프의 지시에 따라 문을 잠근 채 방에 틀어박혀 있었다. 밖이 조용해졌다. 켐프는 앉아서 귀를 기울이다가 세 개의 창문에 하나씩 다가가서 조심스럽게 창밖을 내다보기 시작했다. 그는 계단 위로 가서 불안하게 귀를 기울이며 서 있었다. 그는 침실 부지깽이로 무장하고, 아래층 창문의 잠금장치를 다시 점검하러 갔다. 모든 것이 안전하고 조용했다. 그는 서재로 돌아갔다. 애다이는 그가 쓰러진 자갈밭 가장자리 너머에 꼼짝도 않고 누워 있었다. 집들 옆으로 난 길을 따라 하녀와 두 경찰관이 다가오고 있었다.

모든 것이 죽은 듯 잔잔했다. 세 사람은 아주 천천히 다가오고 있는 것 같았다. 켐프는 적이 어디서 뭘 하고 있는지 궁금했다.

켐프는 흠칫 놀랐다. 아래층에서 무언가가 부딪치는 소리가 났다. 그는 망설이다가 다시 아래층으로 내려갔다. 갑자기 집 안에 요란한 소리가 울려 퍼졌다. 묵직한 것으로 무언가를 내리치는 둔탁한 소리와 나무가 쪼개지는 소리였다. 그는 쨍그랑하는 소리와 쇠로 만든 덧문 잠금장치가 부서지는 소리를 들었다. 그는 열쇠를 돌려 부엌문을 열었다. 그 순간, 덧문이 쪼개지면서 파편이 안쪽으로 날아들었다. 그는 놀라서 멈춰 섰다. 창틀은 가로대 하나를 제외하고는 아직 무사했지만, 유리창은 이빨처럼 깔쭉깔쭉한 작은 조각만 창틀에 남아 있었다. 덧문은 도끼로 부서져서 안으로 밀려 들어왔고, 지금 도끼는 창틀과 그것을 보호하고 있는 철제 가로대를 빠르게 내리치고 있었다. 그러다가 갑자기 도끼가 옆으로 날아가 시야에서 사라졌다. 그는 권총이 바깥 도로에 놓여 있는 것을 보았고, 이어서 그 작은 무기가 공중으로 솟아오르는 것을 보았다. 그는 뒤로 몸을 피했다. 권총은 너무 늦게 발사되었고, 닫히고 있는 문의 가장자리에서 떨어져 나온 조각이 켐프의 머리 위로 휙 지나갔다. 켐프는 문을 쾅 닫고 자물쇠를 채웠다. 그가 거기에 서 있을 때, 밖에서 그리핀이 소리를 지르고 낄낄 웃는 소리가 들렸다. 이어서 도끼가 문을 쪼개고 내리치는 소리가 다시 시작되었다.

켐프는 복도에 서서 생각하려고 애썼다. 놈은 이제 곧 부엌에 들어올 거야. 이 문은 잠시도 놈을 막아 주지 못해. 그러면…….

다시 현관문에서 초인종이 울렸다. 경찰일 것이다. 켐프는 현관홀로 달려가 체인을 올리고 빗장을 열었다. 그는 하녀의 목소리를 확인한 뒤에야 체인을 내렸다. 세 사람은 한 덩어리가 되어 집 안으로 들어왔다. 켐프는 다시 문을 쾅 닫았다.

「투명 인간이에요!」 켐프가 말했다. 「놈은 권총을 갖고 있어요. 총알은 두 발 남았고요. 놈이 애다이를 죽였어요. 어쨌든 애다이를 쏘았어요. 잔디밭에서 애다이를 보지 못했나요? 거기 누워 있는데.」

「누가요?」 경찰관 하나가 물었다.

「애다이. 서장 말이오.」 켐프가 대답했다.

「우리는 뒷길로 돌아서 왔어요.」 하녀가 말했다.

「그 요란한 소리는 뭡니까?」 다른 경찰관이 물었다.

「놈이 부엌에 있어요. 아니, 이제 곧 부엌에 들어올 거예요. 놈이 도끼를 찾아내서…….」

투명 인간이 부엌문을 도끼로 내리치는 소리가 갑자기 집 안 가득 울려 퍼졌다. 하녀는 부엌 쪽을 바라보고 바들바들 떨면서 식당으로 뒷걸음쳤다. 켐프는 토막토막 끊어지는 문장으로 어떻게든 상황을 설명하려고 애썼다. 그들은 부엌문이 쪼개지는 소리를 들었다.

「이쪽으로.」 켐프가 외치면서 활동을 시작하여 경찰관들을 식당 안으로 밀어 넣었다.

「부지깽이.」 켐프는 말하고 벽난로 앞으로 달려가 부지깽이를 경찰들에게 하나씩 건네주었다. 그러다가 갑자기 뒤로 몸을 날렸다.

「야아!」 한 경찰관이 머리를 수그려 몸을 피하면서 부지깽이로 도끼를 막아 냈다. 권총이 마지막 한 발을 남기고 발사되어 귀중한 시드니 쿠퍼[48]의 그림을 찢었다. 두 번째 경찰관이 부지깽이로 작은 권총을 내리쳤다. 말벌을 잡을 때와 같은 몸짓이었다. 권총이 바닥에 떨어져 달그락 소리를 냈다.

첫 번째로 쾅 하는 소리가 들렸을 때, 하녀는 비명을 지르며 벽난로 옆에 잠시 서 있다가 덧문을 열려고 달려갔다. 아마 깨진 창문으로 달아날 생각이었을 것이다.

도끼가 복도로 물러가더니, 바닥에서 50센티미터쯤 떨어

48 토머스 시드니 쿠퍼(1803～1902). 영국의 풍경화가.

진 높이로 내려갔다. 그들은 투명 인간의 가쁜 숨소리를 들을 수 있었다.

「너희 둘은 저쪽에 가서 서 있어.」 그가 말했다. 「내가 원하는 건 저 켐프란 놈이야.」

「우리는 너를 원해.」 첫 번째 경찰이 말하고는 빠르게 앞으로 한 걸음 내디디면서 〈목소리〉를 향해 부지깽이를 휘둘렀다. 투명 인간은 뒤로 펄쩍 뛰어 물러났다. 그는 비틀거리며 우산꽂이에 부딪혔다. 부지깽이를 휘두른 경찰관이 겨냥한 목표를 맞히지 못하고 비틀거리자, 투명 인간은 도끼로 반격에 나섰다. 헬멧이 종이처럼 구겨지고, 경찰관은 부엌 계단이 시작되는 곳까지 날아가서 나동그라졌다. 하지만 두 번째 경찰관은 부지깽이로 도끼 뒤쪽을 겨냥했고, 부지깽이는 무언가 부드러운 것에 맞아서 딱 하는 소리를 냈다. 고통에 못 이겨 내지른 비명 소리와 함께 도끼가 바닥에 떨어졌다. 경찰관은 다시 허공을 향해 부지깽이를 휘둘렀지만, 이번에는 아무것도 맞히지 못했다. 그는 발로 도끼를 밟고 다시 부지깽이를 휘둘렀다. 그러고는 부지깽이를 치켜들고 아주 작은 움직임도 놓치지 않으려고 열심히 귀를 기울였다.

식당 창문이 열리는 소리가 나더니, 빠르게 달리는 발소리가 들렸다. 동료 경찰관이 몸을 굴려 일어나 앉았다. 눈과 귀 사이에서 피가 흘러내리고 있었다.

「놈은 어디 있나?」 바닥에 앉은 경찰관이 물었다.

「나도 몰라. 내가 놈을 때렸어. 현관홀 어딘가에 서 있을 거야. 놈이 자네 옆을 살짝 빠져나가지 않았다면. 박사님.」

침묵이 흘렀다.

「켐프 박사님.」 경찰관이 다시 불렀다.

두 번째 경찰관은 일어나려고 안간힘을 쓰다가 겨우 일어섰다. 갑자기 맨발의 발바닥이 부엌 계단을 내려가는 소리가 희미하게 들려왔다. 「얍!」 첫 번째 경찰관이 소리를 지르고는 당장 부지깽이를 그쪽으로 던졌다. 부지깽이는 벽에 달린 가스등 받침에 부딪혔다.

그는 투명 인간을 따라 아래층으로 내려가려다가 마음을 고쳐먹고 식당으로 들어갔다.

「켐프 박사님.」 그는 말을 시작하려다가 딱 멈추었다.

「박사님은 여기 있어.」 동료 경찰관이 그의 어깨 너머로 식당을 들여다보자 그가 말했다.

식당 창문은 활짝 열려 있었고, 하녀도 켐프도 보이지 않았다.

켐프에 대한 두 번째 경찰관의 의견은 간결하고 생생했다.

제28장

사냥당한 사냥꾼

교외 주택 소유자들 가운데 켐프 씨와 가장 가까운 이웃인 힐러스 씨는 켐프의 집에 대한 포위 공격이 시작되었을 때 자기 집 정자에서 낮잠을 자고 있었다. 힐러스 씨는 투명 인간에 대한 〈온갖 허튼소리〉를 일소에 부친 굳건한 소수 가운데 하나였다. 하지만 그의 아내는 나중에 그가 상기했듯이 투명 인간의 존재를 믿었다. 그는 아무 문제도 없는 것처럼 고집스럽게 정원을 돌아다녔고, 오랫동안 해온 습관에 따라 오후에는 낮잠을 자러 갔다. 창문이 깨지고 있을 때도 그는 계속 잠을 잤지만, 무언가가 잘못됐다는 야릇한 확신과 함께 갑자기 잠에서 깨어났다. 그는 켐프의 집을 건너다보고, 눈을 비빈 다음 다시 보았다. 그러다가 두 발을 땅에 내려놓고 앉아서 귀를 기울였다. 그는 자기가 저주받았다고 말했지만, 그래도 여전히 이상한 게 보였다. 켐프의 집은 — 격렬한 폭동이 일어난 뒤 — 몇 주 동안이나 버려진 것처럼 보였다. 창문은 모두 부서졌고, 2층 서재를 제외한 모든 창문이 안쪽에서 내린 덧문으로 가려져 있었다.

「저 집은 멀쩡했다고 맹세할 수도 있어.」 그가 회중시계를 들여다보고 말을 이었다. 「20분 전에는 틀림없이 멀쩡했어.」

그는 멀리 떨어진 곳에서 한결같은 충격과 유리가 댕댕 울리는 소리를 의식하게 되었다. 그가 입을 딱 벌리고 앉아 있을 때, 그보다 훨씬 놀라운 일이 일어났다. 식당 창문의 덧문이 난폭하게 홱 열리더니 야외용 모자를 쓰고 외출복을 입은 하녀가 나타나 미친 듯이 창틀을 위로 밀어 올리려 했다. 갑자기 한 사내가 하녀 옆에 나타나 그녀를 거들었다. 켐프 박사! 다음 순간 창문이 열렸고, 하녀는 버둥거리며 창문으로 기어 나왔다. 앞으로 고꾸라진 하녀는 떨기나무 사이로 허둥지둥 사라졌다. 힐러스 씨는 일어나서 이 놀라운 광경을 바라보며 뭐라고 소리를 질렀다. 그는 켐프가 창틀에 올라서서 밖으로 뛰어내린 뒤, 곧 다시 나타나서 관목 숲의 오솔길을 따라 달려가는 것을 보았다. 켐프는 남의 눈에 띄는 것을 피하려는 듯 몸을 굽히고 달렸다. 켐프는 노란 등나무 뒤로 사라졌다가 다시 나타나, 탁 트인 언덕과 인접해 있는 울타리를 기어올랐다. 그는 순식간에 울타리에서 굴러떨어져, 놀랄 만큼 빠른 속도로 힐러스 씨를 향해 비탈을 뛰어 내려왔다.

「맙소사!」 힐러스 씨가 외쳤다. 문득 어떤 생각이 떠오른 것이다. 「투명 인간이야! 결국 그 소문이 맞았군!」

힐러스 씨는 생각하는 동시에 행동하는 사람이었다. 꼭대기층 창문에서 그를 지켜보고 있던 요리사는 그가 시속 15킬로미터의 놀라운 속도로 집을 향해 달려오는 것을 보고 깜짝 놀랐다.

「주인어른은 겁내지 않는 줄 알았는데.」 요리사가 말했다. 「메리, 이리 와!」

문을 쾅 닫는 소리, 종소리, 힐러스 씨가 황소처럼 울부짖는 소리가 연달아 들렸다.

「문을 모두 닫아! 창문도 모두 닫아! 전부 다 닫아! 투명인간이 오고 있다!」 당장 집 안이 비명 소리와 지시를 내리는 소리, 종종걸음 치는 발소리로 가득 찼다. 힐러스 씨는 베란다로 열려 있는 프랑스식 창문을 직접 닫으려고 달려갔다. 그때 켐프의 머리와 어깨와 무릎이 정원 울타리 위로 나타났다. 다음 순간, 켐프는 아스파라거스 사이를 뚫고 테니스장을 가로질러 집 쪽으로 달려오고 있었다.

「당신은 들어올 수 없어요.」 힐러스 씨가 빗장을 지르면서 말했다. 「그놈이 당신을 뒤쫓고 있다면, 정말 유감이지만 당신은 들어올 수 없어요!」

켐프는 공포에 질린 얼굴로 유리창 앞에 나타나 프랑스식 창문을 두드리다가 이윽고 미친 듯이 창문을 흔들기 시작했다. 하지만 아무리 흔들어도 소용없다는 것을 알고는 베란다를 따라 달려가더니, 베란다 끝을 훌쩍 뛰어넘어 옆문을 탕탕 두드리기 시작했다. 그러다가 옆문 옆을 지나 집을 빙 돌아서 집 앞쪽으로 달려가더니 언덕길로 뛰어나갔다. 공포에 질린 얼굴로 창문에서 지켜보고 있던 힐러스 씨는 켐프가 사라지는 것을 보자마자, 보이지 않는 발에 아스파라거스가 이리저리 짓밟히고 있는 것을 보았다. 그것을 본 힐러스 씨는 황급히 위층으로 달아났고, 그 후 추적은 그의 시야를 벗어난 곳에서 이루어졌다. 하지만 그가 계단 창문을 지나가고 있을 때 옆문이 쾅 하고 닫히는 소리를 들었다.

켐프는 언덕길로 들어서자, 자연히 아래로 내려가는 쪽을 택했다. 그래서 그는 겨우 나흘 전[49]에 서재에서 그토록 비판적인 눈으로 지켜보았던 경주를 이번에는 자기가 직접 뛰게 되었다. 그는 훈련을 받지 않은 사람치고는 제법 잘 뛰었다. 얼굴은 창백하고 땀에 젖어 있었지만, 머리는 끝까지 냉정했다. 그는 성큼성큼 달렸고, 울퉁불퉁한 땅이 달리기를 방해할 때마다, 단단한 부싯돌이 땅에 노출되어 있을 때마다, 깨진 유리 조각이 눈부시게 빛날 때마다, 그는 일부러 그곳을 가로질러, 그를 바싹 따라오는 눈에 보이지 않는 맨발이 그의 노선을 그대로 택하게 했다.

난생처음으로 켐프는 언덕길이 형언할 수 없을 만큼 거대하고 황량하다는 것, 저 아래 언덕 기슭에서 시작되는 도시가 이상하게 멀다는 것을 알았다. 달리기보다 더 느리거나 더 고통스러운 전진 방법은 존재하지 않았다. 오후의 햇볕 속에서 잠들어 있는 음산한 교외 주택들은 모두 자물쇠를 잠그고 빗장을 지른 것 같았다. 그것은 그 자신의 명령에 따른 게 분명했다. 하지만 그래도 어쨌든 이런 만약의 사태에 대비하여 밖을 계속 감시했을지도 모른다. 도시는 이제 깨어나고 있었다. 도시 뒤에 있는 바다는 차츰 시야에서 사라졌다. 저 아래 도시에서는 사람들이 움직이기 시작하고 있었다. 철

49 실제로는 이틀 전이었다.

도마차가 방금 언덕 기슭에 도착했다. 그 너머에 경찰서가 있었다. 뒤에서 들리는 건 발소리인가? 그는 마지막으로 분발하여 속도를 높였다.

아래쪽에서 사람들이 그를 쳐다보고 있었다. 한두 명은 달리고 있었다. 숨이 목구멍 안에서 톱질하듯 움직이기 시작했다. 이제 철도마차는 아주 가까운 거리에 있었다. 선술집 〈유쾌한 크리켓 선수들〉이 시끄러운 소리를 내며 문에 빗장을 지르고 있었다. 철도마차 너머에는 말뚝과 자갈 더미가 있었다. 하수도 공사를 하는 중이었다. 철도마차에 뛰어올라 문을 쾅 닫아 버릴까 하는 생각이 얼핏 머리를 스치고 지나갔지만, 그는 경찰서로 가기로 결심했다. 다음 순간 그는 〈유쾌한 크리켓 선수들〉의 문 앞을 지나, 물집이 생길 만큼 뜨거운 길 끝에서 사람들에게 둘러싸였다. 철도마차를 모는 마부와 차장이 — 맹렬히 서두르는 그를 보고 호기심에 사로잡혀 — 말을 마차에서 풀어 준 채, 멍하니 서서 그를 바라보았다. 그 너머에서 하수도 공사를 하고 있던 인부들의 놀란 얼굴이 자갈 더미 위로 나타났다.

그의 속도가 조금 느려졌다. 그러자 추적자의 빠른 발소리가 들렸다. 그래서 그는 다시 앞으로 뛰쳐나갔다. 「투명 인간이다!」 그는 막연히 뒤쪽을 가리키는 몸짓을 하면서 인부들에게 외치고, 영감에 따라 하수도 공사장의 구덩이를 뛰어넘어 건장한 인부들을 자신과 추적자 사이에 배치했다. 그는 경찰서로 가겠다는 생각을 버리고, 좁은 옆길로 구부러져 청과물 장수의 수레 옆을 서둘러 지나갔다. 그리고 캔디 가게

앞에서 10분의 1초쯤 망설이다가, 다시 간선 도로인 힐스트리트로 돌아가는 골목 어귀를 향해 달려갔다. 여기서는 어린아이 두세 명이 놀고 있다가, 그가 갑자기 나타나자 비명을 지르며 뿔뿔이 흩어져 달아났다. 그러자 당장 문과 창문들이 열리고, 흥분한 어머니들이 관심을 드러냈다. 그는 다시 힐스트리트로 뛰어들었다. 철도마차가 다니는 궤도 끝에서 3백 미터쯤 떨어진 곳이었다. 거리로 나가자마자 시끄러운 고함 소리가 들리고, 사람들이 달리는 것이 보였다.

그는 언덕 쪽을 힐끗 바라보았다. 10미터도 채 떨어지지 않은 곳을 덩치 큰 인부가 욕설을 내뱉고 삽을 마구 휘두르며 달려가고 있었다. 바로 그 뒤를 철도마차의 차장이 두 주먹을 불끈 쥐고 따라갔다. 다른 사람들도 주먹을 휘두르고 고함을 치며 두 사람을 따라갔다. 남자와 여자들은 읍내 쪽으로 달리고 있었다. 그는 한 남자가 손에 지팡이를 쥐고 어느 가게 문에서 나오는 것을 알아차렸다.

「넓게 퍼져! 넓게 퍼져!」 누군가가 외쳤다.

켐프는 추적의 상황이 달라진 것을 갑자기 깨달았다. 그는 멈춰 서서 주위를 둘러보며 헐떡거리는 〈목소리〉로 외쳤다.

「놈이 이 근처에 있다! 길을 질러서 한 줄로 늘어서!」

「아하!」 어떤 목소리가 외쳤다.

그는 귀 밑을 호되게 얻어맞고 비틀거리면서, 보이지 않는 적을 돌아보려고 애썼다. 그는 간신히 몸의 균형을 되찾자 허공을 향해 주먹으로 반격을 시도했지만 허사였다. 그는 다시 턱 밑을 얻어맞고 땅바닥에 벌렁 나자빠졌다. 다음 순간,

보이지 않는 무릎이 그의 횡격막을 꽉 눌렀다. 두 개의 손이 그의 목을 움켜잡았지만, 한 손이 다른 손보다 힘이 약했다. 그가 두 손목을 움켜잡자 공격자가 고통스러운 비명을 질렀다. 그때 인부의 삽이 빙빙 돌면서 공중을 날아와, 그의 위쪽에 있는 무언가와 부딪치면서 둔탁한 소리를 냈다. 그는 무언가 축축한 것이 얼굴에 떨어지는 것을 느꼈다. 목을 움켜쥔 손이 갑자기 느슨해졌다. 켐프는 발작적으로 몸을 움직여 적의 손아귀에서 빠져나오자, 힘없이 축 늘어진 어깨를 움켜잡고 몸을 굴렸다. 그는 보이지 않는 팔꿈치 두 개를 땅바닥 가까이에서 단단히 붙잡았다.

「놈을 잡았다!」 켐프가 외쳤다. 「도와줘! 놈을 잡아 줘! 놈은 땅바닥에 쓰러졌어! 놈의 발을 잡아!」

다음 순간, 여러 사람이 동시에 달려왔다. 이때 아무것도 모른 채 길거리로 불쑥 나온 사람은 유별나게 난폭한 럭비 경기가 벌어지고 있는 모양이라고 생각했을지도 모른다. 그리고 켐프의 외침 소리가 난 뒤에는 아무도 소리를 지르지 않았다. 들리는 소리라고는 때리는 소리와 발소리와 가쁜 숨소리뿐이었다.

그때 투명 인간이 용을 써서 두어 명의 적을 내던진 뒤, 무릎으로 일어섰다. 켐프는 수사슴을 공격하는 사냥개처럼 앞에서 그에게 달라붙었고, 여남은 개의 손이 보이지 않는 투명 인간을 움켜잡고 할퀴고 쥐어뜯었다. 철도마차 차장이 갑자기 투명 인간의 목과 두 어깨를 잡고 뒤로 끌어당겼다.

사람들은 다시 땅바닥에서 서로 뒤엉켜 싸웠고, 누워서 뒹

굴었다. 난폭하게 발로 몇 번 걷어차기도 한 것 같다. 그때 갑자기 「제발 그만하세요! 제발!」 하는 거친 비명 소리가 들려왔다. 그 소리는 빠르게 잦아들어 목이 멘 듯한 소리로 변했다.

「물러서, 이 바보들아!」 켐프가 외쳤다. 건장한 남자들이 난폭하게 뒤로 떼밀렸다. 「그 사람은 다쳤어. 뒤로 물러서!」

공간을 만들기 위해 잠깐 드잡이가 벌어졌다. 이윽고 빙 둘러선 사람들은 박사가 땅에서 35센티미터쯤 올라온 허공에 무릎을 꿇고 보이지 않는 두 팔을 꽉 잡는 것을 열심히 지켜보았다. 그의 뒤에서 순경이 눈에 보이지 않는 두 발목을 움켜잡았다.

「그놈한테서 손을 떼지 마세요.」 덩치 큰 인부가 피 묻은 삽을 쥔 채 소리쳤다. 「놈은 다친 체하고 있어요.」

「체하는 게 아니오.」 박사가 무릎을 조심스럽게 들어 올리면서 말했다. 「내가 잡고 있겠소.」 그의 얼굴은 멍들었고, 벌써 붉어지고 있었다. 입술에서 피가 흐르고 있어서 말이 분명치 않았다. 그는 한 손을 떼어 보이지 않는 얼굴을 더듬고 있는 것 같았다. 「입이 흠뻑 젖어 있군.」 그가 갑자기 소리쳤다. 「아니, 이런!」

그는 벌떡 일어났다가 보이지 않는 형체 옆에 다시 무릎을 꿇었다. 새로 몰려온 구경꾼들 때문에 군중의 압력이 늘어나자 밀치락달치락하는 소리와 발을 질질 끄는 소리, 무거운 발소리가 들렸다. 이제 사람들이 집에서 나오고 있었다. 〈유쾌한 크리켓 선수들〉의 문이 갑자기 활짝 열렸다. 입을 여는 사람은 거의 없었다.

캠프는 여기저기를 더듬거렸지만, 그의 손은 빈 공간을 지나는 것처럼 보였다.

「숨을 쉬지 않아.」 그가 말했다. 「심장 고동을 느낄 수 없어. 옆구리가 — 악!」

덩치 큰 인부의 팔 밑으로 들여다보고 있던 노파가 갑자기 비명을 질렀다. 「저것 봐!」 노파가 외치면서 주름진 손가락 하나를 내밀었다.

노파가 가리키는 곳을 본 사람들은 흐릿한 손의 윤곽을 보았다. 그 손은 유리로 만든 것처럼 투명해서 정맥과 동맥, 뼈와 신경까지 분간할 수 있었지만, 손바닥을 엎은 채 힘없이 축 늘어져 있었다. 사람들이 지켜보고 있는 사이에 그 손은 점점 흐려지고 불투명해졌다.

「오오!」 순경이 외쳤다. 「이제 발도 나타나고 있어!」

손과 발에서 시작된 그 야릇한 변화는 팔다리를 지나 몸의 중심부로 서서히 번지고 있었다. 마치 독이 천천히 퍼지는 것 같았다. 우선 하얗고 가느다란 신경이 나타나고, 팔다리의 윤곽이 흐릿한 잿빛으로 나타나고, 흐릿한 뼈와 복잡한 동맥이 나타난 다음, 살과 피부가 처음에는 안개처럼 희미하게 나타났다가 빠르게 밀도가 높아지고 불투명해졌다. 사람들은 곧 그의 으깨진 가슴과 두 어깨를 볼 수 있었고, 일그러지고 찌그러진 얼굴도 볼 수 있었다.

마침내 군중이 길을 내주어 캠프가 똑바로 일어섰을 때, 땅바닥에는 서른 살쯤 된 젊은이의 멍들고 찢긴 몸이 알몸으로 비참하게 누워 있었다. 그의 머리털과 수염은 새하얬다. 나이가 들어서 하얗게 센 것이 아니라 선천성 색소 결핍증 때문이었다. 그의 눈은 진홍빛 석류석 같았다. 그는 두 손을 움켜쥐고, 눈을 크게 뜨고, 화나고 당황한 표정을 짓고 있었다.

「얼굴을 덮어요!」 한 남자가 말했다. 「제발 그 얼굴을 덮어 주세요!」

세 아이가 군중 사이를 뚫고 앞으로 나왔지만, 사람들이 얼른 아이들을 돌려세우고 다시 밖으로 쫓아냈다.

누군가가 〈유쾌한 크리켓 선수들〉에서 침대 시트 한 장을 가져왔다. 사람들은 그를 시트로 덮고 그 집으로 운반했다. 그리고 어두컴컴한 불이 켜진 그 집 침실의 낡은 침대 위에서 투명 인간의 기묘한 실험은 막을 내렸다.

에필로그

투명 인간의 기묘하고 사악한 실험 이야기는 이렇게 끝난다. 그에 대해 더 많이 알고 싶으면 포트스토 근처의 작은 여인숙에 가서 주인과 이야기를 나누어야 한다. 여인숙 간판에는 모자와 장화만 그려져 있고, 여인숙 이름은 이 이야기의 제목과 같다. 주인은 땅딸막한 체구에 코가 원통 모양으로 튀어나왔고, 머리털은 철사 같고, 얼굴이 이따금 불그레해진다. 거기서 술을 많이 마시면, 주인은 그때 이후 그에게 일어난 모든 일과 변호사들이 어떻게 그를 속여서 재산을 빼앗으려 했는지를 인심 좋게 말해 줄 것이다.

「어느 돈이 누구의 것인지 입증할 수 없다는 것을 알았을 때, 어이쿠! 놈들이 나를 주인 없는 재산[50]처럼 취급하려 들지만 않았다면! 내가 주인 없는 재산처럼 보입니까? 그때 어떤 신사가 엠파이어 뮤직홀[51]에서 그 이야기를 해주면 하룻

50 영국 법률에서는 지하에 매장된 상태로 발견된 보물이나 주인을 알 수 없는 물건은 국왕의 재산이 되지만, 그것을 발견한 사람은 대개 보상을 받는다.

밤에 1기니씩 주겠다고 합디다. 내 마음대로 말하기만 하면 된다는 거예요. 한 가지만 빼고.」

줄줄 흘러나오는 그의 회고를 갑자기 중단시키고 싶으면, 손으로 쓴 비망록 세 권은 이야기에 나오지 않느냐고 묻기만 하면 된다. 그는 비망록이 있었다고 인정하고, 누구나 〈그〉가 비망록을 가지고 있는 줄 안다고 단언하면서 사정을 설명하기 시작한다.

「세간에서는 모두 그렇게 알고 있지만, 말도 안 돼요. 나는 갖고 있지 않아요. 내가 포트스토로 황급히 달아났을 때, 투명 인간이 그 공책들을 가져가서 감추었지요. 〈내〉가 그 비망록을 갖고 있다는 생각을 사람들한테 심어 준 건 켐프 씨예요.」

그런 다음 수심에 잠긴 상태로 들어가 몰래 당신을 관찰하고, 신경질적으로 돌아다니며 술잔을 치우고, 그러고는 곧 술청을 떠난다.

그는 총각이다. 그의 취향은 언제나 독신 남자다웠고, 집에 여자는 전혀 없다. 겉에는 단추가 달린 옷을 입지만 — 사람들은 그것을 당연한 일로 생각한다 — 좀 더 중요하고 은밀한 부분 — 예를 들면 바지 멜빵 따위 — 에서는 아직도 끈에 의존한다. 그는 진취적인 사업 계획 따위는 없지만, 매

51 레스터 광장의 엠파이어 극장은 1877년부터 1927년까지 런던에서 가장 유명한 뮤직홀 가운데 하나였다. 호화로운 쇼로도 유명하지만, 매춘부들의 활동에 대해 불만이 제기된 뒤 1894년에 허가가 취소되자 소동이 일어난 것으로도 악명이 높다. 이 극장은 1896년에 〈시네마토그래프(영화)〉 쇼 프로그램을 시작했다.

우 단정하고 질서 있게 여인숙을 운영한다. 그는 몸놀림이 느리고 생각을 많이 한다. 하지만 그는 마을에서 지혜롭고 존경할 만한 절약 정신으로 평판이 나 있다. 잉글랜드 남부 도로에 대한 그의 지식은 코빗[52]도 따라오지 못할 것이다.

일요일에는 가게 문을 닫고 세상과 단절하지만, 1년 내내 한 주도 빼놓지 않고 매주 일요일 아침마다, 그리고 날마다 밤 10시가 지나면 진에 물을 탄 연한 빛깔의 술잔을 들고 술청으로 들어간다. 술잔을 내려놓고 문을 잠그고 블라인드를 점검하고 탁자 아래까지 살펴본다. 아무도 없이 혼자라는 것을 확인하면, 잠긴 벽장문을 열고, 벽장 안에 들어 있는 금고를 열고, 그 금고 안에 설치된 서랍을 열고, 갈색 가죽으로 장정된 비망록 세 권을 꺼내 탁자 한가운데에 진지하게 내려놓는다. 표지는 비바람에 상했고 바닷말 같은 초록색을 띠고 있다. 한때는 도랑 속에 잠겨 있었고, 일부 책장은 더러운 물에 씻겨 글자가 다 지워져 버렸기 때문이다. 여인숙 주인은 안락의자에 앉아서 기다란 피이프에 천천히 담배를 채우며 비망록을 만족스럽게 바라본다. 그런 다음 한 권을 펼쳐 놓고 읽기 시작한다. 책장을 뒤로 넘기기도 하고 앞으로 넘기기도 하면서 열심히 연구한다.

그는 미간을 찌푸리고 입술을 고통스럽게 움직인다.

「16진법, 2는 미확정, 교차, 그리고 시시한 일. 어이쿠! 그 사람은 정말 머리가 좋았어!」

52 윌리엄 코빗(1763~1835). 영국의 급진적인 저널리스트. 『시골 여행』(1830)에서 영국 남부를 두루 돌아다닌 여행을 묘사했다.

그는 곧 긴장을 풀고 뒤로 기대어, 담배 연기를 통해 다른 사람들의 눈에는 보이지 않는 무언가를 깜박거리는 눈으로 바라본다.

「이건 비밀로 가득 차 있어. 놀라운 비밀! 내가 그 비밀을 알아낸다면 — 어이쿠! 나는 〈그 사람〉처럼 하지는 않을 거야. 나는 잘해 낼 거야!」

그는 파이프를 피운다.

그렇게 꿈속으로 들어간다. 자신의 삶에 대한 영원불멸의 멋진 꿈속으로 들어간다. 켐프는 끊임없이 비망록을 찾아다녔고 애다이는 열심히 캐물었지만,[53] 여인숙 주인 말고는 아무도 그 비망록이 거기에 있다는 것을 알지 못한다. 비망록에는 불가시성의 미묘한 비밀을 포함하여 여남은 가지의 비밀이 적혀 있다. 주인이 죽을 때까지 다른 사람은 아무도 비망록에 대해 알지 못할 것이다.

53 애다이는 제27장에서 총에 맞았다. 아마 죽었을 것이다.

역자 해설

보이지 않는 인간이 보여 주는 것들

허버트 조지 웰스Herbert George Wells는 한 시대를 대표하는 다재다능한 인물이었다. 그는 19세기 말부터 20세기 중엽에 걸친 격동기에 문학과 과학과 정치 분야에서 큰 발자취를 남긴 거인이었다. 그를 어떤 호칭으로 부르는 것이 가장 어울릴지는 지금도 논란거리인데, 생각나는 것만 들어 보아도 풍속 소설가, 저널리스트, SF(과학 소설) 작가, 백과전서가, 역사가, 사회주의자, 대중계몽가, 과학자, 유토피안, 페미니스트, 예언자 등등 끝이 없을 정도다. 하지만 어떤 호칭을 붙여도 웰스는 그 범주에서 벗어나 버린다. 영국 박물관의 도서 목록에는 웰스의 이름 밑에 기입되어 있는 항목이 무려 6백 개에 이른다고 한다. 그 방대한 저작에서 그가 다루지 않은 주제는 거의 없다고 말할 수 있을 정도다. 당시 세계에서 이슈가 된 모든 사안이 그의 사고의 그물에 걸렸다고 말할 수 있을 것이다. 지구상의 사건이 문자 그대로 〈글로벌〉하게 문제가 되고, 모든 학문 분야의 원리가 재검토되고 있는 오늘날, 웰스의 발자취는 재검토할 만하다.

그의 생애를 대충 기술하기 전에 웰스에 대한 비평을 인용할 테니, 누구의 글인지 추측해 보시라.

웰스는 일반 문제의 평론가로서는 요설이고, 소설가로서는 더욱 웅변이었다. 그는 과학적 이야기를 썼지만, 그 참신함은 지식의 진보 때문에 오래전에 사라져 버렸다. 또한 소설도 썼지만, 동시대의 골즈워디John Galsworthy나 베넷Enoch Arnold Bennett의 작품이 갖는 풍속 묘사의 정확성이 부족하고, 또한 서머싯 몸William Somerset Maugham의 『어셴덴*Ashenden*』 같은 작품이나 당시의 젊은 미국 작가들에게서 볼 수 있는 그 무자비한 진솔함도 부족하다. 웰스의 본질은 폭력과 열광, 애국, 당파, 생명, 감정의 홍수를 본능적으로 혐오한 지식인이다. 그가 감정을 다룰 때는 걸핏하면 불성실한 태도를 취했다. 그가 품은 치열한 감정은 지적 허위나 도덕적 허위에 대한 차가운 분노였다. 그는 문학적인 것을 썼지만, 예술가라기보다는 오히려 과학자였다. 현재 그의 작품은 거의 남아 있지 않지만, 그나마 이런 사람이 없었다면 오늘날 우리 문명의 공통된 기반은 형성되지 않았을 것이다.

이 글은 웰스가 1936년에 『리스너*The Listener*』(1929~1991년에 발간된 주간지)의 청탁으로 쓴 자신의 〈부고 기사〉다. 이만큼 자신을 객관화할 수 있었던 유머리스트, 방대한 백과사전적 지식을 가지고 있으면서도 이만큼 허식이 없는 사람도 드물었다고 말할 수 있을 것이다. 웰스는 60년 가까운 저작 생활에서 서로 모순되는 글을 쓰고, 실생활에서도 많은 애인을 사귀는 등, 세간의 상식으로 보면 분열증적 행동을 보이기도 했다. 하지만 그는 그런 자신을 포함한 인간의 자아 분열에 결코 눈을 감지 않았다. 아니, 통일된 인격의 기초를 이루는 자아라는 관념조차 의심하고 있었다. 특히 웰스는 개인으로서의 인간보다는 사회생활을 영위하는 생물의 한 종으로서의 인간에 관심이 많았다. 이 종으로서의 인간의 존속이 세계적으로 위태로워지고 있는 오늘날, 웰스를 다시 읽는 것도 뜻있는 일이 아닐 수 없다.

그러면, 다윈의 진화론에 짙게 물든 세기말에서 원자력이 등장한 시대까지 거의 1세기에 가까운 웰스의 생애를 살펴보자.

웰스는 영국 켄트 주 브럼리에서 1866년 9월 21일 태어났다. 아버지 조지프Joseph Wells는 작은 가게를 운영하면서 도자기나 파라핀, 크리켓 도구 따위를 팔았지만, 장사가 시원치 않아서 직업 크리켓 선수로 돈을 벌어 생활을 꾸려 가고 있었다. 어머니 세러 닐Sarah Neal은 서식스의 주막집 딸이었고, 결혼하기 전에는 어파크 저택(페더스턴하프 집안의 시골 별장)에서 하녀로 일한 적도 있었다. 성격은 내성적이고 고지식할 만큼 성실했다. 소년 시절에 버티Bertie라는 애칭으로 불린 웰스는 아버지한테 독서 습관을 물려받아 브럼리 도서관을 자주 이용했다고 한다.

그는 브럼리에서 초등학교를 졸업하고 몰리 상업 학교에 진학했다. 하지만 아버지의 장사가 잘 되지 않아서, 한때는 오스트레일리아로 이주할 생각까지 했을 정도다. 웰스가 11세 때 아버지가 다리에 골절상을 입어 크리켓 선수로 활동할 수 없게 되자 생활 형편은 더욱 나빠졌다. 결국 1880년에 웰스의 어머니는 어파크 저택에서 다시 하녀로 일하게 되었고, 웰스도 수습 점원으로 일하게 되었다. 그가 일한 가게는 윈저에 있는 포목점이었다. 이 무렵 웰스의 두 형은 이미 포목 행상으로 자립해 있었다. 하지만 웰스는 점원 일이 아무래도 마음에 들지 않았고, 두 달도 지나기 전에 가게 주인은 웰스의 어머니에게 아들을 도로 데려가라는 편지를 보냈다.

그는 어머니가 하녀로 일하고 있는 어파크 저택에 한동안 얹혀살았다. 여기서 그는 상류 계층의 생활을 가까이에서 보고, 비로소 영국 계급 제도의 실체를 알았다. (1909년에 발표한 풍속 소설 『토노-번게이*Tono-Bungay*』에서 웰스는 어파크 같은 귀족의 저택을 모르는 사람은 영국 사회에서 방향을 측정할 단서를 잃고 영원히 길을 헤매는 거나 마찬가지라고 말했다.) 동시에 그는 이 저택의 도서실에서 플라톤Platon과 기번Edward Gibbon, 볼테르Voltaire의 저작을 접했다. 1881년에 그는 잠시 약국에서 수습 점원으로 일했다. 처방전을 읽기 위해 라틴어를 공부할 수 있다고 기뻐했지만 곧 해고를 당하고 다시 어파크 저택에 얹혀살다가 지방의 그래머스쿨에 기숙생으로 입학했다. 웰스는 좋아하는 공부를 할 수 있다고 의욕에 넘쳤지만, 운명은 그에게 냉혹했다. 어머니는 그를 위해 다시 포목점에 일자리를 찾아냈다. 이번에는 5년 계약이었지만, 웰스는 일이 마음에 들지 않아서 끊임없이 동료나 주인과 충돌했다. 2년 동안 참고 견디다가 결국 도망쳐 나온 웰스를 어머니는 쉽게 용서해 주지 않았다. 어려운 형편에서도 어머니는 40파운드를 취직 보증금으로 이미 포목점에 지불했기 때문이다.

그 후 웰스는 미드허스트에서 그래머스쿨의 보조 교사로 일하게 되었는데, 이것은 그에게 큰 전환점이었다. 상인의 세계에서 성장한 그가 진정한 학문으로서의 과학에 눈을 뜬 것은 이 학교에 있을 때였다. 여기서 그는 열심히 공부하여 장학금을 받아 1884년에는 런던의 사우스켄징턴에 있는 과학 사범 학교에 입학할 수 있었다. 3년 동안 웰스는 물리학, 화학, 생물학, 지질학을 공부했지만, 특히 생물학에서는 당시의 위대한 학자인 T. H. 헉슬리Thomas Henry Huxley에게 큰 영향을 받았다. 그는 타고난 노력가였지만, 하층 계급의 비참하고 비좁은 세계에서 탈출하고 싶은 소망도 있어서 공부를 게을리하지 않았다. 하지만 사촌 누이인 이사벨Isabel Mary Wells과 사랑에 빠져 생활에 쫓긴 나머지 학업을 소홀히했고, 그 결과 시험에 낙제하여 학위를 받지 못했다. 이 무렵부터 웰스의 관심은 과학에서 정치와 문학으로 옮아갔고, 윌리엄 모리스William Morris와 버나드 쇼George Bernard Shaw 같은 사회주의자들의 집회에 참석하게 되었다. 1889년에 웰스는 동화작가 A. A. 밀른Alan Alexander Milne의 아버지가 경영하는 학교에서 임시 교사로 교편을 잡았다. 1891년에 이사벨과 결혼했지만, 이것은 그에게 잘못된 출발이었다. 이사벨과 웰스는 처음부터 성격이 맞지 않았다. 1891년부터 1893년까지 웰스는 주급 4파운드를 받고 통신 교육 대학에서 생물학을 가르치게 되었고, 또 한편으로는 에세이나 단편 습작을 학교 잡지에 발표했는데, 그중에는 그가 문단에서 입지를 굳히는 계기가 된 「타임머신The Time Machine」의 습작인 「〈크로닉 아르고〉호The Chronic Argonauts」도 포함되어 있었다. 당시에는 이데올로기로서 진화론이 마르크스주의보다 더 큰 세력을 갖고 있었고, 그 영향으로 사람들이 인류 사회의 과거와 미래라는 문제에 깊은 관심을 쏟고 있었다. 또한 전문가들 사이에서는 사차원이 가장 진지하게 논의된 시대이기도 했다. 사차원을 주제로 공개 토론회도 열렸고, 웰스도 몇 번 토론을 들으러 갔다. 『타임머신』은 진화론과 사차원론 그리고 인생에 대한 웰스 자신의 좌절감과 세기말적 우수가 결합하여 탄생한 작품이다.

1893년에 웰스는 생물학 교과서를 출간했고, 『포트나이틀리 리뷰*Fortnightly Review*』의 편집을 맡고 있던 프랭크 해리스와 「내셔널 옵서버National Observer」의 W. E. 헨리William Ernest Henley 등에게 발굴된 것이 계기가 되어 「팰맬 가제트Pall Mall Gazette」나 『네이처*Nature*』 같은 일류 잡지에 정기적으로 기고하게 되었다.

1895년, 즉 『타임머신』으로 화려하게 데뷔한 해에 웰스와 이사벨의 이혼이 성립하여, 웰스는 통신 교육 대학 시절의 제자인 에이미 캐서린 로빈스Amy Catherine Robbins와 재혼

했다. 캐서린은 그 후 웰스의 거듭된 여성 편력에도 불구하고 1927년에 죽을 때까지 아내의 자리를 지켰다. 같은 해에 중편소설 『놀라운 방문객*The Wonderful Visit*』과 단편집 『도둑맞은 세균*The Stolen Bacillus*』이 나왔다. T. S. 엘리엇Thomas Stearns Eliot의 표현을 빌리면 〈1등칸에서도 3등칸에서도 애독되는〉 작가가 된 웰스는 그 후 5년 동안 『투명 인간*The Invisible Man*』을 비롯한 여섯 편의 작품을 쓰고, 1900년에는 3천 파운드를 들여 당시의 일류 건축가에게 의뢰하여 켄트주의 샌드게이트라는 바닷가에 〈스페이드 하우스〉라는 호화 저택을 지었다. 웰스는 어떤 의미에서는 행운아였다. 그의 친구이고 그와 비슷한 처지에 있었던 조지 기싱George Robert Gissing이 돈과 여자 때문에 고생하고, 그의 작품이 언제까지나 햇빛을 보지 못한 것과는 대조적이다.

웰스는 스페이드 하우스에 정착하자 정력적으로 소설과 평론을 쓰는 한편, 당대의 일류 문인들과도 폭넓게 교류하게 되었다. 우선 연극 비평 관계로 알게 된 버나드 쇼의 소개로 1903년에 페이비언 협회Fabian Society에 들어갔다. 그리고 1908년에 버나드 쇼와 웨브Webb 부부와 대립하여 탈퇴할 때까지 페이비언 협회 활동을 통해 젊은 세대에게 커다란 영향을 미쳤다.

이 시기, 즉 1900년부터 1910년 사이에 그의 문학 작품은 과학 소설에서 풍속 소설로 변화했다. 풍속을 묘사한 그의 리얼리즘 소설 가운데 대표작은 『사랑과 루이셤 씨*Love and Mr Lewisham*』(1900), 『킵스*Kipps*』(1905), 『토노-번게이』

(1909), 『폴리 씨의 생애*The History of Mr Polly*』(1910) 등이다. 이들 네 작품의 공통된 특징을 들면, 첫째 자전적 요소가 아주 강해서 주인공은 억압된 중하류 계급 출신으로 돈과 계급 제도가 지배하는 에드워드 시대(1901~1910년)의 사회에서 어떻게든 교육과 재능으로 출세하고 싶어 한다는 점, 둘째로는 당시 하층 계급 사람들의 말, 특히 속어를 섞은 대화가 이런 소설을 생생하게 만들어 주고 있다는 점이다. 웰스는 이런 소설들과 병행하여 몇 편의 평론을 썼는데 『형성 중인 인류*Mankind in the Making*』(1903)나 『근대의 유토피아*A Modern Utopia*』(1905) 같은 작품은 당시 큰 영향을 주었다. 웰스의 다음 세대에 등장한 작가 조지 오웰George Orwell은 (만년의 웰스를 비판하기는 했지만) 다음과 같이 말했다.

〈1900년부터 10년 동안 영어로 글을 쓴 작가들 가운데 웰스만큼 청년들에게 영향을 미친 작가는 없다. 우리의 세계와 사상은 웰스가 존재하지 않았다면 지금과는 사뭇 달랐을 것이다.〉

웰스의 생애에서 가장 큰 스캔들은 『앤 베로니카*Ann Veronica*』(1909)의 출간이었다. 앞에서도 말했듯이 많은 여성과 염문을 뿌린 웰스가 공공연히 자전적 사실을 소재로 젊은 여성의 성 해방을 노래한 이 소설은 성에 대한 낡은 관념의 지배를 받고 있던 에드워드 시대의 도덕관을 교란했다. 각 신문의 비평가들은 〈독을 품고 있는 책〉이라느니 〈문학적 오물〉이라고 이 소설을 매도했다. 하지만 웰스는 성 해방이 시대의 요청이라는 생각에 입각하여 자신의 주장을 굽히지 않았다.

1909년에 웰스는 정든 스페이드 하우스를 떠나 런던으로 나왔다. 1912년에는 에식스 주의 이스트파크에 집을 사서 1927년까지 살았다. 1911년에 나온 『뉴 마키아벨리*The New Machiavelli*』는 사회주의를 주제로 페이비언 협회를 패러디한 소설이었는데, 이 소설을 경계로 그 후 웰스의 소설은 문제 소설로 변해 갔다. 문제 소설이란 등장인물이나 줄거리가 웰스 자신이 전하고 싶은 주의 주장이나 문제의식을 위한 구실에 불과한 소설을 말한다. 이 계열의 대표작으로는 『결혼*Marriage*』(1912), 『아이작 하먼 경의 아내*The Wife of Sir Isaac Harman*』(1914), 『윌리엄 클리솔드의 세계*The World of William Clissold*』(1926) 등이 있다.

제1차 세계 대전이 시작되었을 때, 웰스는 이미 48세여서 전장에 나가기에는 나이가 너무 많았지만, 그는 영국이 〈전쟁을 끝내기 위한 전쟁〉을 하고 있다고 주장하면서 반독일 선전 활동에 종사하는 한편 문단과의 개인적 전쟁을 개시했다. 1915년에 그는 레지널드 블리스Reginald Bliss라는 필명으로 『분*Boon*』이라는 책을 써서 헨리 제임스Henry James를 공격했는데, 헨리 제임스가 소설을 고도로 예술화하자고 주창한 데 반대하여 웰스는 형식에 사로잡히지 않는 인생을 위한 소설을 주장했다. 하지만 이 예술 논쟁도 한 꺼풀 벗기면 헨리 제임스나 조지프 콘래드Joseph Conrad나 토머스 하디Thomas Hardy 같은 동시대 작가들과 웰스의 근본적 차이에

원인이 있었던 것 같다. 그 차이는 콘래드가 웰스에게 쓴 편지에 요약되어 있다.

〈웰스 군, 우리의 차이는 근본적인 데 있는 것 같네. 자네는 인간성에 관심이 없으면서 인간은 진보한다고 생각하고 있네. 그런데 나는 인간을 사랑하지만 인간성은 변하지 않는다고 생각하네.〉

전쟁이 끝나자 웰스는 국제 연맹의 구상을 실현하는 데 이바지했다. 워싱턴 회의에 참석하는가 하면 스딸린Stalin을 인터뷰하는 등, 세계적 명사로서 수완과 능력을 발휘하여 활약했다. 하지만 개인적으로는 성공한 사람에게서 자주 볼 수 있는 마음의 공동(空洞)에 허영심이 스며들었기 때문인지, 정신분열증적 상태에 있었던 모양이다. 여류 작가로서 웰스의 아이를 낳은 레베카 웨스트Rebecca West도 1922년에 〈웰스는 그 무렵 정신 착란 기미가 있었고, 허영심이 강하고 화를 잘 냈다〉고 말했다. 1920년에 웰스는 전문 학자의 협력을 얻어 『세계사 대계*The Outline of History*』를 출간했고 1921년에는 『문명의 구원*The Salvaging of Civilization*』을 출간하여 일반인에게는 인기를 얻었지만, 지식인에게는 차츰 버림받기 시작했다. 전기 작가이자 비평가로 유명한 리튼 스트레이치Lytton Strachey 같은 사람은 〈웰스가 사상가로서 이야기할 때는 그를 무시한다〉고 거리낌 없이 말할 정도였다. 이것은 웰스의 상상력이 쇠퇴했기 때문이기도 하지만, 1920년대에는 이미 진보가 반동과 마찬가지로 허위이고, 기계 문명은 원시문명과 마찬가지로 야만이라는 것을 인식한 젊은 작가들(D.

H. 로런스David Herbert Lawrence, 올더스 헉슬리Aldous Leonard Huxley 등)이 나왔기 때문이기도 하다. 1895년부터 시작된 웰스 시대는 겉보기에는 어떻든 실질적으로는 1910년에 끝났다고 말할 수 있다.

1922년에 로이드 조지David Lloyd George 내각이 붕괴한 뒤, 노동당에 희망을 건 웰스는 노동당 후보로 두 번 출마했지만 두 번 다 낙선하여 정치에서 물러났다. 1924년에는 레베카 웨스트와도 헤어지고, 1927년에는 본처인 캐서린과 사별하여 개인적으로는 깊은 절망감에 빠졌다. 본격 소설가로 인정받지 못하는 초조감이 그를 평론으로 몰아냈지만, 이 평론도 1930년대에 들어오면 재탕이 많아지고 착상도 퇴색했다.

하지만 1934년에 나온 『자서전의 실험*An Experiment in Autobiography*』은 주목할 만하다. 웰스 자신은 이 책을 〈상업 자본주의 후기의 대표적인 두뇌 모험〉이라고 부른다. 자신의 전반생을 적나라하게 토로한 이 자서전은 에드워드 시대의 성공담, 시대의 우화라고도 말할 수 있을 것이다. 그리고 청년 특유의 성적 좌절을 이만큼 대담하게 고백한 책도 당시로서는 드물다.

제2차 세계 대전이 일어난 1939년에 나온 평론 『호모사피엔스의 운명*The Fate of Homo Sapiens*』에서 웰스는 인류의 미래에 대해 어두운 예감을 품고 있음을 보여 주고, 인간은 스스로 쌓아 올린 기계 문명을 통제하지 못해 결국 파멸에 직면해 있다고 말했다. 〈우주는 인간에게 싫증이 났고〉 인간은

〈붕괴와 고통과 죽음을 향해 운명의 강을 떠내려가기〉 때문에 〈강한 의지로 노력하지 않으면 그 흐름에 휩쓸려 파멸할 뿐〉이라고 그는 주장했다. 세계의 종말을 주제로 한 SF 작가로 출발한 웰스가 제2차 세계 대전으로 실현된 그 종말을 본 것은 운명의 아이러니였다.

웰스는 1944년부터 건강이 나빠졌는데도 공습을 받고 있는 런던을 떠나지 않고 버텼지만, 병에는 이기지 못했다. 그는 1946년 8월 13일에 간암으로 사망했다. 웰스의 죽음은 당장 전 세계에 알려졌다. 먼 아르헨티나의 시인·작가이자 비평가인 호르헤 루이스 보르헤스Jorge Luis Borges는 이렇게 웰스를 추모했다.

〈케베도Francisco Gómez de Quevedo나 볼테르나 괴테Johann Wolfgang von Goethe와 마찬가지로 웰스도 문인이라기보다는 문학자였다. 그는 디킨스풍의 교묘한 표현으로 사회학적 우화를 썼다. 백과전서파적인 작업으로 소설의 가능성을 확대했을 뿐만 아니라 정직한 자서전도 우리에게 남겨 주었다. 그는 공산주의, 나치즘, 기독교와 싸웠다. 그는 역사에 대해 논쟁하고, 과거를 탐구했는가 하면, 미래로 눈을 돌려 모든 현실과 가공의 삶을 기록했다. 그가 우리에게 남겨 준 방대한 저작들 가운데 나는 잔혹한 기적의 이야기, 즉 『타임머신』과 『모로 박사의 섬*The Island of Doctor Moreau*』과 『투명 인간』을 가장 좋아한다. 그것은 내가 어린 시절에 읽은 최초의 책이고, 내가 읽는 마지막 책이 될지도 모른다.〉

『투명 인간』은 1897년에 「피어슨스 위클리Pearson's Weekly」에 연재된 뒤 단행본으로 출간되었다.

우선 이런 작품이 나타난 배경으로는 19세기 말부터 20세기 초에 걸쳐 일어난 대중문화의 등장을 생각할 수 있다. 길버트W. S. Gilbert와 설리번A. S. Sullivan의 오페레타가 오페라의 벌레스크로 유행한 것은 그 현상의 하나다. 그 전성기는 1871년부터 1896년까지로, 웰스의 청소년기와 일치한다. 시대의 추세와 유행에 민감했던 웰스가 여기에 영향을 받지 않을 리가 없었다. 사실 웰스는 『투명 인간』의 힌트를 길버트의 해학 시집 『바브 발라드*Bab Ballads*』에서 얻었다. 이 시집에 실린 「투명 인간의 모험The Perils of Invisibility」에는 잔소리꾼 아내에게 시달리던 피터 영감이 요정의 도움으로 투명 인간이 되어 추위에 떨면서 시골을 돌아다니는 장면이 나온다. 경쾌함과 위트와 난센스가 길버트의 본색이고, 그 점은 웰스의 작품도 마찬가지다. 그리핀의 비참한 운명에도 불구하고, 『투명 인간』에서도 역시 경쾌함과 해학이 느껴질 것이다. 뮤직홀의 촌극, 공연히 부산을 떨며 웃기려 드는 희극의 냄새가 난다. 이것을 영화에 받아들여 페이소스를 가미하면 채플린이 된다. 웰스는 나중에 영화에도 관심을 보여 『다가올 세계의 모습*The Shape of Things to Come*』을 영화화할 때 채플린Charles Spencer Chaplin에게 조언을 청했다. 이야기가 좀 빗나가는 감이 있지만, 여기서 「모던 타임스Modern Times」의 한 장면을 떠올리면 납득이 갈 것이다. 주인공을 맡은 채플린이 실업 상태일 때 우연히 백화점 수위로 고용되는 장면이 있다. 그는 야간 경비를 방치하고 백화점의 온갖 상품과 서비스를 공짜로 만끽한다. 그리핀도 투명해진 것을 이용하여 백화점에 들어가 식품에서부터 의류에 이르기까지 다양한 물건을 훔친다. 이 유사성은 우연일까. 웰스가 활약한 시대는 상업의 대중화 시대, 즉 백화점 시대이기도 했다. 19세기에서 20세기에 걸쳐 해러즈와 셀프리지 같은 백화점이 태어난 것으로도 그것을 알 수 있을 것이다. 사회 현상에 불만을 품고 거기에서 소외당한 사람들이 소비 물자를 불법이지만 통쾌하게 누리는 것이 그들의 반항이 지닌 공통점이다. 그들은 진심으로 혁명을 바라는 것은 아니다. 투명 인간이 외치는 공포 정치는 이데올로기가 아니라 단지 혜택받지 못한 자들의 욕구 불만을 벌레스크로 제출했을 뿐이다. 이 점은 자기도 모르는 사이에 시위대의 선두에 서 있게 된 채플린과 마찬가지다. 현재라면 결국 만화나 애니메이션에서 우스꽝스럽게 표현되었을 서민의 애환 어린 세계다. 1880년대에 영국은 역 매점에서 대중 소설이 팔리는 시대에 돌입해 있었다. 디킨스Charles Dickens의 소설에는 아직 〈히어로〉의 잔재가 남아 있지만, 웰스 소설의 주인공들은 모두 〈안티히어로〉이고 〈소인〉(웰스가 말하는 〈리틀 맨〉)이다. 투명 인간의 야망은 목적 없는 공포 정치의 벌레스크라고 말할 수 있을 것이다. 그는 단지 현재 상황을 파괴하고 싶을 뿐이다. 이 〈소인〉의 야망이 화성인에게 옮겨질 때 웰스의 SF는 또 다른 양상을 띠게 된다. 영국 시골의 공포가 영국 전체, 나아가서는 인류 전체의 공포로 다시 태어나는 것이다.

둘째, 『투명 인간』은 인격의 분열, 이중인격 문제를 다루고 있다. 웰스는 약품에 의한 인간 변신의 힌트를 스티븐슨 Robert Louis Stevenson의 『지킬 박사와 하이드 씨*Strange Case of Dr. Jekyll and Mr. Hyde*』에서 얻었다. 그 밖에 에드거 앨런 포Edgar Allan Poe와 오스카 와일드Oscar Wilde의 작품에서 인간 성격의 이중성 문제에 대한 영향을 받았다. 웰스가 평생 동안 시달린 강박 관념이라고도 말할 수 있는 〈두 사람의 자기〉라는 주제는 아웃사이더의 소외감과 함께 『투명 인간』만이 아니라 「벽에 달린 문The Door in the Wall」과 「도둑맞은 몸The Stolen Body」 같은 단편에서도 일관되게 나타난다. 스티븐슨이 칼뱅주의적 도덕률과 보헤미안적 자유사상 사이에서 오락가락하는 생애를 보냈듯이, 웰스도 빅토리아 시대의 도덕률과 인간의 내면에 잠재해 있는 야수성의 상극을 여러 작품에서 다루고 있다. 두 사람의 작품이 모두 사회적 존엄의 가면 밑에 숨어 있는 인간의 어두운 감정을 대중 소설적으로 드러내 보였다는 점에서 그 시대 독자들의 공감을 얻었다. 『지킬 박사와 하이드 씨』에서 밤거리로 나온 하이드와 캐류는 무엇을 하고 있을까? 어터슨은 단순히 사회의 양식을 대변하는 변호사에 불과할까? 차례로 의문이 솟는다. 『투명 인간』은 수법이 좀 더 단순하다. 그런 만큼 『지킬 박사와 하이드 씨』보다는 알기 쉽다. 다만 투명성 문제를 과학적으로 설명하는 부분은 웰스의 면목이 약여하다. 물론 현대 독자가 읽으면 당장 그 설명의 모순을 지적할 수 있다. 예를 들면 〈투명해진 눈꺼풀을 닫았는데도 그 눈꺼풀을 통해 난잡하게 어질러진 내 방을 볼 수 있었〉다고 투명 인간은 설명하지만, 빛이 모든 투명체를 투과해 버린다면 망막에 외계의 상이 비칠 리가 없다는 것을 독자들은 당장 알아차릴 것이다. 하지만 이런 모순을 도외시하고 속은 듯한 기분으로 계속 읽게 만드는 점에서 SF 작가로서 웰스의 역량이 느껴진다.

『투명 인간』은 『타임머신』과 함께 그 후 SF의 대중화에 길을 열어 준 고전적 작품이다. 어린 시절에는 누구나 꿈꾸었을 투명 인간. 만인 공통의 꿈. 내 몸이 투명해지면 무엇을 할까. 각자 마음대로 공상하고 있는 세계가 있을 것이다. 그 후 〈투명 인간의 ××〉라는 형태로 많은 작품이 나온 것이 그 증거라고 할 수 있다.

김석희

허버트 조지 웰스 연보

1866년 출생 9월 21일에 영국 켄트 주 브럼리에서 조지프 웰스Joseph Wells와 세러 닐Sarah Neal의 넷째 아이이자 막내로 태어남. 조지프는 한때 정원사로 일했고, 허버트가 태어났을 때는 소매상으로 일하면서 크리켓 선수로 활동했으며, 세라는 결혼하기 전에 서식스 주의 페더스턴하프 집안의 시골 별장인 어파크에서 하녀로 일했음.

1874년 8세 브럼리 초등학교에 다니기 시작함.

1877년 11세 조지프가 사다리에서 떨어져 다리가 부러짐. 가뜩이나 불안정했던 가족의 경제 사정이 더욱 나빠짐.

1880년 14세 윈저의 포목점에 수습 점원으로 들어가지만 곧 쫓겨남. 서머싯의 시골 학교에서 교생으로 잠시 일함. 세라는 어파크의 가정부로 일자리를 얻음.

1881년 15세 미드허스트의 약국에 수습 점원으로 들어감. 미드허스트 그래머스쿨에서 수업을 받기 시작함. 약국 일을 그만두고 사우스시의 포목점에서 수습 점원으로 일함.

1883년 17세 미드허스트 그래머스쿨의 교생으로 고용됨. 독학의 범위를 넓혀 자연 과학과 경제학 서적을 폭넓게 읽음. 과학 교육 분야에서 국가시험을 치를 준비를 함.

1884년 18세 런던의 사우스켄징턴에 있는 과학 사범학교(나중에 로

열 칼리지로 바뀜)에 정부 장학생으로 입학함. 사범학교 학장인 T. H. 헉슬리Thomas Henry Huxley의 생물학과 동물학 강의를 들음.

1885년 19세 여름 시험에서 제1급 우등상을 받고 장학생 자격을 갱신함.

1886년 20세 관심 분야가 넓어져 문학과 정치 문제에도 관심을 갖게 된 반면, 정식 공부에 대한 열의는 급속히 줄어듦. 윌리엄 모리스William Morris의 집에서 열린 사회주의자 집회에 참석함. 사회주의에 관한 논문을 대학 토론회에 전달함. 『사이언스 스쿨 저널*The Science School Journal*』을 창간하여 편집함(1887년 4월까지). 사촌 누이인 이사벨 메리 웰스Isabel Mary Wells를 만남.

1887년 21세 지질학 최종 시험에 낙제하여 장학생 자격을 잃고, 학위를 받지 못한 채 사범학교를 떠남. 웨일스 북부의 홀트 아카데미에서 교사 자리를 얻음. 교내 축구 시합에서 다른 선수와 충돌하여 신장 파열과 폐출혈을 일으키고, 어쩔 수 없이 홀트 아카데미를 그만둠. 어파크에서 병을 치료하면서 글쓰기에 몰두함.

1888년 22세 런던의 헨리 하우스 학교에서 교사 자리를 얻음. 『사이언스 스쿨 저널』에 「〈크로닉 아르고〉호The Chronic Argonauts」를 연재함.

1890년 24세 런던 대학에서 이학사 시험을 치러 생물학에서는 제1급 우등으로, 지질학에서는 제2급으로 합격함. 동물학회 특별 회원으로 뽑힘. 유니버시티 통신 교육 대학에 채용되어 생물학 교사가 됨.

1891년 25세 「독특한 것의 재발견The Rediscovery of the Unique」이 그의 과학 평론으로는 처음으로 주요 잡지인 『포트나이틀리 리뷰*Fortnightly Review*』에 실림. 10월 사촌 누이 이사벨과 결혼.

1892년 26세 에이미 캐서린 로빈스Amy Catherine Robbins(통칭 〈제인Jane〉)를 만남.

1893년 27세 폐출혈 재발. 교사 일을 포기하고 오로지 집필에만 전념하기로 결심함. 소설과 연극 평, 진지하거나 경박한 주제에 대한 평론을 런던의 다양한 정기 간행물에 게재하기 시작함.

1894년 28세 제인과 사랑의 도피를 함. 나중에 『타임머신*The Time Machine*』이 될 일곱 가지 에피소드가 『내셔널 옵서버*National Observer*』(3~6월)에 발표됨. 세베노악스로 이사함.

1895년 29세 이사벨과 이혼하고 제인과 결혼. 워킹으로 이사함. 『타임머신』이 『뉴 리뷰*The New Review*』(1~5월)에 연재됨. 5월 하이네만William Heinemann이 『타임머신』을 출간함. 단편집 두 권(『아저씨와의 대화*Select Conversations With an Uncle*』, 『도둑맞은 세균*The Stolen Bacillus*』)과 중편소설(『놀라운 방문객*The Wonderful Visit*』)도 출간됨.

1896년 30세 서리 주 우스터파크로 이사함. 조지 기싱George Robert Gissing을 만남. 두 번째 과학 소설 『모로 박사의 섬*The Island of Doctor Moreau*』과 가정 소설 『우연의 바퀴*The Wheels of Chance*』를 출간함.

1897년 31세 아널드 베넷Arnold Bennett과 평생에 걸친 편지 왕래를 시작함. 『투명 인간*The Invisible Man*』과 『플래트너 이야기*The Plattner Story and Others*』, 『개인적인 문제들*Certain Personal Matters*』이 출간됨.

1898년 32세 폐출혈 재발. 남해안에서 요양함. 헨리 제임스Henry James, 조지프 콘래드Joseph Conrad, 포드 매덕스 포드Ford Madox Ford, 스티븐 크레인Stephen Crane을 만남. 기싱과 함께 이탈리아를 여행. 『우주 전쟁*The War of the Worlds*』을 출간함.

1899년 33세 『잠자는 사람이 깨어날 때*When the Sleeper Wakes*』와 『공간과 시간 이야기*Tales of Space and Time*』를 출간함.

1900년 34세 『사랑과 루이셤 씨*Love and Mr Lewisham*』를 출간함. 켄트 주 샌드게이트에 〈스페이드 하우스〉를 지음.

1901년 35세 첫 아이인 조지 필립George Philip이 태어남. 『달나라 최초의 인간*The First Men in the Moon*』과 사회학적 연구서인 『예측

Anticipation』을 출간함.

1902년 36세 영국 과학 연구소에 초빙되어 연설함. 소설 『바다의 여인*The Sea Lady*』과 논픽션 『미래의 발견*The Discovery of the Future*』을 출간함.

1903년 37세 둘째 아이인 프랭크 리처드Frank Richard가 태어남. 사회주의적인 페이비언 협회Fabian Society에 가입함. 조지 버나드 쇼George Bernard Shaw, 시드니 웨브Sidney James Webb와 비어트리스 웨브Martha Beatrice Potter Webb, 버넌 리Vernon Lee와 친교를 맺음. 『열두 가지 이야기와 하나의 꿈*Twelve Stories and a Dream*』과 논픽션 『형성 중인 인류*Mankind in the Making*』를 발표함.

1904년 38세 소설 『신들의 양식*The Food of the Gods*』을 출간함.

1905년 39세 어머니 세라 웰스 사망. 소설 『근대의 유토피아*A Modern Utopia*』와 『킵스*Kipps*』를 출간함.

1906년 40세 미국에서 강연 여행을 하고, 막심 고리키Maksim Gor'kii, 시어도어 루스벨트Theodore Roosevelt, 부커 T. 워싱턴Booker T. Washington을 만나고, 도로시 리처드슨Dorothy Miller Richardson, 로자먼드 블랜드Rosamund Bland, 앰버 리브스Amber Reeves와 염문을 뿌리고, 소설 『혜성의 시대*In the Days of the Comet*』와 논픽션 『미국의 미래*The Future in America*』와 『사회주의와 가족*Socialism and the Family*』을 출간하는 등 바쁜 한 해를 보냄.

1908년 42세 버나드 쇼, 웨브 부부와 사이가 틀어져서 페이비언 협회를 탈퇴함. 소설 『공중 전쟁*The War in the Air*』과 논픽션 『구세계를 위한 신세계*New World for Old*』와 『첫 번째와 마지막 것*First and Last Things*』을 출간함.

1909년 43세 제인과 함께 런던 햄스테드로 이사함. 소설 『토노-번게이*Tono-Bungay*』와 『앤 베로니카*Ann Veronica*』를 출간함.

1910년 44세 조지프 웰스 사망. 소설 『폴리 씨의 생애*The History of*

Mr Polly』를 출간함. 엘리자베트 폰 아르님Elizabeth von Arnim과 연애를 시작함.

1911년 45세 작품집 두 권(『맹인들의 나라*The Country of the Blind*』, 『벽 속의 문*The Door in the Wall*』)과 소설 『뉴 마키아벨리*The New Machiavelli*』와 논픽션 『플로어 게임*Floor Games*』을 출간함.

1912년 46세 소설 『결혼*Marriage*』을 출간함. 에식스 주의 던모로 이사함.

1913년 47세 소설 『열정적인 친구들*The Passionate Friends*』과 논픽션 『작은 전쟁들*Little Wars*』을 출간함. 레베카 웨스트Rebecca West와 연애를 시작함.

1914년 48세 1월 러시아를 방문함. 레베카 웨스트가 그의 아들 앤서니 웨스트Anthony West를 낳음. 소설 『해방된 세계*The World Set Free*』와 『아이작 하먼 경의 아내*The Wife of Sir Isaac Harman*』, 논픽션 『한 영국인이 세계를 보다*An Englishman Looks at the World*』와 『전쟁을 종식시킬 전쟁*The War That Will End War*』을 출간함.

1915년 49세 헨리 제임스와 차츰 사이가 틀어지고, 웰스가 『분*Boon*』에서 그를 풍자적으로 묘사한 것 때문에 둘 사이의 불화는 회복할 수 없게 됨. 소설 『빌비*Bealby: A Holiday*』와 『위대한 연구*The Research Magnificent*』, 논픽션 『세계 평화*The Peace of the World*』를 출간함.

1916년 50세 프랑스와 이탈리아의 전선을 여행함. 전쟁이 소설 『브리틀링 씨는 그것을 꿰뚫어 본다*Mr Britling Sees It Through*』와 논픽션 『무엇이 다가오고 있는가*What is Coming?*』와 『재건의 요소들*The Elements of Reconstruction*』의 주요 주제가 됨.

1917년 51세 잠시 종교에 열중한 결과, 소설 『주교의 영혼*The Soul of a Bishop*』과 논픽션 『보이지 않는 왕, 하느님*God the Invisible King*』을 발표함.

1918년 52세 정보부의 전쟁 선전문을 쓰는 일에 징집됨. 국제 연맹

창설 위원회 위원이 되다. 『4년째 : 세계 평화의 기대*In the Fourth Year: Anticipations of World Peace*』와 『영국의 국가주의와 국제 연맹*British Nationalism and the League of Nations*』을 출간함.

1919년 53세 소설 『꺼지지 않는 불*The Undying Fire*』을 출간함.

1920년 54세 러시아를 방문하여 레닌Vladimir Il'ich Lenin과 뜨로쯔끼Leon Trotskii, 고리끼 등을 만남. 『어둠 속의 러시아*Russia in the Shadows*』와 엄청난 인기를 얻은 『세계사 대계*The Outline of History*』를 출간함.

1921년 55세 워싱턴 D.C.에서 열린 세계 군축 회의를 취재하기 위해 미국을 방문함. 마거릿 생어Margaret Sanger와 연애함. 『새로운 역사 수업*The New Teaching of History*』을 출간함.

1922년 56세 『간추린 세계사*A Short History of the World*』와 개정된 『세계사 대계』, 소설 『심장의 은밀한 곳*The Secret Places of the Heart*』을 출간함. 노동당에 입당하여 하원 의원에 입후보하지만 낙선함.

1923년 57세 하원 의원 선거에 두 번째로 출마하여 또다시 낙선함. 프로방스의 그라스에서 겨울을 보내기 시작함. 오데트 큉Odette Keun을 만나 연애를 시작함. 소설 『인간은 신을 좋아한다*Men Like Gods*』와 『꿈*The Dream*』, 논픽션 『사회주의와 과학적 동기*Socialism and the Scientific Motive*』와 『노동당의 교육 이념*The Labour Ideal of Education*』, 전기적 연구서인 『훌륭한 교장 이야기*The Story of a Great Schoolmaster*』를 출간함.

1924년 58세 『H. G. 웰스 전집*The Works of H. G. Wells*』 애틀랜틱판이 출간됨.

1925년 59세 소설 『크리스티나 앨버타의 아버지*Christina Alberta's Father*』와 논픽션 『세계 정세 예보*A Year of Prophesying*』를 출간함.

1926년 60세 『세계사 대계』에 대해 가톨릭 작가인 힐레어 벨록Hilaire Belloc과 논쟁을 벌임. 소설 『윌리엄 클리솔드의 세계*The World of*

William Clissold』를 출간함.

1927년 61세 오데트 킹과 함께 프랑스 그라스에 집을 지음. 『H. G. 웰스 단편집』과 새로운 소설 『그동안*Meanwhile*』, 새로운 논픽션 『수정되고 있는 민주주의*Democracy Under Revision*』를 출간함. 10월 아내 제인 웰스 사망.

1928년 62세 제인에 대한 경의의 표시로 『캐서린 웰스의 서*The Book of Catherine Wells*』를 출간함. 그 밖에 논픽션 『세계가 나아가고 있는 길*The Way the World is Going*』과 『공개된 음모*The Open Conspiracy*』, 소설 『램폴 섬의 블레트워시 씨*Mr Blettsworthy on Rampole Island*』를 출간함.

1929년 63세 BBC 토크쇼에 처음 출연함. 독일 의회에서 연설함. 이 연설이 『세계 평화의 상식*Common Sense of World Peace*』으로 출간됨. 시나리오(『왕이었던 왕*The King Who Was a King*』)와 아동 서적(『토미의 모험*The Adventures of Tommy*』)을 출간함.

1930년 64세 아들 G. P. 웰스 및 줄리언 헉슬리Julian Sorell Huxley와 함께 『생명의 과학*The Science of Life*』을 출간함. 런던의 칠턴코트로 이사함. 소설 『파럼 씨의 독재 정치*The Autocracy of Mr Parham*』와 논픽션 『세계 평화로 가는 길*The Way to World Peace*』을 출간함.

1931년 65세 당뇨병 진단을 받음. 오데트 킹과 결별. 이사벨 웰스 사망.

1932년 66세 소설 『블럽의 벌핑턴*The Bulpington of Blup*』, 논픽션 『인류의 노동과 부와 행복*The Work, Wealth and Happiness of Mankind*』과 『민주주의 이후*After Democracy*』를 출간함.

1933년 67세 소설 『다가올 세계의 모습*The Shape of Things to Come*』을 출간함. 국제적 작가 단체인 펜클럽PENclub의 회장이 됨. 모우라 부드베르크Moura Budberg와 연애를 시작함.

1934년 68세 소련과 미국을 방문하여 스딸린Iosif Vissarionovich Stalin과 프랭클린 루스벨트Franklin Delano Roosevelt를 만남. 『자서

전의 실험*An Experiment in Autobiography*』을 출간함.

1935년 69세 영화감독 알렉산더 코르더Alexander Korda와 공동으로 『다가올 세계의 모습』을 영화로 만듦(1936년 〈다가올 세계*Things To Come*〉라는 제목으로 개봉). 런던의 리젠트파크로 이사함.

1936년 70세 그의 70번째 생일을 기념하여 펜클럽 만찬회가 열림. 논픽션 『좌절의 해부*The Anatomy of Frustration*』와 『세계 백과사전에 대한 견해*The Idea of a World Encyclopedia*』를 출간함. 소설 『크로켓 선수*The Croquet Player*』를 출간함.

1937년 71세 〈과학 발전을 위한 영국 협회〉의 L 지구 의장이 됨. 소설 『태어난 별*Star Begotten*』과 『브륀힐드*Brynhild*』 『캠포드 방문*The Camford Visitation*』을 출간함.

1938년 72세 소설 『돌로리스에 관하여*Apropos of Dolores*』와 『형제들*The Brothers*』, 논픽션 『세계 두뇌*World Brain*』를 출간함. 오스트레일리아로 강연 여행을 떠남.

1939년 73세 소설 『신성한 공포*The Holy Terror*』와 논픽션 『급진적인 공화주의자의 온수 찾기 여행*Travels of a Republican Radical in Search of Hot Water*』과 『호모 사피엔스의 운명*The Fate of Homo Sapiens*』, 『새로운 세계 질서*The New World Order*』를 출간함.

1940년 74세 독일군의 런던 폭격이 계속되는 동안 런던에 남음. 가을에 미국으로 강연 여행을 떠남. 논픽션 『인간의 권리*The Rights of Man*』, 『전쟁과 평화의 상식*The Common Sense of War and Peace*』, 『두 개의 반구냐, 하나의 세계냐?*Two Hemispheres or One World?*』, 소설 『어두워지는 숲 속의 아기들*Babes in the Darkling Wood*』과 『아라라트로 가는 배에 전원 승선 완료*All Aboard for Ararat*』를 출간함.

1941년 75세 마지막 소설인 『조심하는 게 상책*You Can't Be Too Careful*』과 논픽션 『새로운 세계의 안내서*Guide to the New World*』를 출간함.

1942년 76세 논픽션 『과학과 세계정신*Science and the World Mind*』,

『시간 정복*The Conquest of Time*』, 『피닉스*Phoenix*』를 출간하고, 동물학 박사 학위 논문(「고등한 후생동물의 경우 개별적인 삶이 계속된다는 착각의 본질, 특히 호모 사피엔스와 관련하여」)을 발표함.

1943년 77세 이학 박사 학위를 받음. 『크룩스 안사타 : 가톨릭교회에 대한 고발장*Crux Ansata: An Indictment of the Roman Catholic Church*』을 출간함.

1944년 78세 에세이집 『1942년부터 1944년까지*'42 to '44*』를 출간함.

1945년 79세 『막다른 골목에 다다른 정신*Mind at the End of its Tether*』을 출간함. 건강이 서서히 나빠짐.

1946년 80세 8월 13일 자택에서 세상을 떠남.

열린책들 세계문학 186 **투명 인간**

옮긴이 김석희 서울대학교 인문대학 불문학과를 졸업하고 대학원 국문학과를 중퇴했으며, 1988년 한국일보 신춘문예에 소설이 당선되어 작가로 데뷔했다. 영어·프랑스어·일본어를 넘나들면서 존 파울즈의 『프랑스 중위의 여자』, 존 르카레의 『추운 나라에서 돌아온 스파이』, 짐 크레이스의 『그리고 죽음』, 폴 오스터의 『빵 굽는 타자기』, 『스퀴즈 플레이』, 『빨간 수첩』, 존 러스킨의 『나중에 온 이 사람에게도』, 허버트 조지 웰스의 『타임머신』(이상 열린책들 발행), 허먼 멜빌의 『모비 딕』, 쥘 베른 걸작선집(전15권), 시오노 나나미의 『로마인 이야기』(전15권) 등 2백여 종의 책을 번역했고, 역자 후기 모음집 『번역가의 서재』 등을 펴냈으며, 제1회 한국 번역상 대상을 수상했다.

지은이 허버트 조지 웰스 **옮긴이** 김석희 **발행인** 홍예빈·홍유진
발행처 주식회사 열린책들 **주소** 경기도 파주시 문발로 253 파주출판도시
전화 031-955-4000 **팩스** 031-955-4004 **홈페이지** www.openbooks.co.kr

ISBN 978-89-329-1186-1 04840 **ISBN** 978-89-329-1499-2 (세트)
발행일 2011년 10월 10일 세계문학판 1쇄 2023년 3월 1일 세계문학판 10쇄

이 도서의 국립중앙도서관 출판예정도서목록(CIP)은 서지정보유통지원시스템 홈페이지(http://seoji.nl.go.kr)와 국가자료공동목록시스템(http://www.nl.go.kr/kolisnet)에서 이용하실 수 있습니다.(CIP제어번호 : CIP2011004084)

열린책들 세계문학
Open Books World Literature

001 **죄와 벌** 표도르 도스또예프스끼 장편소설 | 홍대화 옮김 | 전2권 | 각 408, 512면

003 **최초의 인간** 알베르 카뮈 장편소설 | 김화영 옮김 | 392면

004 **소설** 제임스 미치너 장편소설 | 윤희기 옮김 | 전2권 | 각 280, 368면

006 **개를 데리고 다니는 부인** 안똔 체호프 소설선집 | 오종우 옮김 | 368면

007 **우주 만화** 이탈로 칼비노 단편집 | 김운찬 옮김 | 416면

008 **댈러웨이 부인** 버지니아 울프 장편소설 | 최애리 옮김 | 296면

009 **어머니** 막심 고리끼 장편소설 | 최윤락 옮김 | 544면

010 **변신** 프란츠 카프카 중단편집 | 홍성광 옮김 | 464면

011 **전도서에 바치는 장미** 로저 젤라즈니 중단편집 | 김상훈 옮김 | 432면

012 **대위의 딸** 알렉산드르 뿌쉬낀 장편소설 | 석영중 옮김 | 240면

013 **바다의 침묵** 베르코르 소설선집 | 이상해 옮김 | 256면

014 **원수들, 사랑 이야기** 아이작 싱어 장편소설 | 김진준 옮김 | 320면

015 **백치** 표도르 도스또예프스끼 장편소설 | 김근식 옮김 | 전2권 | 각 504, 528면

017 **1984년** 조지 오웰 장편소설 | 박경서 옮김 | 392면

019 **이상한 나라의 앨리스** 루이스 캐럴 환상동화 | 머빈 피크 그림 | 최용준 옮김 | 336면

020 **베네치아에서의 죽음** 토마스 만 중단편집 | 홍성광 옮김 | 432면

021 **그리스인 조르바** 니코스 카잔차키스 장편소설 | 이윤기 옮김 | 488면

022 **벚꽃 동산** 안똔 체호프 희곡선집 | 오종우 옮김 | 336면

023 **연애 소설 읽는 노인** 루이스 세풀베다 장편소설 | 정창 옮김 | 192면

024 **젊은 사자들** 어윈 쇼 장편소설 | 정영문 옮김 | 전2권 | 각 416, 408면

026 **젊은 베르테르의 슬픔** 요한 볼프강 폰 괴테 장편소설 | 김인순 옮김 | 240면

027 **시라노** 에드몽 로스탕 희곡 | 이상해 옮김 | 256면

028 **전망 좋은 방** E. M. 포스터 장편소설 | 고정아 옮김 | 352면

029 **까라마조프 씨네 형제들** 표도르 도스또예프스끼 장편소설 | 이대우 옮김 | 전3권 | 각 496, 496, 460면

032 **프랑스 중위의 여자** 존 파울즈 장편소설 | 김석희 옮김 | 전2권 | 각 344면

034 **소립자** 미셸 우엘벡 장편소설 | 이세욱 옮김 | 448면

035 **영혼의 자서전** 니코스 카잔차키스 자서전 | 안정효 옮김 | 전2권 | 각 352, 408면

037 **우리들** 예브게니 자먀찐 장편소설 | 석영중 옮김 | 320면

038 **뉴욕 3부작** 폴 오스터 장편소설 | 황보석 옮김 | 480면

039 **닥터 지바고** 보리스 파스테르나크 장편소설 | 홍대화 옮김 | 전2권 | 각 480, 592면

041 **고리오 영감** 오노레 드 발자크 장편소설 | 임희근 옮김 | 456면

042 **뿌리** 알렉스 헤일리 장편소설 | 안정효 옮김 | 전2권 | 각 400, 448면

044 **백년보다 긴 하루** 친기즈 아이뜨마또프 장편소설 | 황보석 옮김 | 560면

045 **최후의 세계** 크리스토프 란스마이어 장편소설 | 장희권 옮김 | 264면

046 **추운 나라에서 돌아온 스파이** 존 르카레 장편소설 | 김석희 옮김 | 368면

047 **산도칸 – 몸프라쳄의 호랑이** 에밀리오 살가리 장편소설 | 유향란 옮김 | 428면

048 **기적의 시대** 보리슬라프 페키치 장편소설 | 이윤기 옮김 | 560면

049 **그리고 죽음** 짐 크레이스 장편소설 | 김석희 옮김 | 224면

050 **세설** 다니자키 준이치로 장편소설 | 송태욱 옮김 | 전2권 | 각 480면

052 **세상이 끝날 때까지 아직 10억 년** 스뜨루가츠끼 형제 장편소설 | 석영중 옮김 | 224면

053 **동물 농장** 조지 오웰 장편소설 | 박경서 옮김 | 208면

054 **캉디드 혹은 낙관주의** 볼테르 장편소설 | 이봉지 옮김 | 232면

055 **도적 떼** 프리드리히 폰 실러 희곡 | 김인순 옮김 | 264면

056 **플로베르의 앵무새** 줄리언 반스 장편소설 | 신재실 옮김 | 320면

057 **악령** 표도르 도스또예프스끼 장편소설 | 박혜경 옮김 | 전3권 | 각 328, 408, 528면

060 **의심스러운 싸움** 존 스타인벡 장편소설 | 윤희기 옮김 | 340면

061 **몽유병자들** 헤르만 브로흐 장편소설 | 김경연 옮김 | 전2권 | 각 568, 544면

063 **몰타의 매** 대실 해밋 장편소설 | 고정아 옮김 | 304면

064 **마야꼬프스끼 선집** 블라지미르 마야꼬프스끼 선집 | 석영중 옮김 | 384면

065 **드라큘라** 브램 스토커 장편소설 | 이세욱 옮김 | 전2권 | 각 340, 344면

067 **서부 전선 이상 없다** 에리히 마리아 레마르크 장편소설 | 홍성광 옮김 | 336면

068 **적과 흑** 스탕달 장편소설 | 임미경 옮김 | 전2권 | 각 432, 368면

070 **지상에서 영원으로** 제임스 존스 장편소설 | 이종인 옮김 | 전3권 | 각 396, 380, 496면

073 **파우스트** 요한 볼프강 폰 괴테 희곡 | 김인순 옮김 | 568면

074 **쾌걸 조로** 존스턴 매컬리 장편소설 | 김훈 옮김 | 316면

075 **거장과 마르가리따** 미하일 불가꼬프 장편소설 | 홍대화 옮김 | 전2권 | 각 364, 328면

077 **순수의 시대** 이디스 워튼 장편소설 | 고정아 옮김 | 448면

078 **검의 대가** 아르투로 페레스 레베르테 장편소설 | 김수진 옮김 | 384면

079 **예브게니 오네긴** 알렉산드르 뿌쉬낀 운문소설 | 석영중 옮김 | 328면

080 **장미의 이름** 움베르토 에코 장편소설 | 이윤기 옮김 | 전2권 | 각 440, 448면

082 **향수** 파트리크 쥐스킨트 장편소설 | 강명순 옮김 | 384면

083 **여자를 안다는 것** 아모스 오즈 장편소설 | 최창모 옮김 | 280면

084 **나는 고양이로소이다** 나쓰메 소세키 장편소설 | 김난주 옮김 | 544면

085 **웃는 남자** 빅토르 위고 장편소설 | 이형식 옮김 | 전2권 | 각 472, 496면

087 **아웃 오브 아프리카** 카렌 블릭센 장편소설 | 민승남 옮김 | 480면

088 **무엇을 할 것인가** 니꼴라이 체르니셰프스끼 장편소설 | 서정록 옮김 | 전2권 | 각 360, 404면

090 **도나 플로르와 그녀의 두 남편** 조르지 아마두 장편소설 | 오숙은 옮김 | 전2권 | 각 408, 308면

092 **미사고의 숲** 로버트 홀드스톡 장편소설 | 김상훈 옮김 | 424면

093 **신곡** 단테 알리기에리 장편서사시 | 김운찬 옮김 | 전3권 | 각 292, 296, 328면

096 **교수** 샬럿 브론테 장편소설 | 배미영 옮김 | 368면

097 **노름꾼** 표도르 도스또예프스끼 장편소설 | 이재필 옮김 | 320면

098 **하워즈 엔드** E. M. 포스터 장편소설 | 고정아 옮김 | 512면

099 **최후의 유혹** 니코스 카잔차키스 장편소설 | 안정효 옮김 | 전2권 | 각 408면

101 **키리냐가** 마이크 레스닉 장편소설 | 최용준 옮김 | 464면

102 **바스커빌가의 개** 아서 코넌 도일 장편소설 | 조영학 옮김 | 264면

103 **버마 시절** 조지 오웰 장편소설 | 박경서 옮김 | 408면

104 **10 1/2장으로 쓴 세계 역사** 줄리언 반스 장편소설 | 신재실 옮김 | 464면

105 **죽음의 집의 기록** 표도르 도스또예프스끼 장편소설 | 이덕형 옮김 | 528면

106 **소유** 앤토니어 수전 바이어트 장편소설 | 윤희기 옮김 | 전2권 | 각 440, 488면

108 **미성년** 표도르 도스또예프스끼 장편소설 | 이상룡 옮김 | 전2권 | 각 512, 544면

110 **성 앙투안느의 유혹** 귀스타브 플로베르 희곡소설 | 김용은 옮김 | 584면

111 **밤으로의 긴 여로** 유진 오닐 희곡 | 강유나 옮김 | 240면

112 **마법사** 존 파울즈 장편소설 | 정영문 옮김 | 전2권 | 각 512, 552면

114 **스쩨빤치꼬보 마을 사람들** 표도르 도스또예프스끼 장편소설 | 변현태 옮김 | 416면

115 **플랑드르 거장의 그림** 아르투로 페레스 레베르테 장편소설 | 정창 옮김 | 512면

116 **분신** 표도르 도스또예프스끼 장편소설 | 석영중 옮김 | 288면

117 **가난한 사람들** 표도르 도스또예프스끼 장편소설 | 석영중 옮김 | 256면

118 **인형의 집** 헨리크 입센 희곡 | 김창화 옮김 | 272면

119 **영원한 남편** 표도르 도스또예프스끼 장편소설 | 정명자 외 옮김 | 448면

120 **알코올** 기욤 아폴리네르 시집 | 황현산 옮김 | 352면

121 **지하로부터의 수기** 표도르 도스또예프스끼 장편소설 | 계동준 옮김 | 256면

122 **어느 작가의 오후** 페터 한트케 중편소설 | 홍성광 옮김 | 160면

123 **아저씨의 꿈** 표도르 도스또예프스끼 장편소설 | 박종소 옮김 | 312면

124 **네또츠까 네즈바노바** 표도르 도스또예프스끼 장편소설 | 박재만 옮김 | 316면

125 **곤두박질** 마이클 프레인 장편소설 | 최용준 옮김 | 528면

126 **백야 외** 표도르 도스또예프스끼 소설선집 | 석영중 외 옮김 | 408면

127 **살라미나의 병사들** 하비에르 세르카스 장편소설 | 김창민 옮김 | 304면

128 **뻬쩨르부르그 연대기 외** 표도르 도스또예프스끼 소설선집 | 이항재 옮김 | 296면

129 **상처받은 사람들** 표도르 도스또예프스끼 장편소설 | 윤우섭 옮김 | 전2권 | 각 296, 392면

131 **악어 외** 표도르 도스또예프스끼 소설선집 | 박혜경 외 옮김 | 312면

132 **허클베리 핀의 모험** 마크 트웨인 장편소설 | 윤교찬 옮김 | 416면

133 **부활** 레프 똘스또이 장편소설 | 이대우 옮김 | 전2권 | 각 308, 416면

135 **보물섬** 로버트 루이스 스티븐슨 장편소설 | 머빈 피크 그림 | 최용준 옮김 | 360면

136 **천일야화** 앙투안 갈랑 엮음 | 임호경 옮김 | 전6권 | 각 336, 328, 372, 392, 344, 320면

142 **아버지와 아들** 이반 뚜르게네프 장편소설 | 이상원 옮김 | 328면

143 **오만과 편견** 제인 오스틴 장편소설 | 원유경 옮김 | 480면

144 **천로 역정** 존 버니언 우화소설 | 이동일 옮김 | 432면

145 **대주교에게 죽음이 오다** 윌라 캐더 장편소설 | 윤명옥 옮김 | 352면

146 **권력과 영광** 그레이엄 그린 장편소설 | 김연수 옮김 | 384면

147 **80일간의 세계 일주** 쥘 베른 장편소설 | 고정아 옮김 | 352면

148 **바람과 함께 사라지다** 마거릿 미첼 장편소설 | 안정효 옮김 | 전3권 | 각 616, 640, 640면

151 **기탄잘리** 라빈드라나트 타고르 시집 | 장경렬 옮김 | 224면

152 **도리언 그레이의 초상** 오스카 와일드 장편소설 | 윤희기 옮김 | 384면

153 **레우코와의 대화** 체사레 파베세 희곡소설 | 김운찬 옮김 | 280면

154 **햄릿** 윌리엄 셰익스피어 희곡 | 박우수 옮김 | 256면

155 **맥베스** 윌리엄 셰익스피어 희곡 | 권오숙 옮김 | 176면

156 **아들과 연인** 데이비드 허버트 로런스 장편소설 | 최희섭 옮김 | 전2권 | 각 464, 432면

158 **그리고 아무 말도 하지 않았다** 하인리히 뵐 장편소설 | 홍성광 옮김 | 272면

159 **미덕의 불운** 싸드 장편소설 | 이형식 옮김 | 248면

160 **프랑켄슈타인** 메리 W. 셸리 장편소설 | 오숙은 옮김 | 320면

161 **위대한 개츠비** 프랜시스 스콧 피츠제럴드 장편소설 | 한애경 옮김 | 280면

162 **아Q정전** 루쉰 중단편집 | 김태성 옮김 | 320면

163 **로빈슨 크루소** 대니얼 디포 장편소설 | 류경희 옮김 | 456면

164 **타임머신** 허버트 조지 웰스 소설선집 | 김석희 옮김 | 304면

165 **제인 에어** 샬럿 브론테 장편소설 | 이미선 옮김 | 전2권 | 각 392, 384면

167 **풀잎** 월트 휘트먼 시집 | 허현숙 옮김 | 280면

168 **표류자들의 집** 기예르모 로살레스 장편소설 | 최유정 옮김 | 216면

169 **배빗** 싱클레어 루이스 장편소설 | 이종인 옮김 | 520면

170 **이토록 긴 편지** 마리아마 바 장편소설 | 백선희 옮김 | 192면

171 **느릅나무 아래 욕망** 유진 오닐 희곡 | 손동호 옮김 | 168면

172 **이방인** 알베르 카뮈 장편소설 | 김예령 옮김 | 208면

173 **미라마르** 나기브 마푸즈 장편소설 | 허진 옮김 | 288면

174 **지킬 박사와 하이드 씨** 로버트 루이스 스티븐슨 소설선집 | 조영학 옮김 | 320면

175 **루진** 이반 뚜르게네프 장편소설 | 이항재 옮김 | 264면

176 **피그말리온** 조지 버나드 쇼 희곡 | 김소임 옮김 | 256면

177 **목로주점** 에밀 졸라 장편소설 | 유기환 옮김 | 전2권 | 각 336면

179 **엠마** 제인 오스틴 장편소설 | 이미애 옮김 | 전2권 | 각 336, 360면

181 **비숍 살인 사건** S. S. 밴 다인 장편소설 | 최인자 옮김 | 464면

182 **우신예찬** 에라스무스 풍자문 | 김남우 옮김 | 296면

183 **하자르 사전** 밀로라드 파비치 장편소설 | 신현철 옮김 | 488면

184 **테스** 토머스 하디 장편소설 | 김문숙 옮김 | 전2권 | 각 392, 336면

186 **투명 인간** 허버트 조지 웰스 장편소설 | 김석희 옮김 | 288면

187 **93년** 빅토르 위고 장편소설 | 이형식 옮김 | 전2권 | 각 288, 360면

189 **젊은 예술가의 초상** 제임스 조이스 장편소설 | 성은애 옮김 | 384면

190 **소네트집** 윌리엄 셰익스피어 연작시집 | 박우수 옮김 | 200면

191 **메뚜기의 날** 너새니얼 웨스트 장편소설 | 김진준 옮김 | 280면

192 **나사의 회전** 헨리 제임스 중편소설 | 이승은 옮김 | 256면

193 **오셀로** 윌리엄 셰익스피어 희곡 | 권오숙 옮김 | 216면

194 **소송** 프란츠 카프카 장편소설 | 김재혁 옮김 | 376면

195 **나의 안토니아** 윌라 캐더 장편소설 | 전경자 옮김 | 368면

196 **자성록** 마르쿠스 아우렐리우스 명상록 | 박민수 옮김 | 240면

197 **오레스테이아** 아이스킬로스 비극 | 두행숙 옮김 | 336면

198 **노인과 바다** 어니스트 헤밍웨이 소설선집 | 이종인 옮김 | 320면

199 **무기여 잘 있거라** 어니스트 헤밍웨이 장편소설 | 이종인 옮김 | 464면

200 **서푼짜리 오페라** 베르톨트 브레히트 희곡선집 | 이은희 옮김 | 320면

201 **리어 왕** 윌리엄 셰익스피어 희곡 | 박우수 옮김 | 224면

202 **주홍 글자** 너새니얼 호손 장편소설 | 곽영미 옮김 | 360면

203 **모히칸족의 최후** 제임스 페니모어 쿠퍼 장편소설 | 이나경 옮김 | 512면

204 **곤충 극장** 카렐 차페크 희곡선집 | 김선형 옮김 | 360면

205 **누구를 위하여 종은 울리나** 어니스트 헤밍웨이 장편소설 | 이종인 옮김 | 전2권 | 각 416, 400면

207 **타르튀프** 몰리에르 희곡선집 | 신은영 옮김 | 416면

208 **유토피아** 토머스 모어 소설 | 전경자 옮김 | 288면

209 **인간과 초인** 조지 버나드 쇼 희곡 | 이후지 옮김 | 320면

210 **페드르와 이폴리트** 장 라신 희곡 | 신정아 옮김 | 200면

211 **말테의 수기** 라이너 마리아 릴케 장편소설 | 안문영 옮김 | 320면

212 **등대로** 버지니아 울프 장편소설 | 최애리 옮김 | 328면

213 **개의 심장** 미하일 불가꼬프 중편소설집 | 정연호 옮김 | 352면

214 **모비 딕** 허먼 멜빌 장편소설 | 강수정 옮김 | 전2권 | 각 464, 488면

216 **더블린 사람들** 제임스 조이스 단편소설집 | 이강훈 옮김 | 336면

217 **마의 산** 토마스 만 장편소설 | 윤순식 옮김 | 전3권 | 각 496, 488, 512면

220 **비극의 탄생** 프리드리히 니체 | 김남우 옮김 | 320면

221 **위대한 유산** 찰스 디킨스 장편소설 | 류경희 옮김 | 전2권 | 각 432, 448면

223 **사람은 무엇으로 사는가** 레프 똘스또이 소설선집 | 윤새라 옮김 | 464면

224 **자살 클럽** 로버트 루이스 스티븐슨 소설선집 | 임종기 옮김 | 272면

225 **채털리 부인의 연인** 데이비드 허버트 로런스 장편소설 | 이미선 옮김 | 전2권 | 각 336, 328면

227 **데미안** 헤르만 헤세 장편소설 | 김인순 옮김 | 264면

228 **두이노의 비가** 라이너 마리아 릴케 시선집 | 손재준 옮김 | 504면

229 **페스트** 알베르 카뮈 장편소설 | 최윤주 옮김 | 432면

230 **여인의 초상** 헨리 제임스 장편소설 | 정상준 옮김 | 전2권 | 각 520, 544면

232 **성** 프란츠 카프카 장편소설 | 이재황 옮김 | 560면

233 **차라투스트라는 이렇게 말했다** 프리드리히 니체 산문시 | 김인순 옮김 | 464면

234 **노래의 책** 하인리히 하이네 시집 | 이재영 옮김 | 384면

235 **변신 이야기** 오비디우스 서사시 | 이종인 옮김 | 632면

236 **안나 까레니나** 레프 똘스또이 장편소설 | 이명현 옮김 | 전2권 | 각 800, 736면

238 **이반 일리치의 죽음·광인의 수기** 레프 똘스또이 중단편집 | 석영중 · 정지원 옮김 | 232면

239 **수레바퀴 아래서** 헤르만 헤세 장편소설 | 강명순 옮김 | 272면

240 **피터 팬** J. M. 배리 장편소설 | 최용준 옮김 | 272면

241 **정글 북** 러디어드 키플링 중단편집 | 오숙은 옮김 | 272면

242 **한여름 밤의 꿈** 윌리엄 셰익스피어 희곡 | 박우수 옮김 | 160면
243 **좁은 문** 앙드레 지드 장편소설 | 김화영 옮김 | 264면
244 **모리스** E. M. 포스터 장편소설 | 고정아 옮김 | 408면
245 **브라운 신부의 순진** 길버트 키스 체스터턴 단편집 | 이상원 옮김 | 336면
246 **각성** 케이트 쇼팽 장편소설 | 한애경 옮김 | 272면
247 **뷔히너 전집** 게오르크 뷔히너 지음 | 박종대 옮김 | 400면
248 **디미트리오스의 가면** 에릭 앰블러 장편소설 | 최용준 옮김 | 424면
249 **베르가모의 페스트 외** 옌스 페테르 야콥센 중단편 전집 | 박종대 옮김 | 208면
250 **폭풍우** 윌리엄 셰익스피어 희곡 | 박우수 옮김 | 176면
251 **어셴든, 영국 정보부 요원** 서머싯 몸 연작 소설집 | 이민아 옮김 | 416면
252 **기나긴 이별** 레이먼드 챈들러 장편소설 | 김진준 옮김 | 600면
253 **인도로 가는 길** E. M. 포스터 장편소설 | 민승남 옮김 | 552면
254 **올랜도** 버지니아 울프 장편소설 | 이미애 옮김 | 376면
255 **시지프 신화** 알베르 카뮈 지음 | 박언주 옮김 | 264면
256 **조지 오웰 산문선** 조지 오웰 지음 | 허진 옮김 | 424면
257 **로미오와 줄리엣** 윌리엄 셰익스피어 희곡 | 도해자 옮김 | 200면
258 **수용소군도** 알렉산드르 솔제니찐 기록문학 | 김학수 옮김 | 전6권 | 각 460면 내외
264 **스웨덴 기사** 레오 페루츠 장편소설 | 강명순 옮김 | 336면
265 **유리 열쇠** 대실 해밋 장편소설 | 홍성영 옮김 | 328면
266 **로드 짐** 조지프 콘래드 장편소설 | 최용준 옮김 | 608면
267 **푸코의 진자** 움베르토 에코 장편소설 | 이윤기 옮김 | 전3권 | 각 392, 384, 416면
270 **공포로의 여행** 에릭 앰블러 장편소설 | 최용준 옮김 | 376면
271 **심판의 날의 거장** 레오 페루츠 장편소설 | 신동화 옮김 | 264면
272 **에드거 앨런 포 단편선** 에드거 앨런 포 지음 | 김석희 옮김 | 392면
273 **수전노 외** 몰리에르 희곡선집 | 신정아 옮김 | 424면
274 **모파상 단편선** 기 드 모파상 지음 | 임미경 옮김 | 400면
275 **평범한 인생** 카렐 차페크 장편소설 | 송순섭 옮김 | 280면
276 **마음** 나쓰메 소세키 장편소설 | 양윤옥 옮김 | 344면
277 **인간 실격·사양** 다자이 오사무 소설집 | 김난주 옮김 | 336면
278 **작은 아씨들** 루이자 메이 올컷 장편소설 | 허진 옮김 | 전2권 | 각 408, 464면
280 **고함과 분노** 윌리엄 포크너 장편소설 | 윤교찬 옮김 | 520면
281 **신화의 시대** 토머스 불핀치 신화집 | 박중서 옮김 | 664면

282 **셜록 홈스의 모험** 아서 코넌 도일 단편집 | 오숙은 옮김 | 456면

283 **자기만의 방** 버지니아 울프 지음 | 공경희 옮김 | 216면

284 **지상의 양식·새 양식** 앙드레 지드 지음 | 최애영 옮김 | 360면